EL GRAN JUEGO

JENNIFER LYNN BARNES

EL GRAN JUEGO

SOLO UNO PUEDE GANAR

Traducción de
Ángela Esteller García

MOLINO

Papel certificado por el Forest Stewardship Council®

Penguin
Random House
Grupo Editorial

Título original: *The Grandest Game*

Primera edición: septiembre de 2024

Publicado por acuerdo con Little, Brown and Company,
una división de Hachette Book Group, Inc.

© 2024, Jennifer Lynn Barnes
La autora hace valer sus derechos morales.
© 2024, Penguin Random House Grupo Editorial, S. A. U.
Travessera de Gràcia, 47-49. 08021 Barcelona
© 2024, Ángela Esteller García, por la traducción

Printed in Spain – Impreso en España

ISBN: 978-84-272-4199-2
Depósito legal: B-10.422-2024

Compuesto en Grafime S. L.
Impreso en Rodesa
Villatuerta (Navarra)

MO 41992

Para Rose

PRÓLOGO
UN AÑO ANTES

El poder tenía un precio, siempre. La única pregunta era lo alto que podía ser dicho precio y quién iba a pagarlo. Rohan lo sabía mucho mejor que la mayoría de la gente. También sabía mucho mejor que nadie que no debía tomárselo a la tremenda. ¿Qué suponía perder un poco de sangre o un dedo, o romperle el corazón a un amigo de vez en cuando? Aunque tampoco es que Rohan tuviera amigos *per se*.

—Pregúntame por qué estás aquí.

La orden, que el Propietario pronunció en voz baja, rasgó el aire como si fuera una espada.

El Propietario del Piedad del Diablo era sinónimo de poder y había criado a Rohan como a un hijo, uno maquiavélico, sin moral y muy útil. Ya de pequeño, Rohan había comprendido que, en ese palacio oculto y subterráneo, la información servía de moneda y la ignorancia era una debilidad.

Sabía que no le convenía preguntar nada.

En lugar de eso, esbozó una sonrisa, la de un canalla, una de las armas de su arsenal, equivalente a cualquier espada o secreto que atesorase.

—Preguntar es para aquellos que no tienen otra manera de obtener respuestas.

—Y tú dominas a la perfección esas otras maneras —reconoció el Propietario—. Observación, manipulación, la capacidad de volverse invisible o de someter a una audiencia a tu voluntad.

—También suelo resultar bastante atractivo.

Rohan estaba jugando a un juego peligroso, pero es que era el único juego al que había jugado en su vida.

—Bien, si no piensas preguntar... —La mano del Propietario se cerró sobre el mango de su elaborado bastón de plata—, entonces dime, Rohan: ¿por qué te he hecho venir?

Ahí estaba. Respondió con la certeza latiéndole en las venas.

—Por la sucesión.

El Piedad del Diablo era, a simple vista, una lujosa casa de apuestas clandestina, conocida únicamente por sus miembros: los extraordinariamente ricos, la aristocracia, personas con influencia. Sin embargo, en realidad, el Piedad era mucho más que eso. Una herencia histórica. Una fuerza de las sombras. Un lugar en el que se cerraban tratos y se decidían fortunas.

—La sucesión —confirmó el Propietario—. Necesito un heredero. Me quedan dos años de vida, tres como mucho. El 31 de diciembre del próximo año cederé la corona.

Cualquier persona habría prestado atención a la cercanía de su muerte, pero Rohan no lo hizo. En doscientos años, el control del Piedad solo había cambiado de manos en cuatro ocasiones. El heredero siempre era joven, y el nombramiento, de por vida.

Era, y siempre había sido, el máximo objetivo de Rohan.

—No soy su única opción como heredero.

—¿Y por qué deberías serlo? —En boca del Propietario, aquella pregunta no era retórica. «Expón tus razones, muchacho».

«Conozco cada palmo del Piedad —pensó Rohan—. Cada rincón en la sombra, cada truco. Los miembros me conocen. Saben que no deben hacerme enfadar. Ya ha comentado mis aptitudes; al menos, las más agradables».

En voz alta, Rohan optó por una táctica diferente.

—Ambos sabemos que soy un excelente bastardo.

—Eres tal como te he moldeado. Pero algunas cosas hay que ganárselas.

—Estoy listo.

Rohan experimentó la misma sensación que cuando pisaba un ring de boxeo para una pelea: el dolor era inevitable, aunque también irrelevante.

—Hay que pagar una entrada. —El Propietario fue directo al grano—. Para obtener el control del Piedad, debes comprar antes tu participación. Diez millones de libras bastarán.

Automáticamente, la mente de Rohan empezó a trazar diferentes caminos hasta la corona. Su sexto sentido se activó ante las posibles opciones.

—¿Dónde está el truco?

—El truco, querido muchacho, es el que han aceptado todos aquellos que nos han antecedido, incluido el heredero del primer Propietario. Está prohibido hacerse rico dentro de las paredes del Piedad y utilizar cualquier influencia que se haya obtenido durante el periodo en que se ha ejercido el cargo. Ni siquiera puedes entrar en sus salas, usar su nombre, acercarte a ninguno de sus miembros ni aceptar sus favores.

Fuera del Piedad, Rohan no tenía nada, ni siquiera apellido.

—Abandonarás Londres en veinticuatro horas y no regresarás a menos que y hasta que hayas obtenido el dinero para pagar la entrada.

Diez millones de libras. Aquello no era un simple desafío. Era el exilio.

—En tu ausencia —continuó el Propietario—, la duquesa te sustituirá como Factótum. Si no consigues el dinero, ella se convertirá en mi heredera.

Ahí estaba: la mano, la apuesta, el riesgo.

—Ve —ordenó el Propietario, bloqueándole el paso hacia sus aposentos—. Ahora.

Rohan conocía Londres. Podía moverse como un fantasma por cualquier parte de la ciudad, tanto en las esferas de la alta sociedad como por los bajos fondos. Sin embargo, por primera vez desde que tenía cinco años, no podía regresar al Piedad.

«Busca una brecha. Una fisura. Un punto débil». Con la mente agitada, Rohan fue a buscar una pinta de cerveza.

Dos perros se peleaban en el exterior del pub que había elegido. El más pequeño tenía el aspecto de una loba y estaba perdiendo la batalla. Puede que intervenir no fuera la opción más sensata, pero, en aquel momento, en lo último que pensaba Rohan era en la sensatez.

Cuando el perro más grande salió despedido, Rohan se restregó la sangre del antebrazo y se arrodilló junto al más pequeño. La perra gruñó. Él esbozó una sonrisa.

La puerta del local se abrió. En el interior, había una televisión a todo volumen desde la que retumbaba la voz de un presentador: «Nos informan de que la primera edición del Gran Juego, la increíble competición anual basada en unos fascinantes rompecabezas mentales y creada por la heredera Hawthorne, la señorita Avery Grambs, ha concluido. El ganador del premio de diecisiete millones de dólares se anunciará mediante una retransmisión en vivo que se producirá en cualquier...».

La puerta se cerró de golpe.

Rohan clavó los ojos en la mirada lobuna de la perra.

—Anual... —murmuró.

Lo que significaba que, al año siguiente, habría otra. Tendría un año para planearlo. Un año para arreglarlo todo. Afortunadamente, Avery Grambs nunca había sido miembro del Piedad.

«Hola, fisura». Rohan se puso en pie y, antes de encaminarse hacia la puerta del pub, bajó la mirada.

—¿Vienes? —le preguntó al animal.

En el interior, el dueño lo reconoció de inmediato.

—¿Qué te pongo?

Pese a que ya no contaba con la protección del Piedad, un hombre con las capacidades y la reputación de Rohan siempre guardaba algún as en la manga.

—Una pinta para mí. Y un filete para ella. —Torció el gesto, subiendo una de las comisuras de sus labios, y añadió—: Y una manera de salir de Londres. Esta misma noche.

CAPÍTULO 1
LYRA

El sueño empezó como siempre, con la flor. Ver la cala en su mano provocaba en Lyra un miedo enfermizo y dulzón. Miró su otra mano, que sostenía los tristes restos de un collar de caramelos. Solo le quedaban tres piezas.

«No».

En algún nivel de su conciencia, Lyra sabía que tenía diecinueve años, pero, en el sueño, sus manos eran pequeñas, como las de una niña. Una gran sombra se cernía sobre ella.

Y, entonces, oía el susurro: «Esto lo ha hecho un Hawthorne».

La sombra (su padre biológico) se daba media vuelta y se alejaba. Lyra era incapaz de ver su rostro. Oía sus pasos subiendo las escaleras.

«Tiene una pistola». Lyra se despertó sobresaltada, con el aliento atrapado en el pecho, el cuerpo rígido y la cabeza... sobre un escritorio. Tras un instante en que su visión dejó de ser borrosa y el mundo real regresó con firmeza a su lugar, Lyra recordó que estaba en clase.

Pero el aula magna en la que se encontraba estaba casi vacía.

—Tienes diez minutos más para acabar el examen.

La única persona con la que compartía la sala era un hombre de unos cincuenta años, ataviado con una americana.

«¿Examen?». Lyra se apresuró a mirar un reloj colgado en una de las paredes. Al ver la hora, la sensación de pánico empezó a disminuir.

—A estas alturas, bien podrías conformarte con un cero —le dijo el profesor, con el ceño fruncido—. El resto de tus compañeros ya ha terminado. Sospecho que no se fueron de juerga toda la noche.

«Claro, la única razón por la que una chica con mi aspecto podría estar tan cansada como para dormirse en clase es porque se ha ido de juerga la noche anterior». Lyra sintió una oleada de irritación, que barrió los restos del miedo que aún persistían de la pesadilla. Miró hacia el examen. Uno de respuesta múltiple.

—Veré qué puedo hacer en diez minutos.

Lyra sacó un bolígrafo de su mochila y empezó a leer.

La mayoría de la gente veía imágenes en su mente, pero, para Lyra, solo había palabras, conceptos y sensaciones. La única vez que había llegado a imaginar algo era en sueños. Por suerte, el hecho de no perderse en imaginaciones mentales la convertía en una lectora muy rápida. Y, también por suerte, la persona que había elaborado aquel examen había utilizado un patrón predecible, uno que le resultó familiar.

Para encontrar la respuesta correcta, bastaba con descodificar las relaciones entre las diferentes opciones propuestas. ¿Había dos opuestas? ¿Una de dichas opciones opuestas se diferenciaba sutilmente del resto? ¿O había dos respuestas que sonaban iguales? ¿O tal vez había una o más respuestas que parecían correctas, pero que con toda probabilidad no lo eran? En eso consistían los test de respuesta múltiple. No era necesario saber nada del tema si se lograba descifrar el código.

Lyra contestó cinco preguntas en el primer minuto. Cuatro en el siguiente. Cuantas más casillas rellenaba, más palpable se hacía el enfado del profesor con ella.

—Me estás haciendo perder el tiempo —declaró—. Y estás perdiendo el tuyo.

La Lyra de antes tal vez se hubiese tomado a pecho el comentario. En lugar de eso, siguió leyendo. «Reconoce el patrón, reconoce la respuesta». Antes de que transcurriera el último minuto, entregó el test, sabiendo exactamente qué vería el profesor al mirarla: una chica cuyo cuerpo, como pensaba la mayoría de la gente, era más el de una juerguista que el de una bailarina.

Aunque ya no era una bailarina. Ya no.

Lyra cogió la mochila, dispuesta a marcharse.

—Espera —ordenó secamente el profesor, deteniéndola—. Voy a corregirlo ahora mismo.

«Voy a darte una lección», eso era lo que había querido decir en realidad.

Lyra se volvió despacio hacia él, lo que le dio tiempo para adoptar una expresión neutral.

Tras corregir las diez primeras respuestas, el profesor solo había marcado un fallo. Continuó frunciendo el ceño y el porcentaje se mantuvo para después mejorar.

—Noventa y cuatro. —Alzó la mirada—. No está mal.

«No ha terminado», pensó Lyra.

—Imagina lo que podrías hacer si te esforzaras un poco más.

15

—¿Y cómo sabe usted si me esfuerzo o no? —preguntó Lyra.

Lo hizo con voz calmada, pero mirándolo directamente a los ojos.

—Vas en pijama, estás despeinada y te has pasado casi todo el examen durmiendo. —Ah, ahora había pasado de juerguista a perezosa. Con tono severo, el profesor añadió—: Nunca te he visto en clase.

Lyra se encogió de hombros.

—Claro, porque no tengo esta asignatura.

—No tienes… —Incapaz de terminar la frase, clavó sus ojos en los de Lyra—. No tienes…

—No tengo esta asignatura —repitió Lyra—. Me quedé dormida en la clase anterior.

Sin esperar respuesta, dio media vuelta y enfiló el pasillo hacia la salida. Con grandes zancadas. Tal vez resultara elegante. Tal vez aún lo fuera.

El profesor la siguió.

—¿Cómo has acertado un noventa y cuatro por ciento de respuestas en el examen de una asignatura en la que ni siquiera estás matriculada?

—Redactar un examen con preguntas trampa es contraproducente si la persona que se examina sabe buscar trampas —le contestó, sin dejar de caminar y dándole la espalda.

CAPÍTULO 2
LYRA

El correo electrónico le llegó esa misma tarde. Remitente: Admisiones, con copia a Tesorería; el asunto: «Créditos no abonados».

Leerlo tres veces no cambió lo que decía.

El teléfono de Lyra empezó a sonar cuando iba por la mitad de la cuarta lectura. «No pasa nada —se dijo a sí misma, más por costumbre que por otro motivo—. Todo va perfectamente».

Preparándose para el impacto, contestó.

—Hola, mamá.

—¡Vaya, pero si te acuerdas de mí! ¡Y tu teléfono funciona! ¡Y no te ha secuestrado ningún asesino en serie obsesionado con las matemáticas y dispuesto a añadirte a su increíblemente siniestra ecuación!

—¿Tu nuevo libro? —adivinó Lyra.

Su madre era escritora.

—¡Mi nuevo libro! Ella es una pirada de los números; le gustan más que las personas. Él es un policía que confía más en sus instintos que en los cálculos de ella. Se odian.

—¿Para bien?

—Para bien. Y, ya que hablamos de química alucinante y de tensión romántica crepitante…, ¿cómo estás?

Lyra hizo una mueca.

—Vaya manera más penosa de cambiar de tema, mamá.

—¡Responde a la pregunta y déjate de evasivas! Tengo mono de hija. Tu padre cree que la primera semana de noviembre es demasiado pronto para sacar la decoración navideña, tu hermano tiene cuatro años y no soporta el chocolate negro y, si quiero que alguien vea comedias románticas conmigo, tengo que atarlo con bridas.

Durante los últimos tres años, Lyra había hecho todo lo posible por parecer normal, por ser normal, una Lyra a la que le encantaba la Navidad, el chocolate negro y las comedias románticas. Y cada día que pasaba fingiendo sentía que moría por dentro un poquito más.

Así fue como había terminado en una universidad a miles de kilómetros de casa.

—Bueno, ¿cómo estás?

Su madre tenía intención de preguntárselo indefinidamente.

Lyra contestó con tres palabras.

—Soltera. Quisquillosa. Armada.

Su madre soltó una carcajada.

—Eso es mentira.

—¿El qué, lo de quisquillosa o lo de armada? —preguntó Lyra.

Ni siquiera se molestó en discutir lo de soltera.

—Lo de quisquillosa —replicó su madre—. Eres una persona buena y generosa, Lyra Catalina Kane, y ambas sabemos que cualquier objeto puede convertirse en un arma si crees de corazón que puedes desfigurar o matar a alguien con él.

La conversación era tan normal, tan «ellas», que Lyra apenas lo soportaba.

—¿Mamá? He recibido un correo de la oficina de Admisiones de la universidad.

Un silencio cayó entre ellas como si fuera un árbol milenario.

—Puede que el último cheque de mi editor se haya retrasado —dijo finalmente su madre—. Y que fuera inferior a lo que esperaba. Pero lo arreglaré, cariño. Todo va bien.

«Todo va bien». Lyra no dejaba de repetirse esa frase desde hacía tres años, desde que el apellido Hawthorne había conquistado las noticias y desde que todos aquellos recuerdos que había logrado reprimir por un buen motivo la habían inundado de nuevo. Uno de ellos en particular.

—Olvídalo, mamá. —Lyra necesitaba colgar. Era más fácil proyectar cierta normalidad con la distancia de por medio, pero, aun así, no le resultaba fácil—. Me tomaré el próximo semestre libre, conseguiré trabajo y buscaré un préstamo, así podré retomar las clases en otoño.

—Ni hablar.

La voz que había pronunciado aquellas palabras no era la de su madre.

—Hola, papá.

Keith Kane se había casado con su madre cuando ella tenía tres años y la había adoptado con cinco. Era el único padre que conocía. De hecho, antes de los sueños, ni siquiera recordaba a su padre biológico.

—Ya nos encargamos tu madre y yo, Lyra.

El tono de su padre no admitía discusión.

La antigua Lyra ni siquiera lo habría intentado.

—¿Y cómo pensáis hacerlo? —insistió.

—Hay alternativas.

Solo por la manera en que había pronunciado «alternativas», Lyra adivinó en qué estaba pensando.

—Mile's End —dijo.

Era una opción imposible. Mile's End era más que una casa. Era el desván a dos aguas y el columpio en el porche delantero, y los bosques y el arroyo, y las generaciones de los Kane que habían grabado sus nombres en el tronco del mismo árbol.

Lyra había crecido en Mile's End. Había grabado su nombre en ese árbol a los nueve años y su hermano pequeño merecía hacer lo mismo. No podían venderla.

—Llevamos tiempo planteándonos recortar gastos —dijo su padre en tono práctico y sereno—. El mantenimiento de esa casona nos está ahogando. Si me deshiciera de Mile's End, podríamos comprar una pequeña casa en la ciudad, matricularte en un centro de cierta reputación, ahorrar para la universidad de tu hermano. Hay un promotor inmobiliario que…

—Siempre hay un promotor inmobiliario —lo cortó Lyra—. Y tú siempre lo mandas al infierno.

Sin embargo, en aquella ocasión, el silencio al otro extremo de la línea lo dijo todo.

CAPÍTULO 3
LYRA

Correr dolía. Tal vez por eso le gustaba. La antigua Lyra no soportaba correr. Pero la nueva podía hacerlo durante kilómetros y más kilómetros. El problema era que, después de un tiempo, empezó a doler menos. Así que cada día iba un poco más lejos.

Mucho más.

Más a fondo.

Sus padres y amigos se sorprendieron cuando dejó la danza. Había aguantado, fingiendo todo lo que pudo, hasta noviembre de su último año de bachillerato, casi exactamente un año atrás. Pero no era tan buena actriz como para fingir que no había sido bailarina. En el pasado.

Parecía un error haber tirado por la borda aquel futuro por un sueño. Un único recuerdo. Lyra ya sabía que su padre biológico estaba muerto, pero lo que no sabía era que se había suicidado. Que ella había estado allí en ese preciso momento. Había enterrado el trauma en lo más hondo de su alma y esa vivencia ni siquiera existía. Y así, literalmente de la noche a la mañana, había dejado de ser una adolescente feliz y normal.

21

Había dejado de ser normal. Había dejado de estar bien, por no decir que su felicidad se había esfumado.

Sus padres lo sabían, no lo que había cambiado, pero sí que algo lo había hecho. Había huido a una universidad lejana, aunque ¿con qué resultado? Las becas no daban para mucho. Sus padres le habían dicho que el dinero que faltaba de la matrícula no supondría un problema, pero estaba claro que habían mentido, lo que probablemente significaba que Lyra no había fingido tan bien como pensaba eso de ser normal.

Mientras corría, cada vez más y más lejos, la mente de Lyra solo llegaba a la misma conclusión: «Tengo que dejar la universidad». Eso supondría ganar algo de tiempo, ahorrarles un par de recibos. La idea de dejar la universidad no debería afectarle. Lyra no había hecho muchos amigos durante el semestre, aunque tampoco se había esforzado. Había pasado por las clases como una zombi con intereses académicos. Solo se mantenía a flote.

Lo que era mejor que ahogarse.

Lyra apretó la mandíbula y aumentó el ritmo. No debía de ser bueno llegar tan lejos en la misma salida. Pero, a veces, lo único que se podía hacer era seguir adelante.

Cuando se detuvo, apenas podía respirar. Con la pista borrosa ante sus ojos, Lyra se inclinó, apoyó las manos en las rodillas y tomó aliento. Un imbécil eligió ese preciso momento para soltarle una grosería, como si se hubiera agachado solo para que él la viera.

Un instante después, apareció una pelota de fútbol a sus pies.

Lyra alzó la mirada, distinguió a unos tíos que esperaban a ver cómo reaccionaba y se quedó unos pocos segundos pensando en cuál era el término colectivo que designaba un grupo de gilipollas.

¿Un rebaño?

¿Una bandada?

«No —concluyó Lyra, recogiendo la pelota—. Un circo».

Seguramente, el circo de gilipollas no esperaba que le diera una patada a la pelota y la hiciera volar sobre sus cabezas hacia la portería, pero su padre era entrenador de fútbol en un instituto y, cuando el cuerpo de Lyra aprendía a hacer algo, nunca lo olvidaba.

—¡Has fallado! —gritó uno de los tipos con una risotada.

La pelota pegó en un ángulo del larguero, rebotó y fue a dar en la nuca del imbécil que había soltado la grosería.

—No —respondió Lyra—. No lo he hecho.

Dejar la universidad era la decisión correcta. La única posible. Pero, cuando Lyra fue a subir los escalones de la oficina de Admisiones, acabó a una manzana, en la oficina de Correos.

«Lo haré. Solo necesito unos minutos». Lyra se encaminó mecánicamente hacia su apartado de correos. No estaba esperando nada. Era pura procrastinación, pero eso no impidió que girara la llave y abriera el casillero.

En el interior había un sobre de un grueso papel de lino. «Sin remite». Lo sacó. El sobre era más pesado de lo que parecía. «Sin sello». A Lyra se le heló la sangre. Ese sobre, fuera lo que fuese, no se había enviado por correo.

Miró por encima del hombro, con la sensación de que alguien la observaba, y, acto seguido, rasgó el sobre y lo abrió. Contenía dos objetos.

El primero era una hoja de papel fino con un mensaje garabateado con una tinta azul oscura: TE LO MERECES. Nada más leer aquellas palabras, la hoja empezó a deshacerse en sus manos. Unos pocos segundos después, había quedado reducida a polvo.

Completamente consciente de cómo su corazón latía desbocado contra su caja torácica con una fuerza brutal y repetitiva, Lyra metió la mano en el sobre y palpó el segundo de los objetos. Era del tamaño de una carta doblada, pero, al rozar sus bordes dorados con las yemas de los dedos, comprendió que estaba hecho de metal, de un metal muy fino.

Lo sacó del sobre y vio que el metal estaba grabado: tres palabras acompañadas de un símbolo. Reparó en que no era un símbolo. Era un código QR, esperando a que lo escanearan. Al leer las palabras, comprendió exactamente qué sostenía en las manos.

Era una carta dorada, una invitación, una convocatoria. Las palabras grabadas sobre el código eran fácilmente reconocibles, para ella y para cualquier persona del planeta con acceso a los medios de comunicación.

EL GRAN JUEGO.

CAPÍTULO 4
GIGI

¡Gigi Grayson no estaba obsesionada! ¡Ni tampoco iba a tope de cafeína! ¡Y menos aún iba a caerse del tejado! Pero prueba a decirle todo eso a una Hawthorne. Una mano firme la sujetó del codo. Un brazo trajeado le rodeó la cintura.

Y, acto seguido, Gigi estuvo de vuelta en su dormitorio, sana y salva. Así es como siempre solía ocurrir con su hermanastro Hawthorne. Hacía que las cosas sucedieran al instante. Todo en Grayson Hawthorne respiraba poder. ¡Salía victorioso en cualquier discusión con solo arquear sus puntiagudas cejas rubias!

Aunque puede que existiera la diminuta, minúscula posibilidad de que Gigi sí fuera a caerse del tejado.

—¡Vaya, Grayson, ya te echaba de menos! ¡Toma, un gato!

Gigi aupó rápidamente a Katara (su enorme gata de Bengala, que, de hecho, era prácticamente un leopardo) y la depositó en los brazos de Grayson.

Los gatos eran una táctica excelente para desarmar a cualquiera.

Sin embargo, resultaba imposible pescar a Grayson con la guardia baja. Acarició con mano firme la cabeza de Katara.

—Explícate.

Como el segundo nieto mayor de los cuatro del ya fallecido multimillonario Tobias Hawthorne, Grayson era propenso a dar órdenes.

También tenía la mala costumbre de olvidar que no tenía treinta años, sino que solo era tres años y medio mayor que ella.

—¿Qué quieres que te explique: por qué estaba en el tejado, por qué no te he devuelto las llamadas o por qué te acabo de poner un gato en los brazos? —preguntó alegremente Gigi.

Los ojos gris pálido de Grayson recorrieron la estancia, deteniéndose en los cientos de papeles con esbozos que cubrían todas las superficies: su colchón, el suelo, incluso las paredes. Acto seguido, alzó la mirada hacia ella. Sin pronunciar palabra, Grayson subió con delicadeza la manga izquierda de Gigi. Unas notas bailaban en su piel, recién garabateadas con su caligrafía caótica y enrevesada.

—Me he quedado sin papel. ¡Pero creo que ya casi lo tengo! —exclamó Gigi, esbozando una sonrisa—. Solo necesitaba una perspectiva diferente.

Grayson la fulminó con la mirada.

—De ahí, el tejado.

—De ahí, el tejado.

Grayson depositó a Katara con suavidad en el suelo.

—Me pareció entender que tenías pensado viajar en tu año sabático.

Esa era precisamente la razón por la que había estado evitando sus llamadas.

—Aún me queda tiempo para hacer de Gigi Trotamundos —prometió.

—Después del Gran Juego.

No era una pregunta.

Gigi no se molestó en negarlo. ¿Qué sentido tenía hacerlo?

—Siete jugadores —dijo, con ojos radiantes—. Siete cartas doradas: tres para jugadores elegidos por Avery, y las otras cuatro, pases libres.

Esos pases libres estaban escondidos por todo Estados Unidos en ubicaciones desconocidas. Veinticuatro horas atrás habían proporcionado una pista, la única. ¡Y Gigi Grayson, descifradora de códigos, enigmas y acertijos, ya había encontrado el rastro!

—Gigi... —dijo Grayson en tono calmado.

—¡Ni se te ocurra revelar nada! —soltó Gigi—. El hecho de ser tu hermana ya despertará suficientes dudas, y más cuando todo el mundo sabe que el Gran Juego es un trabajo en equipo.

Un trabajo en equipo entre los hermanos Hawthorne y la heredera Hawthorne, entre los cuatro nietos de Tobias Hawthorne y la adolescente que supuestamente había heredado al azar toda la fortuna del excéntrico multimillonario.

—Da la casualidad de que no he tenido nada que ver con el juego de este año —confesó Grayson—. Avery y Jamie me pidieron trabajar sobre el terreno, en su funcionamiento; así que, para proteger la integridad de los enigmas, no sé nada de ellos.

«No puedes mostrar la mano si no sabes qué cartas tienes», pensó Gigi.

—Me alegro por ti —le dijo—. Pero, aun así, ¡ni una palabra! —Lo miró con firmeza—. Tengo que conseguirlo yo sola.

Grayson respondió al intento de firmeza de Gigi con exactamente dos segundos de silencio, a los que siguió una única pregunta:

—¿Dónde está tu cama?

Gigi no se esperaba ese cambio de tema. «Muy ingenioso», Grayson. Dedicándole la mejor de sus sonrisas, señaló hacia el colchón que había en el suelo.

—*Voilà!*

—Eso es un colchón. ¿Dónde está tu cama?

La cama en cuestión era una antigüedad de caoba. Antes de que Gigi lograra concebir una explicación lo suficientemente caótica y adecuada que lo distrajera de su pregunta, Grayson se encaminó hacia el armario y lo abrió.

—Es probable que te preguntes dónde está el resto de mi ropa —dijo alegremente Gigi—. Y a mí me encantaría contártelo... Después del juego.

—Me conformaré con cinco palabras o menos, Juliet.

El hecho de que hubiera utilizado su nombre de pila era señal de que no iba a darse por vencido. En el año y medio que había transcurrido desde que conoció a su hermano, Gigi había llegado a la conclusión (gracias a sus poderes de deducción y a cierto fisgoneo) de que el multimillonario Tobias Hawthorne había moldeado a su nieto Grayson desde la tierna infancia para convertirlo en el heredero perfecto: formidable, autoritario, con todo siempre bajo control.

Gigi puso los ojos en blanco y cedió a su petición, remarcando cada palabra con los dedos.

—Un golpe a la inversa —afirmó, sonriendo de oreja a oreja.

Grayson respondió arqueando de nuevo las cejas.

—Un golpe a la inversa es un robo como cualquier otro, con el allanamiento y demás, pero, en lugar de robar, dejas algo —aclaró Gigi.

—¿Y pretendes que crea que tu cama de caoba ahora está en casa de otra persona?

—¡Menuda tontería! —exclamó Gigi—. La vendí por unos pavos e hice un golpe a la inversa con el dinero.

Decidida, Gigi se puso en cuclillas y llamó a Katara para que se acercase.

Anticipando, correctamente, que iba a acabar con una gata enorme en la cabeza, Grayson se arrodilló y posó la mano con suavidad sobre el hombro de Gigi.

—¿Tiene esto que ver con nuestro padre?

Gigi siguió respirando con total normalidad. Siguió sonriendo. El truco para fingir que EL SECRETO era solo un secreto y que ella lo guardaba mejor que nadie se basaba en no permitirse pensar en Sheffield Grayson.

Además, sonreír te hacía más feliz. Eso decía la ciencia.

—Tiene que ver conmigo —afirmó Gigi. Rascó la parte inferior del hocico de Katara y utilizó una de las patas de la gata para señalar la puerta—. Lárgate.

Grayson no se largó.

—Tengo algo para ti. —Metió la mano en la chaqueta de su traje Armani y sacó una caja de regalo negra, de un par de centímetros de altura y quizá el doble de ancha que una caja de galletas—. De parte de Avery.

Gigi clavó su mirada en ella. Cuando Grayson la abrió, el único pensamiento que oía en su cabeza por encima de los retumbantes latidos de su propio corazón era: «Siete cartas doradas: tres para jugadores elegidos por Avery».

—Si la quieres, es tuya.

Grayson pronunció aquellas palabras con tono dócil. No era una persona dócil y eso le indicó a Gigi que aquel regalo no era una tontería ni un juego. Era la manera de Avery de compensar...

«No pienses en ello. Solo sigue sonriendo».

—No pienso decírselo a nadie —prometió Gigi, sintiendo que se le formaba un traicionero nudo en la garganta—. Avery sabe que no lo haré, ¿verdad?

Grayson la miró a los ojos.

—Lo sabe.

Gigi tomó aliento y retrocedió un paso.

—Dile a Avery que gracias, pero no.

No pensaba cargar con la culpa de nadie. No quería su compasión. No quería que Grayson pensara que no era lo bastante fuerte ni durante una milésima de segundo. Que merecía su compasión.

—Si no lo aceptas, tengo instrucciones de ofrecérselo a Savannah.

—Savannah está ocupada —replicó Gigi de inmediato—. Con la universidad. Y el baloncesto. Y la dominación absoluta del mundo.

La hermana melliza de Gigi ignoraba EL SECRETO. Savannah era la lista, la guapa, la fuerte. Estaba centrada, era decidida y la universidad le iba muy bien.

Y Gigi... estaba allí.

Bajó la mirada hacia los garabatos que tenía en el brazo, desterrando la presencia de Grayson de su mente. Podía lograrlo... Todo.

Guardar EL SECRETO.

Proteger a Savannah.

Descifrar el acertijo y conseguir una carta por sí misma.

Y demostrar, de una vez por todas, que tenía lo que hay que tener para ganar.

CAPÍTULO 5
ROHAN

«**S**i me dieran un billete de diez libras cada vez que alguien me apunta con una pistola en la nuca...», pensó Rohan.

—Dámela.

A todas luces, la voz del tipo de la pistola lo traicionaba, pero parecía no darse ni cuenta.

—Que te dé ¿el qué? —preguntó Rohan, dándose la vuelta y mostrando sus manos vacías.

De acuerdo, un segundo antes no lo estaban.

—La carta. —El hombre agitó el arma ante el rostro de Rohan—. ¡Dámela! Solo quedan dos.

—A decir verdad, ya no queda ninguna —anunció arrastrando las palabras.

—Eso no lo puedes saber.

Rohan sonrió.

—Habré cometido un error.

Percibió sin ninguna duda el instante preciso en que su oponente se daba cuenta: Rohan no cometía errores. Encontró la primera carta que ofrecía el pase libre en Las Vegas y la segunda allí, en Atlanta. Con eso, había pasado a la siguiente fase de su plan.

Desde aquella azotea, las vistas al patio interior más abajo eran excelentes.

—¿Tienes las otras dos que faltan? ¿Las dos? —El hombre bajó la pistola y dio un paso hacia él. Ambas cosas eran un error—. Dame una, por favor.

—Me alegra ver que tus modales han mejorado, pero prefiero elegir yo mismo mis rivales. —Rohan le dio la espalda al hombre, y a la pistola, y dirigió la mirada hacia el patio interior—. Ella, por ejemplo.

Dos plantas más abajo, una joven con el pelo de color chocolate y una caída ante ella que desafiaba a la gravedad examinaba una estatua.

—A lo mejor, la carta que he encontrado aquí está ahora mismo allí abajo —tarareó alegremente.

Una milésima de segundo después, el hombre que empuñaba el arma salió disparado hacia las escaleras, hacia el patio. Hacia la chica.

—Si le haces daño, te arrepentirás.

Rohan pronunció esas palabras sin acalorarse. No había razón para ello.

La mayoría de la gente tenía la cordura suficiente como para reconocer el momento en que su ánimo cambiaba.

—¡Así es, queridos espectadores! En una nota de prensa, la heredera Hawthorne, Avery Grambs, ha confirmado que, en las últimas cuarenta y ocho horas, se han adjudicado los siete puestos de la edición de este año del Gran Juego.

Sentado en el borde de una cama que no era la suya, únicamente ataviado con un lujoso albornoz de algodón turco, Rohan hacía girar lentamente una navaja entre los dedos. Ser un fantasma tenía sus ventajas. En el año anterior, se había colado y había salido con facilidad de hoteles igual de lujosos o más que este. Se había pasado todo el año obteniendo fondos, contactos, información…, no los suficientes para procurarle el Piedad, pero sí para no dejar cabos sueltos en el plan que tenía entre manos.

—La edición anterior del juego se basó en un todos contra todos —continuó el reportero en la pantalla— y personas de todo el mundo compitieron en una serie de elaboradas pistas y acertijos que los llevaron desde Mozambique a Alaska o a Dubái. En cuanto a esta edición, aún no se han revelado los detalles y las identidades de los siete afortunados participantes son todavía un secreto bien guardado.

No tan bien guardado. No para alguien con las habilidades de Rohan.

—El lugar donde se celebrará el juego también se mantiene en absoluto secreto.

—El término «absoluto» se sobrevalora —comentó Rohan.

Apagó la televisión. Después de presentar la carta dorada, le habían proporcionado la ubicación y la hora en concreto en que pasarían a recogerlo. Se aproximaba el momento y Rohan se dirigió hacia la enorme ducha de la suite.

Se despojó del albornoz, pero conservó la navaja.

Mientras el vapor empañaba los cristales de la mampara, Rohan acarició el vidrio con la punta del filo. Sus modales siempre habían sido delicados, siempre había sabido cuánto tenía que apretar, ya fuera con fuerza o con sutileza. En un gesto suave, atravesó el vapor con la navaja y dibujó seis símbolos en la humedad que se había formado en la superficie del cristal.

Un alfil, una torre, un caballo, dos peones y una reina.

Rohan ya había empezado a clasificar a sus rivales. Odette Morales. Brady Daniels, Knox Landry. Tachó el alfil, la torre y el caballo con la punta de la navaja. Eso solo dejaba a los tres jugadores que tenían una edad similar a la suya, los que apenas alcanzaban los veinte años. Gigi Grayson, a la que había visto desde la azotea. A los otros dos solo los conocía sobre el papel.

Un juego como aquel requería ciertos recursos. Y esos tres eran... posibles opciones.

«Gigi Grayson. Savannah Grayson. Lyra Kane». Solo era cuestión de tiempo saber cuál de ellas le resultaría más útil... y cuál de ellas tenía la versatilidad de la reina.

CAPÍTULO 6
LYRA

Un vehículo con chófer recogió a Lyra en el lugar designado para el encuentro. Un avión privado la llevó de una pista de aterrizaje vigilada a otra. Allí la esperaba un helicóptero.

—Bienvenidos a bordo —dijo una voz desde detrás del aparato.

Un instante después, una silueta alta y delgada lo rodeó y se aproximó.

Lyra lo reconoció de inmediato. Por supuesto que lo reconoció. Jameson Hawthorne era fácil de reconocer.

—Técnicamente, aún no estoy a bordo —señaló Lyra.

¿Había sonado eso mezquino? Tal vez. Sin embargo, se trataba de un Hawthorne y, nada más verlo, el sueño había regresado y, con él, las únicas tres frases que le había dicho su padre ya fallecido y que ella recordaba.

«Feliz cumpleaños, Lyra».

«Esto lo ha hecho un Hawthorne».

Y, a continuación, un acertijo: «¿Cómo empieza una apuesta? Así, no».

—Cuando he dicho «a bordo», no me refería al helicóptero. —Al parecer, James Hawthorne era de esa clase de personas que convertía una mueca en una sonrisa en un abrir y cerrar de ojos—. Bienvenida al Gran Juego, Lyra Catalina Kane.

Había algo, cierta energía negativa, una provocación, en la manera en que había pronunciado aquellas palabras.

—Eres Jameson Hawthorne —dijo Lyra.

No permitió que su voz transmitiera ni un ápice de temor reverencial. No quería que pensara que se sentía intimidada por su presencia, por su aspecto, por la forma de apoyarse despreocupadamente contra el helicóptero, como si fuera una pared.

—Culpable —respondió Jameson—. De hecho, de casi todo. —Entonces, mirando por encima del hombro de Lyra, gritó—: ¡Llegas tarde!

—Si por «tarde» te refieres a «pronto», así es.

Lyra se quedó inmóvil. Reconocía esa voz, igual que su cuerpo conocía una coreografía practicada miles de veces, esos movimientos grabados en su cuerpo pese a que habían pasado décadas, y que la hacían estremecer en cuanto la música empezaba a sonar. Conocía esa voz.

Grayson Hawthorne.

—Tarde, sin duda —dijo Jameson.

—Nunca llego tarde.

—Casi pienso que alguien te ha dado la hora incorrecta —dijo Jameson con aire inocente.

Lyra apenas oía a Jameson porque el único sonido que su cerebro procesaba eran los pasos a sus espaldas, sobre el cemento. Se dijo que era un disparate, que era imposible que notara que Grayson Hawthorne se acercaba.

No significaba nada para ella.

«Esto lo ha hecho un Hawthorne». Ese recuerdo dio paso al siguiente: la voz de su padre sustituida por la de Grayson. «Deja de llamar». Esa fue la apremiante y desdeñosa orden que le había dado la tercera y última vez que había marcado su número de teléfono en busca de respuestas, en busca de algo, lo que fuera.

Hasta la fecha, Grayson Hawthorne era la única persona con la que había hablado del recuerdo, de los sueños, del suicidio de su padre, del hecho de que ella lo hubiera presenciado.

Y a Grayson Hawthorne le había dado igual.

Pues claro que le había dado igual. Ella era una desconocida, una doña nadie, y él era un Hawthorne, un Hawthorne arrogante y frío, un gilipollas que estaba por encima de todo y a quien no le importaba el número de vidas que su abuelo multimillonario hubiese arruinado, o a quién pertenecían dichas vidas.

Grayson se detuvo a unos pocos pasos de Lyra.

—Supongo, Jamie, que eres consciente de que te están vigilando.

—Oh, puedes dar por seguro que sí.

Aquella respuesta no había salido de los labios de Jameson.

Lyra se armó de valor y se dio la vuelta. Detrás de Grayson (al que evitó mirar) distinguió una silueta que se aproximaba a grandes zancadas y a suficiente distancia como para no haber podido oír ni responder a la pregunta.

Y aun así... Lyra examinó al recién llegado. Era alto, ancho de espaldas, pero de cuerpo esbelto, y se movía con una gracia que le era familiar, cuya semejanza reconocía. Su acento era británico, su piel, de un tono marrón claro y tenía unos pómulos afilados.

Y su sonrisa no carecía de peligro.

El pelo moreno y espeso se rizaba ligeramente en las puntas, pero no lo llevaba descuidado. En realidad, no había nada descuidado en él.

—Aunque, para que quede claro, no solo estaba vigilando a Jameson —dijo el recién llegado, mirando fijamente a Lyra.

«A mí —pensó Lyra—. Me estaba vigilando a mí. Evaluando a los rivales».

—Rohan —saludó Jameson, en un tono entre acusador y divertido.

—Encantado de verte también, Hawthorne.

Su acento sonaba menos aristócrata que unos segundos atrás y Lyra tuvo, de repente, la sensación de que el tal Rohan podía ser la persona que se propusiera.

Ojalá fuera también tan sencillo para ella.

—Retrocede un paso —ordenó Grayson.

Lyra no estaba segura de si aquellas palabras iban dirigidas a Jameson o a Rohan. Lo único que resultaba evidente es que ni siquiera tenían en cuenta su presencia.

—Mi hermano estirado y, en cierto modo, menos carismático va a ser el que se asegure de que, este año, todo el mundo juega siguiendo las normas —advirtió Jameson, y, clavando la mirada en Rohan, añadió—: Eso te incluye a ti.

—Personalmente —dijo Rohan, mirando a Lyra y esbozando lentamente esa sonrisa de nuevo—, creo que jugar siguiendo las normas será lo divertido.

CAPÍTULO 7
LYRA

Jameson pilotaba el helicóptero, algo que sorprendió a Lyra, aunque no tanto como que Grayson se dignara a viajar en los asientos traseros con cuatro de los jugadores. Las presentaciones ya habían tenido lugar. «Concéntrate en la competición —se dijo Lyra—. Olvídate de Grayson Hawthorne».

Tenía a Rohan a su derecha, que le tapaba (o casi) convenientemente a Grayson. El rival británico estaba sentado con comodidad, con sus largas piernas estiradas, en una actitud deliberadamente informal y despreocupada. Frente a Rohan, había un tipo de unos veinte años al que Jameson había presentado como Knox Landry. Lyra desvió su atención hacia él.

Knox llevaba un corte de pelo de niño bueno, engominado y peinado hacia atrás, excepto por un mechón que caía artísticamente sobre su rostro. Su piel era blanca, algo bronceada, y sus cabellos, morenos; tenía ojos penetrantes, cejas oscuras y mandíbula afilada. Llevaba un caro chaleco deportivo de forro polar sobre un polo. La combinación de su atuendo con su pelo hacía gritar «club de campo» u «hombre de finanzas», pero una nariz rota en más de una ocasión susurraba «riña de bar».

Mientras Lyra lo observaba, Knox la miró del mismo modo. Lo que fuese que vio en ella no le impresionó en absoluto. «Subestímame, por favor». Lyra ya estaba acostumbrada. Había cosas peores que recibir una ventaja estratégica de buenas a primeras.

Mientras controlaba la cólera, Lyra prestó atención a la anciana sentada junto a Knox. Odette Morales llevaba su larga melena, espesa y de un color plateado, suelta. Las puntas (y solo las puntas) estaban teñidas de negro azabache. Lyra se preguntó cuántos años tendría.

—Ochenta y uno, querida. —Odette leyó a Lyra como si fuera un libro abierto y esbozó una sonrisa—. Aunque me gusta creer que los años no me han tratado mal.

Lyra pensó que su aspecto era más bien hostil. Algo en Odette (su belleza envejecida, su sonrisa) le recordaba a un águila persiguiendo una presa.

El helicóptero dio un giro brusco y repentino, y Lyra retuvo el aliento ante el paisaje que divisó por la ventanilla y que la obligó a desterrar cualquier otro pensamiento de su mente. El océano Pacífico era inmenso y azul, de un penetrante azul oscuro entretejido con tonos verdes igual de intensos. A lo largo de la costa, grandes formaciones rocosas sobresalían por encima del agua, como monumentos de otros tiempos y de una tierra más antigua. Había algo mágico en la manera en que las olas rompían contra los peñascos.

Cuando el helicóptero se alejó de la costa y se elevó sobre el agua, Lyra se preguntó cuál era su destino. ¿Qué autonomía tenía el aparato? ¿Doscientos kilómetros? ¿Ochocientos?

«Trata de absorberlo todo. Respira».

El helicóptero continuó zumbando por el cielo durante unos minutos con aquel océano insondable e ilimitado de fondo.

Y, entonces, distinguió la isla.

No era muy grande, pero, cuando se acercaron, Lyra advirtió que la mancha de tierra no era tan pequeña como le había parecido en un principio. Desde las alturas se apreciaba principalmente un área de color beis y verde, excepto por algunas zonas negras.

Fue entonces cuando Lyra comprendió dónde estaban, hacia dónde se dirigían. «La Isla Hawthorne».

El helicóptero se inclinó de repente, descendiendo en picado y, acto seguido, se enderezó justo a tiempo sobre la línea de árboles. En menos de un segundo, el aparato sobrevoló un bosque sano y se adentró en los restos carbonizados de árboles muertos tiempo atrás, un recordatorio de que esto no era únicamente una isla privada, un lugar de vacaciones, el capricho, uno de tantos, de un multimillonario.

Era un lugar embrujado.

Lyra lo sabía mejor que nadie: la tragedia no se podía borrar sin más. La pérdida dejaba marcas. Y, cuanto más profunda era la cicatriz, más perduraba. «Esto se quemó, décadas atrás». Trató de recordar lo que había leído sobre el incendio en la Isla Hawthorne. «Hubo muertos. La culpa recayó en una chica de por aquí, no en los Hawthorne».

Qué conveniente, por cierto.

Lyra se inclinó hacia delante en su asiento y, sin querer, vio a Grayson. Tenía esa clase de rostro que parecía haber sido tallado en hielo o en piedra: ángulos afilados, mandíbula dura, unos labios que, pese a ser carnosos, no suavizaban sus rasgos. Su cabello era de un rubio pálido, y los ojos, de un penetrante gris plateado. En su opinión, Grayson Hawthorne parecía exactamente tal como sonaba al hablar, como la perfección hecha arma: inhumano, siempre bajo control, sin compasión.

«¿Con quién hablo? —dijo su voz en el recuerdo—. ¿O prefiere que reformule la pregunta?: ¿a quién estoy a punto de colgar?».

Lyra se echó hacia atrás de golpe. Por suerte, nadie lo advirtió.

Estaban aterrizando.

Una diana circular marcaba el helipuerto y Jameson Hawthorne tomó tierra justo en el centro de ella en un aterrizaje tan suave que Lyra casi ni lo notó.

Las puertas del aparato se abrieron apenas un minuto después, pero, aun así, se le hizo largo. Lyra necesitaba salir de aquel espacio cerrado.

—En cierto sentido, el juego comienza esta noche —anunció Jameson una vez que hubieron bajado—. Pero en otro sentido muy real… empieza ahora mismo.

«Ahora mismo». Lyra sintió que su pulso se aceleraba. «Olvídate de Grayson. Olvídate de los Hawthorne». No eran más que niños cuando aquel padre al que jamás conoció había muerto con el apellido Hawthorne en los labios. Tal vez podrían haber descubierto la verdad si les hubiese importado lo suficiente, si a él le hubiese importado lo suficiente, pero Lyra no había venido para eso. Estaba allí por su familia. Por Mile's End.

—Tenéis hasta la puesta de sol para explorar la isla —dijo Jameson a los jugadores, recostándose sobre el helicóptero una vez más—. Cabe la posibilidad de que hayamos escondido algunas cosas por ahí. Pistas sobre lo que podéis esperar de esta edición del juego. Objetos que, en un momento concreto, pueden seros útiles. —Jameson se alejó del aparato y empezó a pasearse sin dejar de hablar—. Hay una casa recién construida en la punta norte. Haced lo que queráis desde ahora hasta el atardecer, pero el que no consiga entrar en la casa antes de que el sol desaparezca por completo en el horizonte está eliminado.

«Explora la isla. Regresa antes de la puesta de sol». El cuerpo de Lyra estaba preparado; sus músculos, listos para moverse; sus sentidos, alerta. De camino hacia los límites del helipuerto, pasó por delante de Grayson Hawthorne sin tan siquiera mirarlo.

—Cuidado con el escalón —dijo con su habitual tono tajante y tan seguro de sí mismo.

—Descuida, no me caeré —respondió Lyra con rotundidad—. Tengo buen equilibrio.

No recibió respuesta y, contra su voluntad, Lyra se volvió. Su mirada se posó primero en Jameson, que estaba observando a Grayson con una expresión de lo más extraña. Y en Grayson, que...

Grayson la miraba. La estaba observando, no como si acabara de advertir su presencia, sino como si su mera existencia le hubiera propinado un puñetazo en toda la mandíbula.

¿En serio estaba tan poco acostumbrado a que alguien le replicara?

A Lyra no le hacía falta nada de aquello. Lo que le hacía falta era moverse. Knox y Rohan ya se habían marchado. Odette estaba en pie, mirando el océano, con la melena larga y de puntas negras ondeando al viento como si fuera una bandera.

Jameson paseó la mirada de Grayson a Lyra y esbozó una sonrisa que solo podría describirse como malvada.

—Esto va a ser divertido.

CAPÍTULO 8
LYRA

Lyra fue directa hacia la parte quemada de la isla, hacia las ruinas de la casa donde se había originado el fuego años atrás. Al mirar lo que quedaba de ella, la invadió una sensación espeluznante. Algunas partes de la vieja mansión se habían quemado completamente, mientras que otras conservaban su desvencijada estructura, despojada hasta la médula por el fuego. Los suelos estaban ennegrecidos, los techos habían desaparecido; tan solo quedaba una chimenea, cubierta de plantas.

Las hojas crujieron bajo los pies de Lyra al cruzar el umbral y adentrarse en las ruinas. A su alrededor, parches de hierba asomaban por las grietas en el cemento, entrelazándose. El suelo era irregular. No había restos de muebles ni pertenencias, solo las hojas, las primeras que ya habían cambiado de color y habían caído en un otoño más caluroso de lo habitual.

Durante un minuto entero, Lyra observó con atención; todo podía ser una pista o un objeto del juego. Al no ver nada, empezó a rodear el perímetro de las ruinas, lo que le permitió asimilar su tamaño en un sentido más orgánico. Más tarde no podría recordar ni una sola imagen, pero su cuerpo llegaría a evocar la ligera brisa procedente del océano, las grietas del suelo, el número exacto de pasos que había dado en cada dirección.

Después de bordear toda la casa, Lyra recorrió de nuevo el perímetro con los ojos cerrados, tratando de que su cuerpo captara las sensaciones del mundo a su alrededor. Dio la vuelta entera y después se dirigió hacia el viento, hacia la parte trasera de la casa.

Hacia el océano.

Con los ojos aún cerrados, Lyra dio un paso al frente, alzando la mano al pasar junto a la chimenea de piedra. Recorrió con los dedos la superficie y entonces notó algo. Algo escrito.

Lyra abrió los ojos. Las letras eran pequeñas; el grabado, poco profundo. Qué fácil habría sido pasarlo por alto. Repasó las grietas con los dedos, con fuerza, leyendo, sintiendo las letras.

«No puedes escapar de la responsabilidad del mañana evadiéndola hoy. Abraham Lincoln».

Aunque eso debía de ser una pista, las palabras sonaban curiosamente a advertencia: ya no había escapatoria.

Lyra pasó los siguientes diez minutos deslizando los dedos por toda la chimenea, inspeccionándola, pero no encontró nada más. Cerró los ojos y se puso en marcha de nuevo. Al pasar como si fuera un fantasma junto a lo que en algún momento había sido una pared exterior, irguió la cabeza. El esqueleto de la casa ya no la protegía y el viento allí era más fuerte.

Dio un paso adelante y una mano le agarró el brazo.

Lyra abrió los ojos de golpe. Grayson Hawthorne la estaba mirando. ¿De dónde había salido? No le hacía daño, pero tampoco es que la agarrara con delicadeza.

Estaban demasiado cerca el uno del otro.

—¿Eres consciente de que hay un acantilado?

Sin soltarla, Grayson pronunció aquellas palabras con un tono que evidenciaba su creencia de que, en cierto modo, Lyra no se había dado cuenta de que se encontraba en el límite de lo que, probablemente, había sido un enorme jardín con unas vistas espectaculares.

—Muy consciente.

Lyra bajó la mirada hacia la mano que le seguía sujetando el brazo y él la soltó, tan deprisa como si su piel le hubiera quemado los dedos a través de la tela.

—De aquí en adelante, será mejor que asumas que sé lo que estoy haciendo —dijo Lyra secamente—. Y, ya que lo mencionamos, también deberías evitar ponerme las manos encima.

—Lo siento. —Grayson Hawthorne no sonaba arrepentido en absoluto—. Tenías los ojos cerrados.

—Vaya, no me había dado cuenta —soltó Lyra con ironía.

Grayson clavó su mirada en ella.

—De aquí en adelante —dijo, tomando prestada su expresión anterior—, si tienes intención de causarme problemas con tu imprudencia, deberías saber que resolveré el problema.

Hablaba como alguien acostumbrado a dictar reglas, las suyas y las de los demás.

—Sé cuidar de mí misma.

Lyra pasó junto a él y se dirigió hacia las ruinas, alejándose del acantilado.

Justo cuando pensaba que iba a dejarla marchar, Grayson dijo:

—Te conozco.

Lyra se detuvo. La manera en que lo había dicho la hizo pedazos.

—Pues claro que nos conocemos, imbécil. ¿Del helicóptero? ¿Hace literalmente menos de una hora?

—No.

La negativa de Grayson Hawthorne fue absoluta, como si, tanto si era una orden como si te informaba de tu error, lo único que tenías que entender era que había dicho «no».

—Sí.

Lyra no tenía intención de girarse ni de mirarlo a los ojos, pero, en cuanto quedaron atrapados en una especie de concurso de miradas, se negó a apartar la vista en primer lugar.

Los iris plateados de Grayson no flaquearon.

—Te conozco. Tu voz. —Se le hizo un nudo en la garganta—. Reconozco tu voz.

Lyra ni siquiera se planteaba la posibilidad de que reconociera algo de ella. Solo habían hablado tres veces y de eso ya hacía año y medio. Menos de tres minutos en total. Jamás le había dicho su nombre. Las llamadas las había hecho desde un teléfono de prepago.

—Creo que te equivocas.

Lyra apartó la mirada la primera. Se volvió y se alejó. De nuevo.

—No suelo equivocarme, por no decir que no me equivoco nunca.

Su tono parecía estar especialmente hecho para detener a quien fuera. Lyra no se detuvo.

—Tú me llamaste. —Grayson puso énfasis en la primera y la segunda palabra de la frase.

«Y tú me dijiste que dejara de llamar». Lyra se mordió la lengua.

—¿Y qué? ¿Qué pasa si lo hice?

Intentó no darse la vuelta, pero de poco le sirvió, porque, un instante después, Grayson estaba ante ella, bloqueándole el paso.

Lyra ni siquiera lo había oído moverse.

Tragó saliva.

—No me dejas pasar.

Grayson la observó como si estuviera buscando algo en el fondo de un estanque de aguas oscuras, como si fuera un misterio… y él tuviera que resolverlo. Un rastro de emoción se reflejó en sus pálidos ojos y, por un instante, Grayson Hawthorne casi pareció humano.

Y, acto seguido, se hizo a un lado bruscamente para dejarla pasar en un gesto cortés y caballeroso, a juego con el traje negro de corte elegante que llevaba como si fuera su segunda piel.

Lyra no había pedido ninguna de aquellas galanterías.

—Apártate de mi camino —dijo, pasando junto a él.

A su espalda, Grayson respondió a la orden que ella le había dado con un férreo mandato de los suyos.

—Apártate de los acantilados.

CAPÍTULO 9
GIGI

Gigi estaba más que entusiasmada por ir en barco, en concreto, en una lancha motora, y, más en concreto, en una Outerlimits SL-52.

En un juego como ese, los detalles eran importantes. Gigi se fijó en todo. En los exquisitos elementos a bordo, de un rojo intenso, en su impresionante metro y medio de eslora. En la isla hacia la que se dirigían.

En el Hawthorne que conducía el barco.

El viento hacía bailar los rizos de Gigi, siempre indomables y justo por debajo del mentón, moviéndolos en todas direcciones, como si trataran de escapar.

—No te has traído una goma para el pelo —dijo Savannah a su lado.

No lo preguntaba, lo afirmaba.

Basándose en la experiencia, Gigi confiaba en que su hermana melliza sacara una goma extra de su larga trenza rubia, pero Savannah no movió ni un dedo.

Entre ellas, todo había cambiado desde que Savannah había empezado la universidad.

Incluso antes.

Gigi no soportaba mentirle a su melliza y todo lo que fuera no soltar la sórdida verdad siempre le parecía mentir. «Papá no está en las Maldivas, ¡está muerto! ¡Murió tratando de asesinar a Avery Grambs! ¡Lo encubrieron! ¡También hizo explotar un avión! Mató a dos hombres».

Un mechón de pelo le golpeó el rostro.

—Toma.

Una voz serena y grave, de barítono, atravesó el viento. Gigi se dio la vuelta para mirar al otro pasajero del barco, al otro jugador. Le estaba tendiendo una goma de pelo idéntica a la que había sujetado unas rastas que le llegaban a los hombros.

—Gracias —dijo Gigi. Una vez puesto en uso el regalo que le acababa de ofrecer el desconocido, esbozó una sonrisa y añadió—: Me llamo Gigi. Y te acabas de convertir en mi mejor amigo.

Eso le valió una débil sonrisa de su nuevo amigo (y también rival), quien, a continuación, clavó la mirada en la distancia, en la lejana isla. Su piel tenía un profundo color ébano, llevaba unas gafas de montura gruesa y se apreciaba una barba incipiente en su magnífica mandíbula.

Está bien, en su increíblemente magnífica mandíbula.

Gigi esperaba que dijera algo más, pero no lo hizo. «¿Así que es del tipo fuerte y silencioso?». Por suerte, era la mejor llenando los silencios.

—Me encantan las islas. Las islas privadas. Las islas desiertas. Los pequeños pueblos isleños llenos de lugareños peculiares.

A su lado, Savannah, sentada en una posición perfecta y sin un pelo fuera de su sitio, como si el barco fuera su trono, no pronunció palabra.

—Piensa en un libro o en una película —continuó Gigi, en un tono decididamente alegre—, ahora sitúalo en una isla y, no sé por qué, pero se vuelve cien veces mejor.

—Sistema cerrado —dijo esa voz serena y grave.

Gigi se quedó mirando otra vez a su nuevo amigo/rival.

—¿Sistema cerrado?

—En términos de física cuántica, es un sistema que no intercambia energía ni materia con otro sistema. Hay conceptos equivalentes en termodinámica y en la mecánica clásica. También en química y en ingeniería. —Encogió ligeramente los hombros—. Según esas definiciones, una isla no valdría, pero el concepto podría aplicarse igualmente. Nada dentro, nada fuera.

—Un sistema cerrado —repitió Gigi. Corrigió su apreciación anterior: «Fuerte, no siempre silencioso ¡y algo nerd!»—. ¿Eres físico? —le preguntó.

Cuanta más información tuviera sobre el rival, más fácil sería derrotarlo. Y, además, deseaba saberlo.

—Arrepentido.

—¿Físico arrepentido? —Gigi sonrió.

—De hecho, ahora estoy cursando el tercer año de mi doctorado en Antropología Cultural.

Al aproximarse a la isla, la lancha empezó a aminorar la velocidad para acceder al muelle.

—Hipotéticamente hablando…, ¿cuántos años tienes y cómo te llamas? —le preguntó Gigi al físico arrepentido.

Eso consiguió arrancarle otra breve sonrisa.

—Veintiuno. Y Brady Daniels.

—No es tu amigo. —Savannah ni se molestó en mirar a Gigi—. Es tu rival. Y, si lleva tres años haciendo el doctorado y tiene veintiuno, significa que terminó su grado universitario a los diecisiete o dieciocho como muy tarde.

«Un prodigio». Gigi volvió a mirar a Brady mientras la embarcación se deslizaba hacia el muelle.

El conductor, Xander Hawthorne, levantó una mano.

—¡Una atracada perfecta!

—Sería un error confiar en alguien aquí —advirtió Savannah a Gigi, bajando sin esfuerzo de la lancha antes de que Xander tuviera tiempo de amarrarla al muelle—. Tu nuevo mejor amigo no dudará en eliminarte a la primera oportunidad.

Probablemente, alguien que no conociera a Savannah hubiese pensado que era glacial, distante, fría y tranquila a partes iguales, pero Gigi reconoció el rostro de la Savannah jugadora. Era un rostro que gritaba a los cuatro vientos que Savannah había venido a jugar. Y Gigi sabía mejor que nadie que cuando su melliza, más alta, más rubia, más segura de sí misma, probablemente más inteligente y sin duda más motivada, jugaba…

Era para ganar.

CAPÍTULO 10
GIGI

En toda su vida, Gigi había conseguido ganar a Savannah tres veces para ser exactos: una al *Monopoly*, otra en el ahorcado y la tercera en un duelo de baile, pese a que Savannah insistió en que no estaban compitiendo.

Gigi se dijo a sí misma que el Gran Juego se convertiría en la cuarta. Ya tenía planeados varios golpes a la inversa con las ganancias que iba a obtener. Quizá entonces sentiría que era suficiente.

—En cierto sentido, el juego comienza esta noche —anunció dramáticamente Xander Hawthorne—. Pero en otro sentido muy real… empieza ahora mismo.

En el instante en que Xander terminó de dar las instrucciones, Savannah partió a toda velocidad. El físico arrepentido Brady Daniels se escabulló sigilosamente y Gigi…

Gigi ladeó la cabeza y contempló la isla desde el muelle. «Una playa de piedras. Un acantilado altísimo. Una mansión que parecía sacada del *Architectural Digest*». La casa tenía cinco pisos, era de planta ancha e iba estrechándose a medida que subía, lo que casi le confería una forma triangular.

La pared que daba al océano parecía ser enteramente de cristal.

«Llena de ventanas», pensó Gigi, dejándose llevar por una ola de admiración. Al ver la casa sobre los acantilados, sintió que aquello era real. Lo había logrado. Estaba jugando al Gran Juego. Había ganado ella sola su carta dorada, uno de los cuatro pases libres del planeta.

—Puedo hacerlo —dijo Gigi, olvidándose durante un segundo de que no estaba sola en el muelle.

—Puedes hacerlo —repitió como el eco Xander Hawthorne en tono alentador—. Y, cuando lo consigas, se compondrá en tu honor un poema épico de estilo vikingo. —Hizo una pausa—. Yo —aclaró—. Yo mismo lo compondré.

Gigi no conocía muy bien a los hermanastros de su hermanastro, pero Xander era de trato fácil. Le gustaba describirse como la versión humana de una de las invenciones de Rube Goldberg. Por lo que Gigi había podido comprobar, Xander era innovador, amante de la repostería casera y una fábrica caótica de gran corazón que siempre estaba diseñando o construyendo algo.

Y eso le dio una idea.

—Nuestras instrucciones son inspeccionar la isla —apuntó—. El muelle está amarrado a la isla. La lancha está en el muelle. Ergo, según la propiedad transitiva, se me permite examinar esta embarcación.

—En la lancha no hay nada —dijo Xander.

Pero Gigi ya estaba saltando por uno de los lados de la SL-52.

—Las provisiones secretas de pastelitos de crema que siempre llevas encima seguro que demuestran lo contrario —respondió.

No tardó mucho en encontrar un compartimento cerrado. Tras un ratito jugueteando con el cerrojo...

—*Voilà.*

En el interior, Gigi encontró lo que, básicamente, constituía un kit de supervivencia para Xander Hawthorne: dos bizcochos envueltos en papel de cocina, una caja de pastelitos de crema, una bebida energética, un cubo Rubik, un rollo de cinta adhesiva con estampado de leopardo y un rotulador permanente.

—Me llevaré esto. —Gigi se adjudicó la bebida energética—. Y esto también.

Se puso el rollo de cinta adhesiva en la muñeca a modo de pulsera y cogió el rotulador. No se les había permitido llevar provisiones ni objetos a la isla, así que el hecho de haberse adueñado de cualquier cosa potencialmente útil le confería cierta ventaja sobre el resto de los jugadores. Mientras se giraba para mirar hacia los enormes acantilados y hacia la casa, quitó la tapa del rotulador y empezó a dibujar en el dorso de su mano.

—Me han advertido seriamente de que ni se me ocurra darte cafeína —dijo Xander con aire grave.

Gigi abrió la bebida energética y se la bebió.

—¿Te he mencionado alguna vez que los mapas me gustan casi tanto como las islas?

Giró la mano hacia Xander, permitiéndole ver los símbolos que había dibujado en ella: una T para el muelle en forma de T, un triángulo para la casa, algunas líneas garabateadas para los acantilados.

—Gigi Grayson, cartógrafa lega —declaró Xander.

«Explora la isla. Traza un mapa. Busca pistas y objetos que

puedan ser útiles». Con el cerebro echando humo y un plan definido, Gigi se despidió de Xander.

—Para que conste —le dijo—, voy a hacerte cumplir la promesa de los poemas épicos, en plural.

CAPÍTULO 11
GIGI

Dos horas más tarde, Gigi ya tenía la mano y el brazo izquierdos casi llenos y empezaba a arrepentirse de no haber hecho algunos ejercicios de cardio antes de entrar en el juego. Pero ¿a quién pretendía engañar? Gigi no hacía ejercicios de cardio.

Seguro que a Savannah, estuviera donde estuviese, no le faltaba el aliento.

—No estoy resollando. Estoy respirando con cierta musicalidad —dijo Gigi para darse ánimos.

Pese a todo, siguió adelante. «Más acantilados. Ruinas. El bosque (medio quemado, medio vivo)». Lo atravesó y salió en el lado sur de la isla, donde encontró una escalera tallada en la piedra que descendía hasta la orilla rocosa.

En lo alto de la escalera, Gigi se sintió pequeña. No en el mal sentido, sino en el sentido Stonehenge, Gran Cañón o cualquier otra maravilla del mundo.

Se las arregló para dibujar el símbolo de una escalera en su brazo y, acto seguido, empezó a descender uno a uno los peldaños de piedra. Los tres últimos estaban cubiertos de musgo. Gigi sintió un hormigueo revelador en la nuca. «No había musgo en los otros».

Se arrodilló y despejó el escalón. Apenas había quitado un par de centímetros de musgo cuando distinguió el borde de la primera letra. Tiza. Se había borrado un poco, pero solo un poco.

Dos minutos y un peldaño cuidadosamente despejado más tarde, obtuvo una palabra: RANA.

No había nada bajo el musgo del siguiente escalón, pero, en el último, encontró otra palabra: MAGA.

—Rana —dijo Gigi—. Es decir, batracio. Maga, o sea, hechicera, vidente.

Gigi comprobó la posición del astro en el cielo, un recordatorio de que estaba en una carrera contrarreloj.

«Solo tengo hasta el atardecer».

No estaba dispuesta a perder un tiempo precioso devanándose los sesos con una pista que podía descifrar más tarde, así que se levantó la camiseta y con el rotulador garabateó las palabras en su abdomen: RANA. MAGA.

Volvió a mirar la inscripción a tiza en los escalones y vaciló. Aquello era una competición. Mordiéndose el labio inferior, Gigi borró la tiza con la base de la mano.

En la orilla, allá donde se curvaba en el lado sureste de la isla, Gigi divisó un edificio que se alzaba en el agua. Con todos aquellos arcos y piedras enormes, era un edificio más propio de la Europa medieval, de esos que se encontraban sobre canales o en un río. Sin embargo, cuando se acercó, comprobó que, en el agua, debajo de aquella estructura, había otro muelle.

—Un embarcadero —concluyó—. Un espeluznante embarcadero de estilo gótico.

Con el lienzo de su brazo izquierdo ya lleno, cambió el rotulador de mano y empezó a dibujar un trío de arcadas en el dorso de la mano derecha.

Una exploración más detenida le reveló que el embarcadero bajo los arcos contenía dos pequeñas rampas, perpendiculares a otra más grande ubicada en el centro, en la que había una plataforma de tamaño considerable. Gigi dibujó una serie de rectángulos bajo las arcadas.

—¿Quién se siente invenciblemente ambidiestra? Yo.

Fue entonces cuando distinguió una escalera construida en la pared del embarcadero.

«En caso de duda, suba», se dijo.

Gigi subió y advirtió de inmediato que no estaba sola.

En lo alto de uno de los arcos había una anciana. Tenía las puntas de su pelo canoso teñidas de negro y su porte era el de una persona acostumbrada a enfrentarse a huracanes. Sostenía… algo en la mano.

Gigi avanzó cautelosamente. La anciana ni siquiera se giró. Más bien al contrario: se llevó el objeto que sostenía a los ojos.

«¿Unos prismáticos?». Al acercarse, se dio cuenta: no eran prismáticos, sino unos gemelos, como los de la ópera, con adornos bastante barrocos y piedras preciosas incrustadas. Los dirigía hacia algo (o a alguien) en la isla a sus pies.

Gigi volvió la cabeza. Desde la parte más alta del embarcadero, se divisaba todo el lado este de la isla, una larga franja litoral únicamente interrumpida por la plataforma de aterrizaje a lo lejos. En la distancia, Gigi distinguió a una silueta familiar. «Brady». Y había alguien más.

«¿Otro jugador?». Desde su posición, Gigi no podía distinguir los rasgos del otro hombre, pero algo en su pose le recordó a un hurón o más bien a un glotón.

—Se conocen —dijo la anciana—. Y me atrevería a decir que bastante bien.

Gigi se preguntó cuántos aumentos tendrían esos gemelos... y dónde los había encontrado la anciana. Debía de ser uno de esos objetos que formaban parte del juego.

—¿Cómo lo sabe? —preguntó Gigi.

—¿Que cómo sé que se conocen? —La mujer continuó observando a través de los gemelos—. Sobre todo, por su lenguaje corporal.

En el silencio que siguió, Gigi se fijó en que la anciana movía los labios ligeramente. «Sí, ya, sobre todo, por su lenguaje corporal —pensó Gigi—. Sobre todo».

—Les lee los labios —dijo, al darse cuenta—. ¿Qué están diciendo?

—Al de la izquierda le gustan los ponis. Al de la derecha le gusta comer ponis. —La anciana habló con voz tosca—. El cuento de siempre.

El de la izquierda era Brady.

—¿Ponis? —repitió Gigi—. ¿Está hablando en serio?

—Vamos, ¿no vas a dejar que una anciana se divierta? —La mujer apartó los gemelos y se giró, clavando su mirada en Gigi—. Soy Odette y tú, querida jovencita, eres muy observadora.

—Me llamo Gigi, y eso intento.

—Lo haces, ¿verdad? —respondió Odette—. Inténtalo. Al mundo le encantan las mujeres que se esfuerzan. —Gigi miró de reojo a Odette y esta, clavando sus ojos en los de la joven, añadió—: A menos que se esfuercen demasiado.

Con eso, la anciana se incorporó y se dirigió hacia la escalera. Justo antes de bajar, volvió a hablar.

—Solo te diré una cosa, de una mujer que se esfuerza demasiado a otra: hablaban de una chica y, por lo que he podido comprender, está muerta.

CAPÍTULO 12
ROHAN

Rohan examinó la pista que acababa de encontrar. En la punta más occidental de la isla, alrededor de la base de un mástil, había descubierto una gruesa cadena de metal con un candado de brillante platino. El candado no tenía cerradura ni combinación, nada que permitiera abrirlo. Habían grabado una frase en la superficie de la cadena con una caligrafía muy elaborada.

«Ningún hombre es una isla entera por sí mismo». Rohan reconoció las palabras, el primer verso de un conocido poema. ¿Y bien?, ¿cuál era la pista, la clave, la ventaja que se obtenía? Sin piedad, empezó a barajar mentalmente todas las posibilidades: el nombre del poeta, John Donne; el poema en sí, centrado en la idea de que la humanidad está intrínsecamente conectada.

«Nunca preguntes por quién doblan las campanas». Rohan se permitió saltar al último verso del poema. «Doblan por ti».

Desde las profundidades de su mente, le llegó una advertencia: «Alguien se acerca». Hacía tiempo que sus sentidos estaban entrenados para funcionar exactamente según sus necesidades. Incluso con la cabeza en otro lugar, sus oídos siempre estaban oyendo, su cuerpo siempre alerta. Los pasos jamás eran solo pasos; contaban cosas, eran indicios, y Rohan era un experto en interpretar lo que decían.

«Zapatos con suela de goma, pisada agresiva, peso desviado hacia el tercio anterior del pie». Dejó el candado y se agazapó entre las sombras. Había memorizado la pista y observar la reacción de otro jugador le resultaría mucho más útil que luchar por ella.

En cuestión de segundos, la propietaria de los zapatos con suela de goma y zancada agresiva apareció. «Alta y de complexión fuerte». Llevaba su larga melena rubia platino peinada en dos apretadas trenzas que le rodeaban la cabeza como si de una corona de laurel se tratara y que terminaban por unirse en una trenza más gruesa que colgaba por su espalda cual cuerda dorada.

«Savannah Grayson». Rohan ya sabía lo esencial sobre ella: dieciocho años, jugadora de baloncesto, una reputación de reina de hielo, la hermanastra de Grayson Hawthorne.

«Y bien, Savannah —dijo para sus adentros—. Dime, ¿quién eres en realidad?».

Rohan observó cómo Savannah se concentraba en la cerradura con una velocidad notable. Leyó la pista. La mayoría de la gente se hubiera parado a reflexionar, pero el ligero cambio de peso que percibió le indicó que ella no era como la mayoría de la gente.

Intuyó su siguiente movimiento justo antes de que lo hiciera.

Savannah pasó el brazo por debajo de la cadena, se la puso al hombro y empezó a trepar por el mástil. No había ninguna bandera en lo más alto. Nada que pudiera encontrar allí. «No estás buscando nada, ¿verdad, cariño?». Iba a sacar el candado y la cadena del poste.

De ese poste de quince metros de altura.

Savannah trepaba igual que caminaba, con decisión. «Con rabia», pensó Rohan. Tenía unos brazos fuertes y su resistencia era impresionante. Atraído por esa decisión, esa rabia, esa resistencia, Rohan salió de las sombras. El poste era lo bastante sólido y grande como para soportar el peso de los dos.

Se le ocurrían maneras peores de conocer a alguien.

Savannah estaba a medio camino cuando se dio cuenta de que tenía compañía. Sin embargo, no se entretuvo. Subió con más determinación, más rápido, pero Rohan la aventajaba diez centímetros en altura, medio brazo y en toda una vida en el Piedad del Diablo.

En unos segundos, sus manos agarraron el poste justo por encima de los tobillos de la joven, rozando con las yemas de los dedos la parte delantera de su pierna. Un instante después, los dos estaban codo con codo. Rohan se sintió impulsado a rebasarla para ver su reacción, sin embargo, en el mundo de Rohan la estrategia nunca se sometía a los deseos. Se adaptó a su ritmo, mano tras mano, pie tras pie, sin tomar ventaja y sin tampoco cederla.

Al aproximarse a la cima, los ojos de Savannah se posaron en los suyos.

—Un día perfecto para la escalada —dijo Rohan.

Savannah lo miró de arriba abajo y arqueó una ceja.

—Los he visto mejores.

Ah, le caía bien. A Rohan le gustaba que le bajaran los humos. Y también le gustaba el gesto que había hecho con los labios al pronunciar aquellas palabras.

—¿Necesitas ayuda con eso? —preguntó Rohan, señalando con el mentón la cadena que rodeaba el hombro de Savannah.

«Ya he visto la pista, pero tú eso no lo sabes. Veamos hasta dónde eres capaz de llegar para proteger aquello que crees que es tuyo».

—¿A ti te parece que necesito ayuda?

El tono de Savannah era imperturbable, como si no estuvieran a quince metros del suelo, como si su cuerpo no se encontrara a escasos centímetros del de Rohan, con las piernas prácticamente entrelazadas. Soltó una mano y pasó la cadena por encima del mástil.

«Encantado de conocerte, Savannah Grayson». Rohan había querido saber quién era en realidad. Ella se lo había mostrado.

Para cuando volvieron a pisar el suelo, ya no estaban solos.

Savannah se apoyó en su pierna derecha al aterrizar junto al intruso.

—Savannah, tu rodilla.

Grayson Hawthorne guardaba un sorprendente parecido con su hermanastra. Ambos mantenían sus emociones bajo llave… o, al menos, eso intentaban.

Aunque Rohan sabía forzar todo tipo de cerraduras.

—Estoy bien.

Se percibía cierta tensión en Savannah, no en su voz ni en su rostro, sino en las largas y elegantes líneas de su cuello.

A alguien no le gustaba en absoluto que le recordaran sus debilidades.

Y a otro alguien no parecía gustarle mucho lo cerca que Rohan estaba de su hermana.

—En otro lugar. —Grayson dejó la frase suspendida en el aire durante un segundo—. Es precisamente donde quieres estar ahora mismo —aclaró para Rohan.

El hermano la sobreprotegía. La hermana no quería que la protegiera.

Puede que no lo supiera, pero Grayson acababa de hacerle un favor a Rohan.

—¿Así que este es el típico discursito de «no te acerques a mi hermana»? —Rohan sonrió en dirección a Savannah—. Tiene razón, cariño. Soy muy muy mala idea, a menos que seas una hedonista, y entonces soy una muy buena.

Grayson dio un paso adelante.

—Ni se te ocurra —ordenó Savannah a su hermano—. Sé cuidar de mí misma.

—No hay duda. —Rohan guardó silencio durante unos instantes—. Aunque, en defensa de tu hermano, quizá me guarde rencor por todo ese asunto con las costillas.

—¿Qué costillas? —dijo Savannah.

—Las de Jameson —aclaró Rohan. El incidente en cuestión había ocurrido en el ring del Piedad del Diablo—. Pero fue una rotura de costillas amistosa —añadió con despreocupación.

Al contrario de lo que daba a entender su tono, Rohan no lo había disfrutado. Jameson Hawthorne era una de esas personas que no sabían cuándo había llegado el momento de rendirse.

Grayson Hawthorne parecía más moderado. No mordió el anzuelo que le había lanzado Rohan y, en lugar de eso, decidió desviar de nuevo su atención como si fuera un láser hacia Savannah.

—Hace menos de tres meses que te operaron. Tu rodilla no puede estar a más del ochenta por ciento.

Un destello de algo cruzó los ojos de Savannah y, por un momento, Rohan percibió que no solo su cuello, sino todo su cuerpo, se ponía rígido.

«El cuerpo nunca miente», pensó Rohan.

—Los dos sabemos que no llego al ochenta por ciento —confesó Savannah a Grayson.

—Por suerte, yo tampoco —respondió Rohan.

Savannah clavó su mirada en él durante tres segundos, tres segundos desafiantes y tentadores, y, acto seguido, se adentró en el bosque como si fuera una atleta olímpica tras el pistoletazo de salida.

Rohan disfrutó al verla partir.

—Sería prudente por tu parte no acercarte a mi hermana —dijo Grayson, en tono tranquilo, pero con elocución afilada.

Rohan se planteó concederle la última palabra. Al fin y al cabo, era el Hawthorne encargado de hacer cumplir las normas de aquel juego, fueran cuales fuesen. La retirada era la jugada más segura. Pero Rohan quería probar una teoría y en su vida no había llegado hasta allí jugando sobre seguro.

—Estaré encantado de no acercarme tu hermana —dijo Rohan—. A ninguna de las dos, de hecho. —Clavando sus ojos en los de Grayson, puso en marcha su pequeño experimento—. Pero eso significa que deberé centrar toda mi atención en Lyra Kane.

CAPÍTULO 13
LYRA

El lado oscuro de Lyra quería acercarse al borde de cada acantilado solo para demostrarle a Grayson Hawthorne que no era nadie para darle órdenes. En lugar de eso, se puso a correr, entre los árboles quemados y los que aún resistían, hacia el centro de la isla y, después, por el litoral.

«Sigue adelante. Más lejos. Que no se te escape nada». Lyra se dejó invadir por la melodía que marcaban sus pasos contra el polvo, la roca y la hierba. Sí, sentía la isla. En el espacio entre las ruinas y la nueva casa, entre el muelle, el embarcadero y el helipuerto, el lugar aún conservaba su estado natural: salvaje, libre y auténtica. «Hermosa».

Regresó a las ruinas, cruzó la isla de nuevo tomando un nuevo camino y, en esta ocasión, se detuvo en cada estructura que encontró, evitando, únicamente, la casa en la parte norte. Cuando terminó, volvió dando un rodeo por el perímetro hasta las ruinas.

«No pares». Sintió la quemazón primero en los pulmones. ¿Cuándo habían empezado a arderle los músculos y a sentir todo su cuerpo? Entonces ascendió por los acantilados, rastreando la orilla rocosa a sus pies.

Con el atardecer acercándose, Lyra se encontró de nuevo en la parte del bosque que había sido pasto de las llamas. Respirando con dificultad, apoyó la mano en un árbol carbonizado y cerró los ojos.

«Esto lo ha hecho un Hawthorne». Aunque nunca lograba reproducir las imágenes del recuerdo, sí oía los sonidos. No se limitaba a recordar esas palabras; las oía, igual que las había pronunciado su padre biológico: la gravedad en su voz, ese acento inglés indistinguible, imposible de ubicar.

«Feliz cumpleaños, Lyra». Había pronunciado «Lai-ra» y no «Ly-ra», lo que demostraba que solo la consanguinidad los convertía en padre e hija.

«Esto lo ha hecho un Hawthorne».

«¿Cómo empieza una apuesta? Así, no».

Un sonido la devolvió al presente. «¿Qué es ese ruido?». Echó un vistazo a su alrededor, inspeccionando los árboles carbonizados. Entonces lo vio: el viento azotaba un papel pegado con cinta adhesiva a una de las negras cortezas.

«¿Otra pista?». Lyra fue a toda prisa hacia el árbol. Con cuidado, despegó la nota. «Papel blanco. Tinta azul oscura». De repente, una ola de adrenalina recorrió todo su cuerpo. Tardó un poco más en procesar la única palabra que había escrita.

«No es una palabra —pensó—, sino un nombre». Lo único que había escrito en la hoja de papel era THOMAS.

Su respiración quedó atrapada en su garganta como si se hubiera congelado y, entonces, oyó otro sonido, y otro. Más hojas de papel agitadas por el viento, más troncos negros salpicados de blanco.

Más notas.

Fue pasando de un árbol al otro, arrancándolas con más brusquedad, mientras las palabras se grababan a fuego en su mente. THOMAS de nuevo. TOMASSO. TOMÁS.

—Thomas, Thomas, Tommaso, Tomás —susurró Lyra, casi sin voz.

Su mano se cerró en un puño, arrugando las páginas, que empezaron a chisporrotear.

Las chispas se convirtieron en llamas. «Fuego». Sorprendida, Lyra soltó un grito y dejó caer las notas. Observó cómo el nombre de su padre biológico, todos sus nombres, sus variaciones, se convertían en ceniza en el suelo.

Lyra no tenía ni idea de cuánto tiempo había perdido mirando esas cenizas. Thomas, Thomas, Tommaso, Tomás. Jameson Hawthorne había dicho que la isla contenía pistas de lo que estaba por llegar. ¿En eso consistía? ¿Solo se trataba de otro elemento del juego?

«¿Les contaste lo de nuestras llamadas a tus hermanos, Grayson? ¿Le contaste a Avery Grambs todo lo que te dije?». Lyra no quería hablar mentalmente con Grayson y tampoco quería creer en lo que en aquel momento parecía evidente, la única idea que no había dejado de rechazar desde que había abierto la carta dorada: «Esta es la razón por la que estoy aquí. Esta es la razón por la que me han elegido».

Se le había brindado la oportunidad de obtener riquezas incalculables. Un auténtico regalo. Aunque ella, en realidad, siempre había sospechado que ese dinero estaba de algún modo manchado de sangre, que, de alguna manera, era un control de daños, un soborno y una compensación.

Sin embargo, Lyra podría jurar que Grayson Hawthorne no la había reconocido, que no había tenido ni idea de quién era hasta el momento en que oyó su voz. Y jamás había pronunciado el nombre de su padre durante sus llamadas. Ni el suyo.

«Te conozco». Las palabras de Grayson resonaron en su mente. «Tu voz. Reconozco tu voz».

—¿Estás indispuesta?

Saliendo de su ensimismamiento, Lyra se las arregló para apartar la mirada de las cenizas y el polvo, y fijarla en la persona que acababa de pronunciar aquellas palabras. Lo primero que vio fue una larga melena, trenzada y de un rubio tan claro que parecía casi plateado, que combinaba a la perfección con la piel pálida y casi luminiscente de la chica que tenía ante ella. En lo siguiente que se fijó Lyra fue en la gruesa cadena que rodeaba el brazo de la desconocida desde el hombro hasta la muñeca.

Lo último en lo que se fijó fueron sus ojos. «Los mismos que Grayson Hawthorne».

Estaba en todas partes. «¿Estoy indispuesta? ¿Indispuesta?». Aquella chica hasta sonaba como él.

—Este juego es retorcido —soltó sin proponérselo Lyra—. Ellos son retorcidos.

—Si con «ellos» te refieres a los Hawthorne y a la heredera Hawthorne… —dijo una voz familiar con acento británico surgida de la nada—, lo dudo mucho.

Lyra rastreó el bosque en busca de Rohan, quien apareció en el claro como por arte de magia. Sus largas piernas franquearon rápidamente la extensión de bosque quemado que los separaba.

—¿Quizá engreídos, siempre angustiados y propensos a idolatrar a un viejo que, por lo visto, era un auténtico desgraciado? —continuó Rohan—. Eso sí. Pero ¿crueles? ¿Avery Grambs y los cuatro Hawthorne? No creo. Y, sea lo que sea lo que te ha hecho poner esa cara… —Rohan examinó atentamente a Lyra y esta sintió que su mirada la acariciaba como si fuera un guante de seda—, ha sido cruel.

«Thomas, Thomas, Tommaso, Tomás». Lyra tragó saliva. Por suerte, Rohan no prestó atención a su mal disimulada confusión durante mucho más tiempo. Su mirada se desvió lánguidamente hacia la chica con aquellos ojos.

—Savannah Grayson, te presento a Lyra Kane —dijo Rohan.

«Grayson. Deben de ser familia». Lyra se obligó a no pensar en ello.

—¿Qué ha sido exactamente lo que te ha perturbado? —Savannah se lo preguntó sin rodeos—. ¿Has encontrado algo? —Dio un paso adelante—. ¿Una pista?

Hasta caminaba como él. Lyra no tenía intención alguna de responder a la pregunta de Savannah. Y pese a ello…

—Notas. Con el nombre de mi padre. —«Sus nombres»—. Está muerto. —La voz de Lyra sonaba inexpresiva incluso a sus propios oídos—. ¿Cómo demonios va a ser eso una pista?

—Supongo que depende. —Era evidente que Savannah no había captado que la pregunta de Lyra era retórica—. ¿Quién era tu padre y cómo murió?

«Directa a la yugular», pensó Lyra.

—No es una pista —dijo Rohan sin darle importancia.

—No quiero hablar de mi padre —le dijo Lyra a Savannah.

—Lo comprendo.

Savannah no sonaba muy comprensiva.

—No es una pista —tosió Rohan.

—Ignóralo —le aconsejó Savannah—. Es bueno para el espíritu.

—Eso se dice pronto, cariño —replicó Rohan y, esbozando una sonrisa, añadió—: Y... no es una pista.

—El nombre de un muerto no se escribe solo. —Lyra dirigió toda su frustración hacia Rohan—. Las notas ¡han ardido solas! ¿De verdad esperas que piense que los creadores del juego no ven esto como el summum de la inteligencia? ¿Que no es un retorcido elemento del juego?

—En ningún momento he dicho que no fuera parte del juego —replicó Rohan—. ¿Lo he hecho acaso?

Savannah giró la mirada hacia él.

—Lo que has dicho es que no era una pista.

—Y también que los creadores del juego no son crueles —añadió Rohan—. Pero me parece que no he afirmado lo mismo sobre los otros jugadores..., aunque, Lyra, me apuesto algo a que la persona que ha entrado a escondidas con todo este material y que ha montado este pequeño despliegue de medios confiaba en que lo encontrarías un poco más tarde, cerca de la puesta de sol.

«La puesta de sol». Lyra lo comprendió enseguida. «El toque de queda».

—Una maniobra de distracción —dijo.

«Un sabotaje». Rohan estaba sugiriendo que se había convertido en el blanco de otro jugador.

Un jugador que, por alguna razón, conocía el nombre de su padre. «Sus nombres, en plural».

—Y, de este modo —dijo Rohan, con sus insondables ojos castaños, mirando de nuevo a Savannah—, se acabaron las contemplaciones.

CAPÍTULO 14
GIGI

Cuando todavía faltaban quizá veinticinco minutos para el atardecer, Gigi dio una vuelta por la orilla este de la Isla Hawthorne, en la que no había acantilados ni árboles, solo la isla, el océano y una maleza llena de espinas que los separaba. Se puso a correr (en el sentido más amplio del término) por el lado interior de la maleza mientras ordenaba mentalmente todo lo que había sucedido en las últimas horas: «Rana. Maga. Odette con aquellos gemelos. Brady y el otro jugador... y una chica muerta».

Eso suponiendo que Odette no estuviera mintiendo, por supuesto.

En su cabeza aún resonaba la advertencia de Savannah: «Sería un error confiar en alguien aquí».

Gigi aminoró el ritmo y, de pronto, dio un paso atrás y clavó los ojos en el suelo. Había distinguido algo entre la maleza. «Un destello metálico». Se arrodilló para comprobarlo.

—¿Una hebilla?

Extendió la mano para alcanzarla y tiró de una especie de correa, pero, fuera lo que fuese, estaba atrapado en la maleza. Tiró con más fuerza. Cuando vio que aquello no servía de nada, metió los brazos hasta los codos entre las zarzas y las espinas se clavaron en el mapa de su piel. Gigi ignoró el dolor y pensó de nuevo en los gemelos de Odette.

«Aquí está. Mi oportunidad de conseguir uno de los objetos del juego». Al final, la fuerza y el empeño de Gigi prevalecieron, sobre todo el empeño, y una gran mochila negra emergió de la maleza. Abrió la cremallera. Lo primero que vio en el interior fue más metal.

—¿Un tanque de oxígeno?

Y, debajo, algo oscuro. «Y mojado».

—Un traje de neopreno —susurró Gigi.

Gigi tomó aliento. Supuso que alguno de los hermanos Hawthorne lo había utilizado para dejar oculta alguna pista en el fondo del océano y que después había escondido el equipo de buceo para que algún afortunado jugador lo encontrara.

«Y he sido yo», pensó Gigi orgullosa. Apartó el traje de neopreno y siguió examinando el contenido de la mochila. Había dos objetos más.

«Un collar —se maravilló Gigi—. Y una navaja».

Extrajo primero el collar. Era una delicada cadena de oro que llevaba engarzada una piedra de un color turquesa como el del océano. El colgante tenía las dimensiones de una moneda de veinticinco centavos y era fino y ovalado. Unos hilos dorados envolvían la joya y la unían a la cadenita, dividiéndola visualmente de arriba abajo por la mitad.

Desabrochó el cierre y se ajustó la cadena de oro al cuello. Acto seguido, dirigió su atención a la navaja. Estaba enfundada. La desenvainó.

La hoja era plateada y ligeramente curvada, y el mango corto. El cuero de la funda estaba maltrecho y se veían unas marcas como de arañazos, como si las hubiesen hecho unas garras.

«Trece», contó Gigi. Registró mentalmente los detalles del botín. Con el tiempo, todo lo encontrado daría sus frutos. Así funcionaban los juegos de los Hawthorne. Todo importaba. «El número trece. La hoja de la navaja. El mango. La navaja. La cadena de oro. La piedra preciosa. El equipo de buceo. Rana. Maga».

Pero ¿tenía Gigi la más mínima idea de lo que significaba todo aquello o de cómo se iba a desarrollar el Gran Juego? No. No la tenía. Aunque una cosa estaba clara: aquel era el gran hallazgo. El premio gordo de entre todos los premios.

Esto. Lo. Era. Todo.

Entre sus muchos y variados talentos, a Gigi le encantaba inventarse bailes para celebrar sus victorias… Pero entonces oyó pasos a sus espaldas. Sosteniendo la navaja, cerró la cremallera de la mochila con la otra mano.

—¿Qué tenemos aquí?

La voz que formulaba esa pregunta, que no era en realidad una pregunta, sonaba inequívocamente masculina y un poco monótona.

Gigi se echó la mochila al hombro, se levantó y se volvió.

—Hola. Soy Gigi. Me gustan tus cejas.

En su defensa, cabía decir que eran impresionantes: unas cejas oscuras, pobladas y puntiagudas, rasgo fundamental del igualmente impresionante ceño fruncido del recién llegado.

—Knox.

Su presentación, al igual que lo era su ceño, fue brusca, casi…

«Como un hurón», pensó Gigi. Recordó el comentario de Odette sobre el hombre que conversaba con Brady un rato antes: «Al de la derecha le gusta comer ponis». Y luego estaba esa otra cosa que había dicho Odette.

Lo de la chica muerta.

—Eso me lo llevo yo.

Knox señaló con el mentón la mochila que Gigi llevaba al hombro. Parecía unos años mayor que Brady; ya entrado en la veintena, así que Gigi no se sintió tan inclinada a considerar la línea de su mandíbula.

Además, en aquel preciso momento, tenía problemas más importantes.

La mano de Gigi agarró con fuerza la correa sobre su hombro.

—Por encima de mi cadáver —dijo alegremente. Y pese a que, en vistas de la situación, aquella no era la frase más prudente ni la más apropiada, eso no impidió que Gigi añadiera—: Y no me refiero a un cadáver que lleva muerto un par de días y que se ha enfriado, sino a uno frío como las camillas de la morgue, que ha sido congelado y se han tomado medidas para evitar que resucite de nuevo.

Knox no pareció muy impresionado.

—No creo que ganes, enana.

—Nadie lo cree —replicó Gigi.

Sentía el corazón desbocado, como si tuviera un bongó en el pecho, pero, por suerte, Gigi era toda una experta en ignorar tanto los instintos animales de su cerebelo como el sentido común de su lóbulo frontal.

—Evidentemente, todo sería más fácil si tuviera un gato. Pero, como ves, voy armada: cinta adhesiva y una navaja.

—Gigi esbozó una sonrisa optimista—. ¿Y se supone que vas a hacerme daño?

No era su intención real formular aquella pregunta. En el fondo, no creía que Avery y los Hawthorne hubieran metido a alguien realmente peligroso en el Gran Juego. «Aunque también es cierto que ellos no han elegido a los jugadores de los pases libres», le susurró su sentido común. Gigi lo descartó de inmediato. Además, cuando Odette había mencionado a la chica muerta, no había dicho nada que sugiriera una muerte particularmente perversa. Más bien era trágica y Gigi sentía debilidad por lo trágico.

—No voy a hacerte daño, mocosa. —La voz de Knox seguía siendo monótona—. No voy a tocarte un pelo porque soy lo suficientemente listo como para saber que no estamos en un juego de ese tipo. Sin embargo, lo que sí pienso hacer es interponerme en tu camino. —Knox guardó silencio, permitiendo que sus palabras calaran hondo—. Así que, a menos que entregues esa mochila, además de la navaja y la cinta adhesiva, vayas donde vayas, allí estaré, bloqueándote el camino. Un paso. Tras otro. Tras otro.

No había mencionado el collar, así que Gigi supuso que o bien no se había dado cuenta o que había asumido que era suyo y que lo había llevado a la isla. Recurriendo a la más impresionante de sus miradas letales, Gigi se cruzó de brazos.

—Retiro el comentario sobre tus cejas.

—Tictac, niñita. —Knox la miró fijamente—. El atardecer se acerca y estás en el lado equivocado de la isla. Puedo correr un kilómetro y medio en cinco minutos. Apuesto a que tú no, lo que significa que yo puedo permitirme perder el tiempo…

Y Gigi no lo perdió.

CAPÍTULO 15
ROHAN

«Nueve minutos para la puesta de sol». Rohan rara vez entraba en los lugares de interés por la puerta principal. Las ventanas iban más con su estilo y, de las docenas y docenas que tenía la casa en el punto más al norte, había un total de una franqueable.

«En el lado del océano. A cuatro plantas de altura».

Entró sin que nadie lo advirtiera. Se deslizó entre las sombras, obligándose a memorizar la distribución del cuarto piso. «Siete puertas con siete cerraduras».

Entonces oyó los pasos. «Botas pesadas con las suelas desgastadas. Paso lánguido». Quienquiera que fuese no intentaba disimular su presencia, pero caminaba con más sigilo del debido.

Cuán Hawthorne de su parte.

—Qué casualidad encontrarte por aquí. —El acento texano del mayor de los hermanos Hawthorne combinaba con sus botas vaqueras y sombrero de *cowboy*—. Nash Hawthorne.

Tras presentarse, se apoyó contra la pared, cruzando las piernas.

—Tipo guapo —respondió Rohan. Dejó que Nash pensara que era un cumplido y, acto seguido, lo aclaró—. Nash Hawthorne —dijo, gesticulando hacia él con la cabeza, y después se señaló a sí mismo con el pulgar y añadió—: Tipo guapo. Un placer conocerte.

Nash resopló.

—¿Es que no tienes apellido? Ya sé tu nombre.

Intuyendo que Nash Hawthorne no daba personalmente la bienvenida a todos los jugadores del Gran Juego, Rohan soltó un suspiro.

—Si esto tiene que ver con las costillas de tu hermano…

—No le envidio a nadie una pelea justa. —Nash se quitó el sombrero de vaquero y recorrió el borde con las yemas de los dedos—. Solo he venido a hacer una predicción: no serás tú.

Nash hablaba del juego y afirmaba que Rohan iba a perder.

—Me has dejado destrozado —respondió Rohan, llevándose una mano al pecho.

Nash se separó de la pared y se acercó a Rohan. Pese a que debería haberse sentido desafiado por la manera en que lo miraba y por su predicción, Rohan no tuvo la impresión de que sus palabras o acciones constituyeran una maniobra de opresión.

Nash Hawthorne era así y punto.

—Nuestros juegos tienen corazón —dijo Nash y, acto seguido, se arrodilló para depositar algo en el suelo ante Rohan y se incorporó de nuevo—. No serás tú, chaval.

En esta ocasión, las palabras no sonaron a predicción, sino a advertencia. En otras circunstancias, Rohan habría considerado fraternal aquel regalo. Pero Nash Hawthorne no quería otro hermano pequeño y lo único que quería Rohan era el dinero para hacerse con el Piedad del Diablo.

Observó el objeto que Nash acababa de depositar en el suelo: una gran llave de bronce profusamente decorada.

—Busca qué habitación abre —aconsejó Nash—. En cuanto la encuentres, sabrás qué hacer.

Tras estas palabras, Nash se dio media vuelta y se dispuso a abandonar la estancia.

«Crees saber de lo que soy capaz, ¿verdad, Hawthorne?».

Le encantaba hacer cambiar de opinión a la gente.

—Por cierto... —le dijo a Nash—. Enhorabuena. Por los bebés.

CAPÍTULO 16
LYRA

Alguien estaba jugando a juegos psicológicos. Cuando Lyra salió a un porche de piedra flanqueado por unos enormes pilares de madera, miró hacia el oeste, hacia el horizonte, donde el sol, que ya se ponía, teñía el océano de unas sombras de un tormentoso violeta y un naranja quemado y vivo.

No podían faltar más de tres minutos para la puesta de sol.

Había resistido el impulso de correr hasta la casa situada más al norte. Su cuerpo de bailarina era capaz de rendir al máximo, incluso con la cabeza en otra parte, pero había decidido tomárselo con calma porque, si la intención de la persona responsable de aquellas notas era sacarla del juego, si confiaba en que llegara después del atardecer o que cometiera una imprudencia, iba a llevarse una decepción.

No se la manipulaba tan fácilmente.

La enorme casa ante ella, construida con piedra marrón y madera natural, podría haber parecido rústica si el diseño de la estructura (los ángulos, los pilares, la altura) no hubiera recordado más bien a una iglesia con un campanario altísimo.

La puerta principal parecía hecha de plata maciza y en su superficie había grabado un diseño geométrico.

Lyra acarició la puerta con la mano y, acto seguido, la abrió. Tras el umbral, la recibió un vestíbulo enorme con suelo de obsidiana del que partía una escalera de caracol blanca. Sigilosamente, se dirigió hacia ella, pero entonces lo advirtió: la escalera no solo subía.

Lo que desde la parte delantera de la casa parecía la planta baja era, en realidad, el tercer piso. Las escaleras subían; y también bajaban. En aquel momento, Lyra comprendió lo que habría sido evidente si hubiera explorado con más atención la parte más al norte: la casa no estaba construida sobre un acantilado en la cima de la isla.

Estaba construida dentro del acantilado.

Había dos puertas idénticas flanqueando el amplio vestíbulo y distinguió una tercera más allá de la escalera. Las tres eran de madera oscura y brillante, de tres metros de altura, y las tres estaban cerradas. Una mesa de granito negro con siete bandejas de plata presidía el vestíbulo. Cada una de las bandejas tenía una tarjeta con un nombre escrito en una caligrafía extravagante.

Lyra leyó los nombres, uno por uno.

ODETTE

BRADY

KNOX

LYRA

SAVANNAH

ROHAN

GIGI

«Además de mí, hay seis jugadores más», pensó Lyra. En lo que a ella respectaba, ni Rohan ni Savannah estaban libres de sospecha en el asunto de los juegos psicológicos. Cualquiera de los dos podría haber colocado esas notas en los árboles y luego regresar dando un rodeo. Aunque, a fin de cuentas, Lyra no estaba en la Isla Hawthorne para resolver un misterio, y menos uno sobre notas en los troncos calcinados o uno sobre un hombre con un buen puñado de nombres que ni siquiera sabía pronunciar el suyo.

En lugar de eso, centró su atención en el objeto de la bandeja que llevaba su nombre. Una llave. Era grande y de bronce. Unos elaborados remolinos metálicos se unían formando un intrincado dibujo en la parte superior. En el centro de ese dibujo había un símbolo.

«Un símbolo de infinito». A Lyra le pareció un detalle revelador, pero ¿de qué exactamente?

Volvió a examinar las bandejas de plata. Todas las demás, excepto una, estaban vacías. La única llave que quedaba (en la bandeja etiquetada con Gigi) parecía casi idéntica a la de Lyra y lo único que la diferenciaba eran los dientes en el paletón.

«Abren puertas distintas —concluyó Lyra—. Y yo he sido la penúltima en llegar». Miró su llave una vez más y reparó en que había unas palabras grabadas a lo largo de la espiga. Estaban en inglés:

EVERY STORY HAS ITS BEGINNING. Lyra tradujo mentalmente la frase —«Toda historia tiene un principio»— y, acto seguido, hizo girar la llave en su mano y leyó las palabras que había al otro lado. TAKE ONLY YOUR OWN KEY.

«Solo toma tu llave».

Recordó la bienvenida de Jameson nada más llegar a la isla. «En cierto sentido, el juego comienza esta noche. En otro sentido muy real… empieza ahora mismo».

La puerta principal se abrió de golpe. Una mancha borrosa y pequeña de pelo castaño entró a toda velocidad. Apenas dos segundos después, la pesada puerta plateada se cerró de nuevo sin ayuda, seguida de un sonido parecido a un disparo. «El cerrojo».

La puerta principal se acababa de cerrar de golpe con llave.

—La puesta de sol —resolló la recién llegada, agachándose y apoyando las manos en las rodillas.

Lyra la examinó durante un instante.

—Tú debes de ser Gigi.

La suya era la única llave que quedaba sobre la mesa.

—¡Exacto! —Gigi respondió y, acto seguido, se enderezó—. Pregunta: humano con aspecto de glotón y estas cejas. —Gigi se colocó los dedos índices en la frente, formando una uve justo encima de la nariz—. Con chaleco presuntuoso y alma turbada. ¿Lo has visto?

La referencia al chaleco le dijo a Lyra a quién buscaba Gigi exactamente.

—¿Te refieres a Knox Landry? —«Chaleco presuntuoso y alma turbada». Lyra se sintió obligada a reconocerlo: era una descripción perfecta—. Hace rato que no lo veo, pero su llave ya no estaba cuando llegué.

Gigi siguió la mirada de Lyra, que en aquel momento se posaba en las bandejas sobre la mesa. En cuestión de segundos, la otra chica ya tenía su llave en la mano.

—Toda historia tiene su principio…

Al contrario de Lyra, Gigi enseguida se fijó en la inscripción de la llave. En cuanto hubo leído el otro lado, Gigi alzó la mirada, reflexionó unos instantes, cogió la tarjeta con su nombre y le dio la vuelta.

En el dorso encontró un poema. Lyra la imitó y vio exactamente lo mismo: unas instrucciones.

ENCUENTRA LA HABITACIÓN QUE ABRE ESTA LLAVE.

DEJA LA TARJETA. QUE TODO EL MUNDO EN ELLA REPARE.

PONTE LA MÁSCARA Y EL DISFRAZ.

HAY UN BAILE A LAS CINCO Y CUARTO Y EL TIEMPO ES FUGAZ.

CAPÍTULO 17
LYRA

En la cuarta planta de la mansión, Lyra encontró siete puertas, cada una de ellas con una vistosa cerradura de bronce. En la pared, un enorme reloj con números romanos se encargaba de dar la hora.

Casi las cinco en punto.

Lyra fue hacia la primera puerta y probó la llave en la cerradura; entró, pero no giraba. Al pasar a la siguiente, Lyra oyó a Gigi a sus espaldas, probando suerte en una de las puertas. Tampoco lo logró en el segundo intento, pero, en el tercero, la llave giró.

La puerta se abrió hacia dentro.

El dormitorio era sorprendentemente sencillo; el único mueble era una cama extragrande. Sobre una colcha de un blanco inmaculado había un vestido de noche.

Lyra dio un paso adelante y la puerta se cerró a sus espaldas, aunque lo único que tenía en mente era el vestido. El corpiño era de un color azul marino casi negro, como el océano a medianoche. La falda era larga, confeccionada con capas y capas de tul.

«Ponte la máscara y el disfraz —pensó Lyra—. Hay un baile a las cinco y cuarto y el tiempo es fugaz».

Al alzar el vestido, descubrió una delicada máscara con aplicaciones de pedrería. Era la clase de máscara que cubría solo la zona de los ojos, de esas que se acostumbran a llevar en carnaval.

«O en un baile de máscaras», pensó Lyra. Cautivada, muy a su pesar, se colgó el vestido del brazo y acarició delicadamente las joyas de la máscara. Seguro que era bisutería. Seguro que aquellas gemas pequeñas pero perfectas, alineadas en unos hipnóticos y recargados remolinos, no eran diamantes.

Seguro.

Lyra se obligó a fijar su atención en el vestido. Procurando no dejarse llevar por la magia del momento, hizo lo que se le había ordenado y se puso el disfraz, despojándose de su propia ropa.

«Solo es un vestido», dijo Lyra para sus adentros. Aunque no era uno cualquiera.

El corpiño se ceñía a su silueta como un guante. «Perfecto». En la parte más estrecha del talle, el tul de la falda era del mismo azul marino que el corpiño, pero la tela se iba aclarando a medida que bajaba, centímetro a centímetro, pasando de un azul brillante a otro claro y espumoso, que se fundía en un tono pastel. La parte inferior de la falda era completamente blanca. El color no cambiaba uniformemente, sino en oleadas.

Lyra tuvo la sensación de que llevaba puesta una cascada.

Fue a por la máscara. Unas largas cintas de terciopelo negro colgaban a ambos lados. No sabía con certeza qué esperaba del Gran Juego, pero, definitivamente, no era eso. No se esperaba que fuera así. Que fuera tan… mágico.

Con la deslumbrante máscara en la mano, Lyra se encaminó hacia el baño contiguo, atraída por la imagen que reflejaba el espejo. Estudió sus rasgos como si pertenecieran a una extraña: pelo oscuro, ojos color ámbar en un rostro con forma de corazón, piel bronceada.

Retrocedió un paso, observando el resultado, el efecto, esa dichosa «aura» que emanaba del vestido, obligándose a recordar que aquello no era un cuento de hadas.

Era una competición.

Posó la mirada en los dos cajones del tocador. En uno de ellos, Lyra descubrió un par de bailarinas. Se las puso.

En el otro cajón, encontró un par de dados.

«Son de cristal», advirtió Lyra. Estaban desalineados, como si alguien los hubiera lanzado. Un tres y un cinco. Lyra los cogió y, en cuanto lo hizo, unas palabras aparecieron en el espejo, justo encima de su imagen reflejada.

JUGADORA NÚMERO 4, LYRA KANE. Lyra observó su reflejo y, en ese momento, las palabras del espejo cambiaron. EMPIEZA EL JUEGO.

Se puso la máscara.

CAPÍTULO 18
LYRA

Al salir al pasillo, se dio cuenta de que alguien descendía por la escalera en espiral. Se encaminó en esa dirección, dispuesta a seguirlo, pero al llegar allí se detuvo y miró el reloj.

Las 5.13.

Las escaleras bajaban. Y también subían.

Les habían dado horas para explorar la isla, pero ¿y la casa? Dejándose llevar por su instinto, Lyra empezó a ascender los peldaños con rapidez, sorprendida por lo cómodas que le resultaban las bailarinas, por lo sólidas y fuertes que le parecían. Al llegar al último escalón de aquella magnífica escalera…

Lyra se detuvo en seco. La escalera conducía a una estancia circular, la única que había en la última planta de la mansión.

«Una biblioteca». Lyra avanzó tres pasos… y, sin poder evitarlo, empezó a girar sobre sí misma. Unas estanterías de cuatro metros de altura repletas de libros forraban las paredes. El techo lo constituían unos gruesos vitrales que, con la luz del sol, debían de reflejar todos los colores del arcoíris sobre los relucientes suelos de madera.

Al igual que le había sucedido con el vestido y la máscara, sintió que la estancia era pura magia.

—Me encantan las bibliotecas —dijo una voz detrás de ella—. En especial, las circulares.

Lyra se dio la vuelta para ponerle rostro a la voz o, más bien, para ver la máscara que la cubría.

Su máscara ya le parecía impresionante, pero la que tenía ante ella era un auténtico deleite para los sentidos, al igual que lo era el vestido que la acompañaba, de un intenso color púrpura medianoche, mucho más rico en matices que el azul de Lyra, con una impresionante falda de vuelo cubierta de costuras plateadas que recordaban a la luz de la luna sobre el agua.

La máscara, a juego con el vestido, tenía incrustadas unas delicadas gemas negras, combinadas con otras de color púrpura oscuro que enmarcaban la zona de los ojos, aunque lo más notable en ella era la artesanía que presentaban las partes metálicas. ¿Existía el oro negro? De ser así, algún artesano lo había convertido en exquisitos zarcillos que se entrelazaban como si de una labor de encaje se tratara.

«Aparta la mirada», se dijo Lyra.

—Es muy hermosa —dijo, posando de nuevo su atención en las estanterías que rodeaban la estancia, aunque en lo único que pensaba era esto: «Solo me queda un jugador por conocer».

—¿No te fías de las cosas hermosas?

Había algo en el tono de la enmascarada, cierta chispa que la advertía de que había mostrado su baza más de lo que había pretendido. Lyra reconoció la voz demasiado tarde y, de repente, cayó en la cuenta de quién era aquella joven con un vestido que parecía haber sido besado por la luz de la luna y una magnífica máscara oscura.

«No es una rival».

—Eres Avery Grambs.

La heredera Hawthorne, allí, justo ante ella.

—Hace un tiempo, yo estuve en tu lugar. —La heredera esbozó una sonrisa, pero Lyra fue incapaz de decir si se había reflejado en los ojos de Avery a causa de la máscara—. Entre mis fortalezas tampoco estaba la de confiar en la gente. Pero ¿me permites un pequeño consejo para el juego?

Todo en aquella conversación le parecía surrealista. Lyra suspiró.

—Claro, no voy a rechazar un consejo del creador intelectual del juego.

La persona que mueve los hilos. La que controla la acción. La multimillonaria. La filántropa. La mismísima Avery Kylie Grambs.

—A veces, en los juegos que más importan, la única manera de jugar de verdad es viviendo —dijo Avery.

Lyra sintió que se le hacía un nudo en la garganta y apartó la mirada. Ni siquiera sabía por qué. Cuando recobró el control de sí misma, cuando volvió a mirar…

… la heredera Hawthorne ya no estaba.

CAPÍTULO 19
LYRA

Al bajar la escalera en espiral, una música instrumental flotaba en el aire procedente de la planta inferior. No había ni rastro de Avery Grambs. Parecía como si la heredera se hubiera esfumado como por arte de magia.

Cuando Lyra llegó al vestíbulo, descubrió que este había sufrido una transformación completa. Había fuentes de chocolate blanco y negro ante unas columnas griegas que le llegaban a la cintura, coronadas con platos repletos de carne y frutas. Las tres enormes puertas que Lyra había visto al entrar estaban ahora abiertas, revelando diversas estancias.

«Un comedor. Un estudio». La música provenía de la tercera puerta, la más alejada de la escalera. Lyra siguió la melodía, que la guio hasta lo que, sin lugar a dudas, era la Gran Sala. Una impresionante lámpara de araña colgaba de un techo altísimo, aunque Lyra apenas dedicó un segundo a sus brillantes lágrimas. Su cerebro no llegaba a procesar otra cosa que no fuera el panorama que se desplegaba ante sus ojos.

Toda la pared al fondo de la Gran Sala era de cristal.

Unos ventanales, que iban desde el suelo hasta el techo, ofrecían unas vistas naturales del crepúsculo, que caía sobre el océano Pacífico. Miles de lucecitas salpicaban la costa rocosa. Lyra avanzó, atraída por las ventanas, cual polilla a la luz, y fue solo tras cruzar la estancia cuando fue capaz de volverse y prestar atención a lo que estaba sucediendo en la Gran Sala.

Un baile.

Lyra no vio ni rastro de Avery, aunque, a juzgar por la cantidad de hombres enmascarados y ataviados con esmoquin, al menos algunos de los hermanos Hawthorne sí habían hecho acto de presencia.

«Grayson no». Lyra no podía desprenderse de aquella sensación, tan molesta, de que lo habría reconocido al instante, por mucho que llevara máscara.

«Olvídate de él. Céntrate en los rivales». Odette era fácil de reconocer, con su larga melena de puntas negras. La anciana llevaba un vestido de terciopelo negro, con unos guantes a juego hasta los codos. Su máscara era blanca, con plumas. En cada extremo de esos ojos felinos había una única gema, de un rojo intenso.

«Rubíes», pensó Lyra. Y no eran pequeños.

Savannah era igual de reconocible. Se había peinado el pelo rubio platino en una trenza aún más elaborada. Estaba de espaldas a ella, con lo que no veía su máscara, pero eso no hacía menos llamativo el aspecto de la chica, que iba ataviada con un vestido *vintage* de seda de color azul hielo que parecía haber sido sacado directamente de los años treinta.

La pesada cadena que Savannah había llevado colgada del brazo ahora le rodeaba las caderas.

—Te has quedado boquiabierta, niña.

Lyra no había oído acercarse a Rohan, ni siquiera lo había visto por el rabillo del ojo. Su máscara era de un tenue color plateado brillante, y la artesanía, propia de una corona. En el lado izquierdo le cubría el rostro por completo y se extendía por la frente para bajar por la sien derecha. Su sorprendente asimetría hacía parecer a Rohan no desfigurado, sino un poco retorcido. En el buen sentido.

—No me he quedado boquiabierta —objetó Lyra.

—Déjame adivinar: es por culpa de las paredes —murmuró Rohan.

«¿Las paredes?». Por primera vez, Lyra fijó su atención en el perímetro de la Gran Sala. Unos paneles de madera revestían las paredes. Sus dibujos en relieve en cierto modo recordaban al *art déco*, aunque, cuanto más los miraba Lyra, más le hacían pensar en un laberinto.

«Esto es el Gran Juego. ¿Qué posibilidades hay de que sea un laberinto?».

—¿Estamos hablando de paredes? Me encantan las paredes.

Otro caballero enmascarado se deslizó entre Lyra y Rohan con un llamativo contoneo. El recién llegado era alto y llevaba una máscara dorada. Tendió la mano hacia Lyra.

—Este es el momento en que admito humildemente ser el Hawthorne más atrevido y apuesto o, como mínimo, el que toma menos precauciones en cuanto a explosiones y rechazo social se refiere, y pregunto si me concedes este baile.

Lyra cayó en la cuenta de que era el menor de los Hawthorne: Xander Hawthorne.

«¿Bailar?». Lyra miró más allá de la mano que le tendía Xander, hacia el centro de la Gran Sala, donde una pareja ya había empezado a hacerlo. Se trataba de Avery Grambs, así que el enmascarado que la acompañaba debía de ser Jameson Hawthorne.

Con las manos alzadas y las palmas unidas, Avery y Jameson giraban lenta y seductoramente en círculo uno alrededor del otro. El baile parecía de otra época, una en la que a hombres y mujeres apenas se les permitía tocarse, y, sin embargo, al verlos bailar en círculo, Lyra no pudo más que contener el aliento.

«Espabila», se dijo para sus adentros, apartando la mirada y tomando la mano que le ofrecía Xander. Tenía una misión. «Lo que sea para ganar».

—Supongo que no tienes una pista de sobra, ¿verdad? —le preguntó Lyra a Xander.

Aún no les habían dicho nada en concreto sobre lo que les esperaba a ella y al resto de los jugadores, excepto que, «en cierto sentido», el juego empezaba aquella misma noche.

Xander la hizo girar una vez, después otra y, acto seguido, levantó con solemnidad su mano derecha y esperó a que ella alzara la suya antes de responder a su pregunta.

—La cigüeña alza el vuelo a las diez y media —dijo dramáticamente—. El colibrí se come una galleta. Mi perro se llama Tiramisú.

Lyra resopló.

—Por extraño que parezca, creo que lo del perro es verdad.

Después de que hubiesen dado tres vueltas en el sentido de las agujas del reloj, Xander bajó la mano derecha y alzó la izquierda. Lyra hizo lo propio y empezaron a girar en sentido contrario.

—¿Magdalenas o bollos? —preguntó Xander con aire serio.

—¿Disculpa?

De algún modo, el Hawthorne que tenía delante alzó la ceja de tal modo que esta emergió por encima de la máscara.

—Si te dieran a elegir, ¿con qué te quedarías: magdalenas o bollos?

Lyra recapacitó unos instantes.

—Chocolate.

—Pueden ser de chocolate.

No cabía duda de que Xander era el más simpático de los hermanos.

—No —respondió ella—. Elijo chocolate. Solo chocolate.

—Entiendo —dijo Xander, esbozando una sonrisa—. ¿Un trozo pequeñito para saborearlo mientras se derrite en tu lengua o un conejito del tamaño de un puño?

—Ambas cosas.

En cuanto lo pronunció, Lyra advirtió que no era a Xander a quien había dirigido aquellas palabras, puesto que ya no se encontraba en el lugar que había ocupado unos segundos antes.

Grayson lo había sustituido.

—¿Me permites?

Sabía que lo reconocería, llevara la máscara que llevara.

La suya era negra. Sin adornos. Solo… negra.

—¿Qué necesidad hay de darte permiso si ya te lo has tomado por tu cuenta?

Ahora estaban girando uno alrededor del otro, sus manos apenas rozándose.

Jamás en su vida había tenido tanta conciencia de cada centímetro de la piel de sus dedos y palmas. No parecían estar bailando, sino más bien orbitando uno alrededor del otro. La gravedad no era nada comparada con la fuerza que impedía que Lyra se alejara, y no porque no lo desease, no porque no se recordara a sí misma que era un Hawthorne.

Que era *ese* Hawthorne.

La melodía cambió y, con ella, el baile. Grayson tomó como si nada la mano de Lyra mientras rodeaba con suma eficiencia su espalda con el otro brazo. Entre ellos aún quedaba espacio, un espacio prudente.

«Demasiado… y, a la vez, insuficiente».

—El año pasado, cuando me llamaste —dijo Grayson desde detrás de la máscara que no servía para proteger a Lyra de esos ojos—, tenías preguntas sobre el supuesto papel de mi abuelo en la muerte de tu padre.

«Esto lo ha hecho un Hawthorne». La sensación de la mano de Grayson en su espalda, sus dedos entrelazados, hicieron que Lyra se pusiera rígida.

—Yo no «supuse» nada, excepto que tu abuelo era el Hawthorne con más probabilidades de arruinar a un hombre. —Lyra irguió la cabeza—. Y no he venido aquí, a esta isla, a este juego, para hablar de mi padre contigo.

Grayson la miró desde detrás de la máscara.

—Pero antes deseabas saber la verdad.

Lyra deseaba muchas cosas en aquel entonces.

—Si acabaras de descubrir que te has pasado la vida viviendo una mentira, también querrías respuestas —dijo, en un tono invariable y perfectamente controlado—. Tal vez las necesitara cuando te llamé, pero ahora ya no.

Pese a sus esfuerzos por mantener la calma, no pudo evitar poner el énfasis en ese «te».

—Mi abuelo tenía una lista —dijo Grayson al cabo de unos instantes—. La Lista, con ele mayúscula. De enemigos. De gente de la que se había aprovechado o a la que había engañado. En ella aparecía un tal Thomas Thomas, mismo nombre y apellido.

«Thomas, Thomas». Los pensamientos de Lyra regresaron a las notas en los árboles. Rohan había afirmado, categóricamente, que aquello no era obra de los Hawthorne o de la heredera Hawthorne, pero ¿y si se equivocaba?

—Ya veo... —dijo Grayson, sin concretar qué era exactamente lo que había visto en el rostro de Lyra.

—El apellido de mi padre no era Thomas.

Lyra no pudo evitar contraatacar.

—La información en el archivo que se refería a él era escasa —reconoció Grayson—. Pero los detalles coincidían con la descripción que me diste de la muerte de tu padre.

Lyra sintió que la estancia empezaba a dar vueltas. El sonido de un disparo resonó en su mente. Clavó la mirada en Grayson, como si fuera una bailarina que, para tratar de mantener el equilibrio en sus piruetas, mantiene los ojos fijos en un punto.

—¿Por qué me cuentas esto? —preguntó Lyra, reservándose un «ahora».

«¿Por qué me lo cuentas ahora?». Le había pedido ayuda a los diecisiete años, en un momento en que sentía que no tenía a nadie. Se engañó a sí misma al creer que Grayson Hawthorne albergaba un ápice de honor, que la ayudaría, que no estaba sola.

Y lo único que obtuvo de él fue esto: «Deja de llamar».

—Te lo cuento —dijo Grayson, adoptando un tono demasiado suave para el gusto de Lyra— porque ese archivo no conducía a ningún lado. Todos los detalles que contenía, aparte de la descripción de la muerte de tu padre, eran falsos. Una mentira. —Hizo una breve pausa—. No sabía cómo encontrarte para decírtelo.

El calor que emanaba su mano sobre la espalda de Lyra era cada vez más difícil de ignorar.

—Pero lo intentaste —lo cortó secamente Lyra.

Su tono fulminante evidenciaba el escepticismo que sentía, porque, de haber querido encontrarla, Grayson lo habría hecho, igual que Avery Grambs la había encontrado para el Gran Juego.

«Le dijiste algo a la heredera y ella me encontró. Ella o tus hermanos. O quizá eligieron a los jugadores de esa Lista con ele mayúscula que tenía Tobias Hawthorne. En cualquier caso, les fue fácil dar conmigo». Lyra no consideró ni durante un segundo que Grayson tuviera menos capacidad de mover montañas que Avery o cualquier miembro de la familia Hawthorne.

Grayson Hawthorne podía mover malditas montañas con un simple parpadeo. «Si de verdad hubieses querido encontrarme, lo habrías hecho».

Grayson guardó silencio durante un buen rato y después su expresión cambió y los ángulos de su rostro se acentuaron.

—Si has venido a vengarte de mi familia…

—He venido por el dinero —atajó Lyra. De haber podido, lo habría liquidado allí mismo, pero era Grayson Hawthorne y no era tan fácil acabar con él—. Y no es necesario que actuéis como si fuera una amenaza solo por esa Lista de tu desalmado y arruinavidas abuelo multimillonario. Estoy aquí porque…

—Estuvo a punto de decir «porque fui invitada», pero recordó lo que decía la invitación que había recibido y comprendió la ardiente verdad tras aquellas palabras—. Porque lo merezco.

No era momento de quedarse afónica ahora.

—No pretendo vengarme de tu familia —continuó en voz baja—. No soy una amenaza y no te estoy pidiendo nada.

—Excepto que no me entrometa en tu camino —dijo Grayson con un extraño tono de voz.

Lyra solo deseaba apartar sus ojos de él. Su rabia empezó a humear y, después, ardió.

—Eso es lo único que podría querer de ti, chico Hawthorne.

Grayson soltó su mano y retrocedió, dando por terminado el baile.

—Considéralo un hecho.

La música dejó de sonar y lo siguiente que Lyra vio fue que Avery y Jameson se encaminaban hacia la parte delantera de la Gran Sala.

«Concéntrate en ellos. No en él. En él, nunca».

—Hola a todo el mundo. —La heredera Hawthorne se quitó la máscara y, durante un instante, posó su mirada en Lyra—. Y bienvenidos a la segunda edición del Gran Juego.

«**A**llá vamos». Gigi trató de despejar su mente. Debajo de su vestido, donde nadie podía verla, ¿llevaba una navaja sujeta a su muslo gracias a una cinta de estampado de leopardo? Sí. Sí la llevaba. ¿Se había dado cuenta alguien de los presentes? No. No se habían dado cuenta. ¿Tenía una ojeriza del tamaño de Pangea por lo que había tenido que sacrificar para mantener dicha navaja y la cinta adhesiva? Sí, también era así.

Sin embargo, en aquel momento, nada de eso importaba. Lo único que importaba era que Avery estaba hablando.

—Los siete estáis aquí porque hace tres años pasé de vivir en un coche a tener el mundo a mis pies. Me convertí en una extremadamente poco probable heredera.

En la parte delantera de la sala, el resto de los hermanos Hawthorne tomaron posiciones y rodearon a Avery y a Jameson de tal manera que a Gigi se le hizo difícil pensar en ellos como otra cosa que no fuera una unidad: Nash, Xander, Grayson, Jameson y Avery contra el mundo.

Los cuatro Hawthorne se quitaron las máscaras.

—Cualquier cosa que pudiera imaginar estaba, de pronto, a mi alcance —continuó Avery— y me encontré en medio de un juego que ni siquiera soy capaz de describir.

Junto a Avery, Jameson la miraba como si fuera el sol, la luna, las estrellas y el universo entero.

En toda su corta vida, nadie había mirado a Gigi de aquel modo.

—Se me brindó la oportunidad de mi vida. Y ahora os la ofrezco a vosotros. —La voz de Avery resonó desde todos los rincones de la Gran Sala—. No la fortuna, al menos, no toda. Pero ¿la experiencia, el rompecabezas más extremo, el juego más asombroso, la clase de desafío que te demostrará quién eres en realidad y de qué eres capaz, aderezado por un premio económico que puede cambiarte la vida? Eso sí puedo ofrecéroslo. —Hizo una pausa—. El premio de este año es de veintiséis millones de dólares.

«Veintiséis millones». Y, a diferencia de su fondo fiduciario, Gigi podría usar ese dinero sin restricciones.

—Aunque solo uno de vosotros se podrá proclamar ganador de esta edición del juego… —Avery desvió la mirada hacia Jameson—, ninguno se marchará de esta isla con las manos vacías.

—Las máscaras que lleváis esta noche son un regalo. Podéis quedaros con ellas —intervino Jameson.

Gigi se llevó la mano hacia la suya. Tenía los bordes rematados con pequeñas perlas de una perfección increíble. Unos diminutos diamantes rodeaban la zona de los ojos y el trío de plumas de pavo real en uno de los costados de la máscara estaba sujeto por una aguamarina del tamaño del nudillo de su meñique. Gigi se preguntó cuánto dinero le darían por ella…

y cuántos golpes a la inversa podría llevar a cabo con lo que sacara.

—Y también está esto.

Jameson sacó de la nada una caja alargada de terciopelo. Avery la abrió. Gigi avanzó unos pasos para ver mejor. El resto de los jugadores hicieron lo mismo.

La caja contenía siete insignias. Unas pequeñas llaves doradas. Avery extrajo una.

—Pase lo que pase, quiero que recordéis que las personas que están en esta sala, compartiendo este momento con vosotros, son los únicos que sabrán lo que fue jugar al juego de este año. Es una experiencia que compartiréis desde ahora hasta el final de vuestras vidas.

—De niños nos daban una insignia como esta —dijo Jameson, paseando la mirada por sus hermanos—. Era como una especie de rito de iniciación de la Casa Hawthorne. Consideradlo como un símbolo: ganéis o perdáis, ahora todos formáis parte de algo.

—No estáis solos —añadió Avery, esbozando una sonrisa.

«No estaba sola». El corazón de Gigi se las arregló para darse la vuelta y dar un brinco en su pecho. Por instinto, miró a Savannah, pero los ojos de su hermana melliza estaban clavados en Avery y en nadie más que Avery, la cual, ayudada por sus hermanos, empezaba a repartir las insignias.

—Para que conste —anunció Jameson mientras le colocaba la insignia a Savannah—, debéis saber todos que nuestro querido, aunque algo emocionalmente contenido, hermano Grayson no ha participado en el diseño del juego de este año. Puede que sea el encargado de que todo discurra sin problemas, pero sabe lo mismo del juego que vosotros siete.

Nash apareció frente a Gigi. Con manos suaves, prendió la llave de oro en su vestido de baile.

—Aquí tienes, niña —dijo, guiñándole un ojo—. Bonito collar. Te sienta bien ese color.

—Bueno, ya basta. Basta de máscaras y de discursos —interrumpió Knox.

Aunque articuló las palabras, apenas hizo pausas entre ellas, como si considerara todo aquello una auténtica pérdida de tiempo.

«Maldita escoria robamochilas».

—¿De qué va el juego? —preguntó Knox.

«Ya lo verás, Cejas Malditas —pensó Gigi—. Ya lo verás».

—Toda historia tiene un principio, Knox. —La voz de Avery adquirió un tono casi musical al pronunciar aquellas palabras ya conocidas por los jugadores—. Tu historia, todas vuestras historias, comienzan cuando las arenas del tiempo se acaban.

Con no poco dramatismo, Xander se arrodilló y golpeó el suelo de madera con la base de la mano. Un panel apareció. «Un compartimento oculto». Xander sacó un objeto.

—Un reloj de arena —exclamó Gigi, sin querer.

Medía unos treinta centímetros y en su interior había una arena negra y brillante. Xander dio unos pasos al frente y lo depositó sobre una de las dos mesitas de mármol idénticas.

Hipnotizada, Gigi observó cómo empezaba a caer la arena.

—Hasta que llegue ese momento… —Avery le tendió la mano a Jameson, quien la tomó—. Seguidnos.

CAPÍTULO 21
GIGI

«**P**or el vestíbulo, por la puerta principal y bordeando la casa». Gigi analizó sus pasos a medida que ella y el resto de los jugadores seguían a Jameson y Avery. «Hacia el acantilado». Nada más llegar a las rocas en la base del precipicio, Gigi se dio cuenta: «Nos conducen a la playa, al océano».

Estaba más oscuro que diez minutos atrás, pero unas diminutas hileras de lucecitas entre las rocas iluminaban el camino hasta la orilla.

—Has conseguido llegar antes del atardecer. —Incluso con el vestido de seda, Savannah se movía en la noche como pez en el agua. Vio que aminoraba la marcha, solo un poco, y Gigi lo interpretó como una señal de amor.

—Fingiré que no he notado la sorpresa en tu voz —le dijo Gigi a su hermana melliza.

—Algo ha pasado durante tu exploración de la isla, ¿verdad? —Savannah arqueó una ceja—. ¿Algún rival ha logrado sacarte tu lado oscuro?

—Yo no tengo lado oscuro —replicó Gigi con coquetería—. Creo en la rehabilitación.

—Confío sinceramente en que eso sea tan terrorífico como suena —dijo una voz a sus espaldas. «Masculina. Con acento británico».

Y, por lo que comprobó Gigi cuando el desconocido las alcanzó, «alto, muy alto».

—Crees que soy terrorífica.

Gigi estaba encantada.

—Basta —ordenó Savannah, sin especificar a quién de los dos se dirigía.

—¿Ahora te toca a ti el discursito de «aléjate de mi hermana»? —bromeó el desconocido enmascarado—. Como ves, que tu hermano me pidiera que me alejara de ti no ha sido muy eficaz.

Los ojos de Gigi se abrieron de par en par mientras giraba la cabeza para mirar a Savannah. «No me digas».

A la luz de la luna, con aquella máscara con remolinos plateados, Savannah parecía salida de un cuento de hadas, como una reina de las nieves venida desde el frío norte para blanquear el mundo. Un trío de diamantes con forma de lágrima colgaba a ambos costados de su rostro, cayendo sobre los marcados pómulos de Savannah como si fueran lágrimas de verdad.

Gigi no pudo evitar pensar que no había visto llorar a su hermana en años. «¡Papá no está en las Maldivas! —El temido coro mental regresaba con fuerza—. Está muerto. Murió tratando de asesinar a...».

—Ya hemos llegado.

La voz de James Hawthorne atravesó el aire nocturno.

Al dar un paso hacia la orilla, Gigi se dio cuenta de que ya no pisaba rocas, sino arena. «Arena negra».

—Quitaos los zapatos —ordenó Jameson.

Resultaba evidente que estaba disfrutando de lo lindo.

Gigi no lo dudó ni un instante. Se desprendió de las bailarinas y hundió los pies en la arena, cuya temperatura era tan
cálida como fresca era la noche.

Unas horas atrás, la playa no era de arena.

—Todo el mundo debería bailar descalzo de noche y en la
playa al menos una vez en la vida —dijo Avery, sonando como
una auténtica Hawthorne, carismática y completamente segura de sí misma—. Pero antes…

—Quitaos las máscaras —la interrumpió Jameson, termi-
nando la frase y adelantándose para recogerlas, una a una—.
No os preocupéis. Las guardaremos a buen recaudo. Y las llaves de las habitaciones también si no os importa.

«¿A buen recaudo de qué?», se preguntó Gigi. Y sintió que
su mirada se dirigía hacia el agua oscura y aterciopelada. Las
olas lamían la orilla.

—Algunos de vosotros ya habéis encontrado, digamos, tesoros ocultos, objetos escondidos en la isla que os serán útiles
en algún momento en los próximos tres días —señaló Avery.

Los ojos de la heredera Hawthorne se posaron primero en
Savannah y después en Odette.

Gigi se llevó la mano al collar y pensó en la navaja que llevaba sujeta al muslo con cinta adhesiva. «Tres días». Era la primera y única vez que mencionaban la duración del juego.

—Solo queda un tesoro —anunció Jameson—. Un objeto
más que os dará ventaja en el juego que empezaréis en breve. Disponéis de menos de una hora para encontrarlo. No os
haremos perder más tiempo, pero permitidme compartir un
consejo que recibí en su día: no dejéis piedra por mover.

Jameson desvió la mirada hacia el acantilado. En pocos segundos, Gigi se convirtió en la única competidora que seguía en la playa de arena negra. El resto había salido disparado hacia las rocas.

«No dejéis piedra por mover». Gigi miró a Jameson, pero él y Avery estaban bailando. «Descalzos en la playa», advirtió Gigi. Y entonces pensó en entretenimientos. En distracciones. En tesoros ocultos y en el hecho de que la arena negra de la playa era igual que la que contenía el reloj de arena.

Gigi se arrodilló y empezó a rastrillar la arena con los dedos. Puede que se equivocara. Puede que el resto tuviera razón. Pero no se detuvo. Continuó. Durante veinte minutos. Treinta. Hasta que...

—Deja de molestarme.

Gigi levantó la cabeza hacia el lugar de donde provenía aquella voz —que en aquella ocasión, a pesar de no susurrar ni ser serena, resultaba igual de reconocible—. «Brady Daniels». Gigi rastreó las rocas con la mirada, pero las lucecitas no servían de mucho. Entonces percibió movimiento. «Brady, sin lugar a dudas». Y la persona a la que acababa de ordenar que no lo molestara, de la que se alejaba a zancadas, era, sin lugar a dudas, Knox.

«Hablaban de una chica. —La voz de Odette resonó en la mente de Gigi—. Y, por lo que he podido comprender, está muerta».

Gigi siguió los movimientos de Brady lo mejor que pudo en aquella oscuridad hasta que lo vio regresar a la casa.

«¿Quién era esa chica... y de qué había muerto?». Gigi enterró los dedos en la arena y, de repente, como ya era habitual en ella y como si la acabara de embestir un autobús, se le ocurrió algo, una jugada maliciosa.

«¿Y si, en lugar de malgastar el tiempo buscando el último objeto, aprovechaba el hecho de que Knox estaba ahí fuera para robarle lo que él le había quitado?».

«La mochila. El tanque de oxígeno. El traje de neopreno».

Gigi se puso en pie y se sacudió la arena de las manos. «No es una excusa para regresar a la casa detrás de Brady Daniels», se dijo con firmeza.

CAPÍTULO 22
GIGI

Un poco de allanamiento de morada no le hacía daño a nadie. Gigi necesitó tres intentos para encontrar el dormitorio de Knox, pero, en el instante en que vio el chaleco, supo que había dado en el clavo. Una inspección meticulosa de la habitación no arrojó nada más que la ropa de Knox.

Un registro menos meticuloso tampoco arrojó nada.

O bien Knox había escondido la mochila (y su contenido) en algún lugar de la isla después de hacerse con ella o...

En realidad, a Gigi no se le ocurría ningún «o...». Cuando Knox había cumplido su amenaza de interponerse en su camino (y lo había hecho con todo su empeño), Gigi había respondido arrojando la mochila al océano como si fuera una especie de lanzadora de disco olímpico fuera de quicio. Knox la había maldecido y había ido tras la mochila, brindándole a Gigi la oportunidad de escapar con la cinta adhesiva y la navaja.

Por poco no llega a la casa antes del atardecer, pero seguro que el señor Kilómetro en Cinco Minutos había tenido tiempo de recuperar la mochila y de esconderla.

Sin embargo, eso no disuadió a Gigi, que registró el dormitorio y el baño anexo por tercera vez. A través de la pared del baño, oyó que alguien abría la ducha en la habitación contigua.

«¿Brady? ¿A santo de qué va a darse una ducha ahora?». Firmemente, Gigi se dijo para sus adentros que, uno: eso no era asunto suyo, y dos: no disponía de ninguna excusa sólida para irrumpir en su habitación. No tenía ninguna razón para pensar que Brady y Knox estaban confabulados. Ninguna. Sin embargo, Brady había entrado en la casa varios minutos antes que Gigi.

¿Y si se le había adelantado y ya había registrado la habitación de Knox? ¿Y si ahora mismo se duchaba para quitarse la culpa de encima, en concreto, la culpa por el robo?

«Esto es muy mala idea —se dijo Gigi con voz alegre—. Pero ¿tengo intención de hacerlo igualmente?».

Sí. Sí iba a hacerlo.

Pronto comprobó que la mochila tampoco estaba en la habitación de Brady. Gigi observó la puerta del baño, pero incluso ella tenía más sentido común. En lugar de eso, miró al suelo, donde estaba tirado el esmoquin de Brady, junto a la ropa que había usado antes.

«De perdidos, al río». Gigi revisó los bolsillos. Todo lo que encontró fue una vieja fotografía de una adolescente con ojos de distinto color (uno azul y otro marrón) que sostenía un arco de gran tamaño y apuntaba con una flecha.

De inmediato, Gigi comprendió sin ningún atisbo de duda que aquella foto no formaba parte del Gran Juego. No era un objeto.

«Por lo que sé, está muerta».

La ducha se apagó. Gigi devolvió la fotografía a su sitio y salió de allí tan silenciosa y sigilosamente como había llegado, y no se detuvo al alcanzar el pasillo ni en la escalera de caracol, ni tan siquiera en la planta inferior. Siguió bajando, bajando del tercer piso al segundo.

Cuando hizo una pausa para tomar aliento, probablemente, la primera vez que lo hacía desde que la ducha se había cerrado, no dio crédito a lo que veían sus ojos. «El segundo piso». A su derecha, había una pared larga y lisa, sin puertas y sin apenas espacio entre la pared y la escalera. Moviéndose en sentido contrario a las agujas del reloj, encontró otra pared lisa, y luego otra.

En la cuarta y última pared había dos puertas, ambas cerradas. La primera estaba cubierta, de arriba abajo, de engranajes. Gigi nunca había visto nada igual. Extendió la mano para rozar con las yemas de los dedos un engranaje dorado y, acto seguido, hizo lo mismo con uno de bronce. «No hay tirador», pensó. Cerró la mano sobre el engranaje de mayor tamaño. Pero no giró, así que tiró y después presionó sobre él.

La puerta no se movió. Probó con el resto de los engranajes, uno por uno, pero obtuvo el mismo resultado.

La segunda puerta tampoco tenía tirador. Era de mármol, un mármol con remolinos dorados. En el centro de la puerta había una especie de disco de varios niveles, similar a los de las cajas fuertes.

Pese a intentarlo todo, Gigi no logró abrir ninguna de las puertas. Resultaba evidente: eran parte del juego que se avecinaba.

Desvió su atención hacia las tres paredes lisas, evocando el aspecto de la casa desde la orilla. Si no recordaba mal, había cinco pisos y los dos últimos eran los más grandes. «¿Serán habitaciones ocultas?».

De repente, Gigi sintió la necesidad de comprobar qué contenía el último piso, el que estaba más abajo, el más grande. Se dirigió hacia la escalera de caracol y empezó a descender por ella. En el rellano, donde debería haber puertas, donde debería haber algo, Gigi se topó con cuatro paredes blancas.

—¿Ya no te dignas ni a mirarme?

Esa frase, exigente y seca, flotó hasta ella desde la parte superior de la escalera. Era Knox.

—Tú nunca te das por vencido, ¿verdad? —Brady era el que le respondía—. Te estoy mirando y sé exactamente lo que tengo ante mí.

Desde donde estaba Gigi, solo divisaba sus pies, lo que significaba que ellos no podían verla.

—¿Piensas culparme por cómo acabó el juego del año pasado, Daniels? Pues adelante.

«¿El juego del año pasado?». Los pensamientos se agolparon en su mente. A Gigi jamás se le habría ocurrido imaginar que algunos de sus rivales podrían ser participantes del Gran Juego que repetían este año.

—Pues claro que te culpo por el año pasado, Knox. Igual que te culpo por lo de Calla.

Algo en el modo en que Brady había pronunciado Calla revelaba que era un nombre.

—Calla se marchó —soltó Knox.

—Calla no solo se marchó, y ya lo sabes, joder. Desapareció. Alguien se la llevó.

Ninguno de los dos hablaba como si Calla estuviera muerta. Lo hacían como si estuviera desaparecida. Gigi se preguntó si Odette no se habría equivocado. ¿O quizá había mentido? «O puede que Calla haya desaparecido y también esté muerta».

—¿Y cómo demonios vas a saber tú lo que Calla iba o no iba a hacer? Salía conmigo. Tú eras solo un niño.

«¿Un niño?». Gigi se esforzó por seguir el ritmo. No sonaba como si estuvieran hablando del juego del año anterior y, en la foto, Calla era claramente una adolescente. «¿De dieciséis años? ¿Diecisiete?». Y si había salido con Knox... Ahora él debía de tener veinticuatro o veinticinco años.

—Para Calla nunca fui solo «un niño». —La voz de Brady se tornó aún más grave—. Y, al menos, yo no me he olvidado de ella. Como un cobarde. Como si no hubiese significado nada.

—Que te jodan, Daniels. Sin mí, no durarás ni dos segundos en este juego. Eres blando. Débil. No tienes las agallas que se necesitan para ganar.

Lo siguiente que Gigi oyó fueron los pasos airados de Knox al subir las escaleras.

Antes de soltar un suspiro de alivio hacia la dirección de aquellos pasos, oyó otros. Más silenciosos. Que bajaban.

Lo único que Gigi pudo hacer antes de que Brady apareciera en el rellano fue confiar con desesperación en que no se hubiera dado cuenta de que había entrado en su habitación y que fuera especialmente piadoso con la gente que escuchaba a escondidas de forma casi accidental.

Brady, ataviado otra vez con el esmoquin que había visto en el suelo, clavó sus ojos en ella. Gigi se preparó para una oleada de gritos. Pero, en lugar de eso, la examinó durante unos segundos y, acto seguido, señaló con el mentón los dibujos que adornaban sus brazos desnudos.

—¿Eso es un mapa?

CAPÍTULO 23
ROHAN

«**N**o dejéis piedra por mover». A Rohan no se le había escapado que Jameson Hawthorne había tomado prestada esa frase de él, de un juego que Rohan había inventado y que Jameson había ganado. «Bastardo insolente».

Mientras Rohan examinaba las rocas, no perdía de vista a sus rivales, que hacían lo mismo que él. Vio el preciso instante en que Odette Morales encontró algo. Mientras la anciana lo sacaba a la fuerza, fuera lo que fuese, Rohan ya se encontraba a medio camino de ella. Por instinto, registró las posiciones de los otros jugadores. Gigi, Brady y Knox ya habían regresado a la casa —lo que resultaba bastante interesante—, con lo que solo quedaban Lyra y Savannah, la cual...

Acababa de ver que Rohan iba hacia Odette.

—Creo que no tiene muchas posibilidades con ella, joven —soltó Odette mientras Rohan se aproximaba—. Aunque, si yo tuviera sesenta años menos, no habría dudado ni un segundo.

La anciana quería que Rohan lo supiera: no era el único que podía interpretar y leer a la gente.

—Es todo un halago viniendo de usted, señora Mora.

Rohan recorrió el poco espacio que quedaba entre ellos.

Odette advirtió que Rohan la había llamado «Mora» en vez de «Morales» y resopló.

—Si fuera un halago, lo sabrías.

Rohan observó sus manos enguantadas. En una, la anciana sostenía los gemelos, objeto en que se había fijado nada más verla. En la otra, había una especie de caja de cristal con un botón luminoso en su interior.

Odette la abrió y pulsó el botón.

Durante un segundo, quizá dos, pareció que no ocurría nada, pero entonces Rohan lo advirtió: la casa. Una enorme sombra empezó a descender, cubriendo los gigantescos ventanales de la Gran Sala del tercer piso. Unos rayos bien definidos de luz que partían del suelo iluminaron la sombra.

Solo durante un momento.

Solo durante el tiempo suficiente para que Rohan leyera la inscripción que apareció en ella: EN CASO DE EMERGENCIA, ROMPA EL CRISTAL.

La sombra se levantó de nuevo. Los haces de luz se oscurecieron.

Junto a Rohan, Odette arrojó la caja de cristal al suelo y esta se hizo añicos. Los fragmentos se colaron por las grietas de las rocas. En un instante, Savannah apareció junto a ella y se puso a inspeccionar los restos de la carnicería.

Rohan ni se planteó unirse a ellas. «Rompa el cristal». Si él hubiese sido uno de los creadores del juego, aquello no hubiese sido una referencia a la caja. Demasiado obvio. «Al fin y al cabo, ¿no es el cristal arena fundida?», caviló.

Gigi había estado buscando un buen rato en la playa de arena negra. Lyra se dirigía hacia allí en aquel preciso instante.

Rohan recordó mentalmente el momento en que Jameson les había dado la pista. «No os haremos perder más tiempo».

Entonces lo comprendió.

Rohan se encaminó hacia la casa. Nadie lo advirtió… en un primer momento. Percibió el instante preciso en que Savannah se daba cuenta de hacia dónde se dirigía. Salió corriendo tras él. Rohan aceleró el paso, cambiando su sigilo por velocidad. Solo se permitió mirar por encima del hombro una única vez, justo cuando empezaba a ascender por el acantilado. Había algo de amazónico en la manera en que los gruesos eslabones metálicos de la cadena rodeaban la cadera de Savannah, en un claro contraste con la seda de color azul hielo de su vestido.

Ni este ni la cadena parecían frenarla. Y deberían haberlo hecho, sobre todo en la parte del acantilado.

«Eres rápida, cariño. Tengo que reconocerlo».

Pero Rohan era más rápido que ella. Llegó a la casa el primero, a la Gran Sala el primero, al reloj de arena el primero. Estaba a punto de agotarse el tiempo.

Apenas quedaba arena en el reloj y Rohan pudo ver claramente el objeto que contenía, el que antes ocultaban aquellos granitos negros.

Un disco metálico de unas dimensiones que eran dos tercios de la palma de su mano.

Rohan no se molestó en coger el reloj de arena, ni siquiera en tratar de aplastarlo. Savannah estaba a punto de llegar, así que sujetó el reloj con una mano y le dio un puñetazo al cristal con la otra, atrapando el disco con los dedos.

«Yo gano».

—Estás sangrando —dijo Savannah, como si le estuviera diciendo que tenía barro en los zapatos.

Oh, sí, aquella chica le gustaba de verdad. Rohan se sacó una esquirla de los nudillos.

—Es el precio de la victoria.

Savannah dio un paso hacia él con los ojos clavados en el disco y una expresión que parecía decir «pobre del que se interponga en mi camino».

Rohan hizo desaparecer el disco en un abrir y cerrar de ojos y se concedió unos instantes para observarla, tratando de interpretar sus intenciones. «Los movimientos de su torso al respirar. La tensión en su mandíbula. La rabia en aquellos ojos de color gris plata».

En ese momento, Rohan comprendió algo, algo que tenía que ver con aquel ritmo agotador que la joven se imponía y con la miríada de formas en que su cuerpo la delataba en aquel instante.

—Lo deseas —murmuró Rohan.

—¿Sueles decirles a las mujeres lo que desean?

—Me refiero al juego —aclaró Rohan—. Deseas ganar. Con toda tu alma.

Savannah se irguió, sobrepasando incluso su metro ochenta de altura.

—No estoy haciendo nada malo y no tengo por costumbre desear cosas. Yo me marco objetivos. Y los consigo.

«Fin de la historia».

Rohan sacó un pañuelo del bolsillo de su esmoquin, se limpió la sangre de los nudillos y clavó sus ojos en los de la joven.

—Pues, cariño, quien avisa no es traidor: yo lo deseo más que tú.

CAPÍTULO 24
ROHAN

Uno a uno, el resto de los jugadores fueron llegando a la Gran Sala. Rohan supuso que los habían avisado. Pese a que el reloj de arena ya no indicaba que los minutos finales habían pasado, era evidente: había llegado la hora.

Grayson Hawthorne entró solo en la estancia. «Ni rastro de Avery Grambs. Ni de Jameson, Nash o Xander».

Un sonido, alto y claro, rompió el silencio. «Un carillón». Y, después, otro…, procedentes del vestíbulo. Rohan sintió que lo arrastraban hacia esa dirección. En cuanto abandonó la Gran Sala, lo rodeó una cacofonía de notas. Repiques… y campanas.

Rohan rastreó el lugar donde se originaba cada uno de aquellos sonidos. «El comedor. El estudio. Ese… ese procedía de la Gran Sala». En aquel momento, Rohan no era el único jugador en el vestíbulo, ni mucho menos.

Dejó los repiques y trató de escuchar solo las campanas. «Nunca preguntes por quién doblan las campanas…». Se giró rápidamente hacia el comedor. «Allí».

Una sombra alta y rubia trató de cortarle el paso, pero Rohan no se lo permitió. Se metió por el resquicio de la puerta abierta del comedor medio segundo antes de que Savannah cruzara el umbral.

Un instante después, la puerta se cerró de golpe a sus espaldas.

Savannah trató de abrirla. El pomo no respondió. En el vestíbulo, al otro lado de la gruesa puerta de madera, Rohan oyó movimiento y, acto seguido, otro portazo. Y otro. «Tres en total... para tres puertas».

«El comedor. El estudio. La Gran Sala».

—Nos han encerrado bajo llave. —Rohan apoyó la espalda contra la puerta—. Es una manera como cualquier otra de empezar el juego.

Una pantalla descendió del techo. En ella, solo se proyectaba una imagen: Avery Grambs y los tres Hawthorne. Rohan se preguntó si los cuatro habían empleado unas cámaras estratégicamente situadas y controles remotos para las puertas o si se habían decantado por sensores de movimiento para seguir las ubicaciones de los jugadores y el número de personas en cada estancia.

De haberlo diseñado él, habría preferido la opción de las cámaras.

—Buenas noches, jugadores. —Xander Hawthorne parecía estar convocando a su yo más James Bond, en su acento y todo lo demás—. He aquí el Gran Juego de Escape. Se trata de un *escape room* y vuestra misión es esta: salir de la casa antes del amanecer.

«Doce horas —pensó Rohan—. Más o menos».

—La buena noticia es que no lo haréis solos —anunció Avery desde la pantalla—. Echadle un vistazo a la estancia en la que estáis, sea cual sea. ¿Veis a esas personas que están con vosotros? Pues, desde ahora hasta el amanecer, son de vuestro equipo.

El Gran Juego del año anterior había sido individual. Por supuesto, se establecieron alianzas y algunos jugadores decidieron colaborar, justo hasta que dejaron de hacerlo. Pero ¿equipos oficiales? Eso era toda una novedad.

—Ningún hombre es una isla entera por sí mismo —murmuró Rohan—. O, dicho de otro modo, nadie va a ir por libre. Muy astuto.

Savannah llevó la mano a la cadena que le rodeaba las caderas, pero no dejó entrever ni un atisbo de sorpresa ante el hecho de que conocía la inscripción en el candado. Distraído, Rohan se preguntó qué haría falta para derribar sus muros.

O para escalarlos.

—Hay dos opciones: o tu equipo al completo consigue salir y llegar al muelle norte al amanecer —anunció James Hawthorne—, o ninguno de vosotros pasa a la siguiente fase de la competición.

—*Vincit simul, amittere simul.* —Ese era Xander de nuevo, y en latín.

—Ganar juntos, perder juntos —tradujo Savannah en voz alta.

—Casi —soltó Rohan, desviando su mirada hacia ella—. Técnicamente, la segunda parte sería más bien «rendirse juntos».

Jugaba con ella, quizá demasiado. Pero a Rohan le encantaba jugar.

Y a Savannah fruncir el ceño le sentaba muy bien.

—Si en algún momento vuestro equipo se atasca, podéis solicitar una pista —anunció Avery—. En cada estancia, encontraréis dos botones: uno rojo y otro negro.

Justo en ese momento, un extremo de la mesa del comedor se abrió y reveló un panel oculto con los botones prometidos.

—Pulsad el rojo para solicitar la única pista que tenéis —continuó explicando Jameson—. Aunque recordad: esa pista no es gratuita. Todo tiene un coste. —Jameson Hawthorne hablaba ahora el mismo idioma que Rohan—. En este juego, las pistas se ganan.

«Una pista. Doce horas». El cerebro de Rohan catalogó con cierto nivel de indiferencia aquella situación, aunque lo pensó mejor: «Savannah Grayson y yo, solos en la misma habitación».

Desde un punto de vista completamente objetivo, Rohan ya apreciaba los beneficios.

—Y, ahora, las reglas. —Xander estaba disfrutando de lo lindo—. No rompáis las ventanas. Ni las puertas ni las paredes ni los muebles. No vale romperles algo a los otros jugadores.

—Excepto por mutuo acuerdo.

Jameson sonrió con malicia hacia la cámara, lo que le valió una mirada reprobadora de Nash.

—Tu equipo no puede salir de aquí forzando la cerradura o con técnicas intimidatorias —resumió el mayor de los hermanos Hawthorne con su característico acento relajado—. Resuelve el acertijo, abre la puerta. Más acertijos, más puertas.

Rohan recordó la predicción de Nash: «No serás tú».

—Mientras estéis encerrados, no os veremos ni os oiremos. —Avery retomó la palabra—. Lo que ocurre en el Gran Juego de Escape, se queda en el Gran Juego de Escape. Si se produce una emergencia, podéis avisarnos pulsando el botón negro.

«Botón rojo, pista. Botón negro, emergencia».

Y así, sin más, la imagen desapareció y el negro ocupó la pantalla, junto con tres cursores blancos parpadeantes, cada uno en una línea.

—Para resolver el primer acertijo, escribid aquí vuestras respuestas. —La voz incorpórea de Jameson resonó por toda la estancia y después, sin más, repitió la misma frase en inglés—. *To solve the first puzzle, insert your answers here.* Y no, no esperéis que os digamos cuál es la pregunta. Además, debéis tener en cuenta que...

Una imagen apareció en la pantalla. Rohan la reconoció: era el símbolo en la cabeza de su llave.

—... hay tres equipos —concluyó Jameson, con satisfacción.

En la pantalla, los remolinos empezaron a separarse de la cabeza de la llave, tomaron tres direcciones y se dividieron en formas distintas, y los dibujos que antes habían estado ocultos se volvieron de repente evidentes: un corazón, un diamante, un trébol.

«Tres símbolos. Tres equipos». Rohan se fijó en la única imagen que quedaba en la pantalla: el símbolo del infinito. Mientras observaba, el símbolo giró noventa grados en el sentido de las agujas del reloj.

—No es el símbolo del infinito —dijo Savannah de repente—. Es un ocho.

De repente, Rohan comprendió exactamente a qué se referían los creadores del juego al incluir esa imagen en la llave. «¡Maldita sea!».

—Hay tres equipos —reiteró Avery, cuya voz parecía provenir de todos los rincones de la estancia—. Y ocho jugadores.

CAPÍTULO 25
LYRA

En la Gran Sala, Lyra contempló el número ocho. Entonces, la pantalla se fundió a negro y los cursores, tres, reaparecieron y empezaron a parpadear.

«Ocho jugadores». El corazón de Lyra empezó a latir desbocado.

—Ha comprendido quién es el octavo jugador de la partida, ¿verdad?

Odette lanzó la pregunta directamente al último ocupante de la Gran Sala.

Ya-sabes-quién.

¿Por qué había regresado Lyra a la Gran Sala? Había llegado al vestíbulo, pero, después, había retrocedido. ¿Por qué no había seguido las campanas y repiques hasta otra habitación, cualquiera menos esa?

—Su hermano Jameson dejó claro que usted sabía tanto de este juego como nosotros —continuó Odette—. Busque en ese esmoquin. Apuesto a que encontrará una de estas.

Lyra se volvió y vio a Odette señalando con una mano enguantada la insignia de jugadora que llevaba prendida en el cuello alto de su vestido negro. A tres metros de distancia de Lyra, Grayson registró a conciencia el esmoquin y encontró un broche, tal como Odette había predicho.

«No es uno de los que dirigen el juego. Es un participante. Somos un equipo». Algo en Lyra se rebeló contra esa idea. Con intensidad. «Odette. Yo. Él».

Todavía podía oír a Grayson diciendo «considéralo un hecho» exactamente en el mismo tono con el que, tiempo atrás, le había ordenado que dejara de llamar.

—No tengo por costumbre permitir que me manipulen —informó Grayson a Odette—. Mis hermanos y Avery lo saben.

—Debe admitir que su inclusión añade cierto nivel de dificultad —señaló Odette—. Puede que, por el momento, seamos un equipo, pero al final, para ganar, hay que superar a un Hawthorne.

El comentario de Odette sobre ganar y superar le recordó a Lyra que ya no había miramientos y contemplaciones en la competición. «Juegos psicológicos. Las notas». Lyra examinó a Odette Morales con atención. La anciana sostenía algo en la mano izquierda, un objeto adornado con piedras preciosas que reflejaba la luz de la araña y que le impedía a Lyra ver de qué se trataba exactamente.

—Tengo todo el derecho de negarme a participar —dijo Grayson, dirigiéndose únicamente a Odette.

«¿Negarse a participar?». Lyra sintió como si la hubieran abofeteado y se volvió hacia él.

—Si te niegas, nos arrastras contigo. —Dio un paso al frente, con todos los músculos de su cuerpo tensos—. O el equipo al completo logra salir antes del amanecer o estamos todos eliminados.

No sabía por qué confiaba en que eso le importara. Lyra sabía qué ocurría cuando esperabas algo de Grayson Hawthorne. Pero eso no cambiaba el hecho de que, en ese momento, lo necesitaba. Independientemente del valor de su máscara, Lyra sabía que sus padres, su padre en concreto, no aceptarían ni un centavo.

Para salvar Mile's End, a largo plazo y con seguridad, tenía que ganar el juego.

—Jugarás —le dijo Lyra a Grayson con fiereza—. Y no ocultarás nada.

Se lo debía. Por el papel que su abuelo pudo haber desempeñado en el suicidio de su padre, por haberle dado esperanzas y habérselas quitado, por haberle hablado y luego no haberle hablado, por ese baile… y por la forma en que aún podía sentir su mano en la espalda. Grayson Hawthorne se lo debía.

—No me lo arruinarás. —La voz de Lyra adoptó un tono que fue de bajo a ronco—. Lo necesito.

Sus palabras no tenían intención de admitir ningún tipo de debilidad.

—Si es dinero lo que necesitas, hay otras maneras —dijo Grayson.

—Hablas como un Hawthorne —replicó Lyra.

—Es curioso. —Odette caminó lentamente hacia los ventanales y contempló la oscuridad en el exterior—. Hasta ahora no me había dado cuenta del parecido. —Ladeó la cabeza, mostrándoles un imponente perfil—. Con Tobias.

—Conoció a mi abuelo. —Aunque Grayson no formuló aquella frase como una pregunta, sí lo hizo a continuación—: ¿Cómo?

Lyra volvió a pensar en las notas y en los nombres de su padre. ¿Cómo había conocido Odette Morales a Tobias Hawthorne?

—Si nos ayuda a llegar al muelle antes del amanecer, puede que se lo cuente, joven —dijo Odette.

Se produjo un silencio.

—Hay una palanca debajo de la pantalla —confesó Grayson.

Lyra se volvió y la vio. Cruzó la habitación. «Debería tirar de la palanca». No lo hizo. Aún no.

—¿Es eso un sí? —exigió, volviéndose hacia la última persona del planeta con la que deseaba estar encerrada en una habitación—. ¿Vas a jugar?

Grayson miró fijamente a Lyra y sus pupilas se expandieron, un negro como el carbón que resaltaba en el fondo de aquellos iris que recorrían la gélida línea entre el azul y el gris.

—No parece que tenga elección —admitió—. Aprecio mi vida y tú pareces tener mal genio.

Los músculos de su mandíbula de granito se movieron levemente, como si hubiese pensado en sonreír y hubiera decidido no hacerlo.

«Encerrada. Con Grayson Hawthorne». Lyra recordó la cita en las ruinas, la posible pista sobre la naturaleza del juego. «Escapar». Lo único que tenía que hacer era sobrevivir las próximas doce horas y superar lo que, con toda probabilidad, era el juego de escape más complicado del mundo. Con él.

«Es solo una noche», se dijo. Empujó la palanca. Se oyó un zumbido mecánico. La pared que había detrás de la pantalla se abrió y reveló un compartimento secreto. En su interior había un cofre con adornos dorados que contrastaban con la madera de caoba pulida con la que había sido confeccionado.

Lyra fue hacia allí. Ante el cofre, grabada en una placa dorada, había una inscripción que, según sospechaba, estaba en latín: *Et sic incipit.*

Grayson se acercó y, colocándose a espaldas de Lyra, tradujo:

—Y así empieza.

CAPÍTULO 26
LYRA

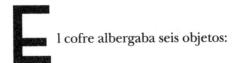l cofre albergaba seis objetos:

Un vaso de poliestireno desechable del personaje Sonic.
Una caja de imanes con palabras.
Un paquete de monedas.
Una bandeja de plata.
Una bolsa de terciopelo negro con fichas del *Scrabble*.
Un único pétalo de rosa roja.

Eso era todo. Nada de instrucciones. Ni la más mínima sugerencia sobre qué se suponía que tenían que hacer con ellos.

—A mi abuelo le encantaban los juegos y le gustaba aún más poner a sus nietos a prueba. —Grayson no lo dijo ni en voz baja ni en alta. Tampoco puso un énfasis particular al pronunciar las palabras, pero lo hizo con tal intensidad que era imposible ignorarlas—. Cada sábado por la mañana, el anciano nos pedía que fuéramos a su estudio, donde nos recibía con un conjunto de objetos muy parecido a este. Con suerte, nos daba algún tipo de instrucción o algún punto de partida críptico. Parte del juego consistía en adivinar el juego en sí. Al terminar, todos los objetos habían sido útiles en un momento u otro y su finalidad no se revelaba hasta el instante preciso en que una parte del gran plan se descubría. Una pista llevaba a otra, enigma tras enigma, acertijo tras acertijo, siempre compitiendo.

Lyra recordó la manera en que Grayson habló de su multimillonario abuelo durante sus llamadas telefónicas. «Fuera lo que fuese lo que hizo Tobias Hawthorne, no es asunto mío». Eso lo había dicho en su primera llamada; y en la segunda: «Fuera lo que fuese lo que hizo Tobias Hawthorne, lo más probable es que arruinara económicamente a tu padre».

Y después, cuando ella le mencionó las crípticas últimas palabras de su padre —«¿Cómo empieza una apuesta? Así, no»—, Grayson las interpretó como un acertijo y se despidió con un último dato que casi lo humanizaba: «Mi abuelo era un especialista de los acertijos».

Durante un breve lapso de tiempo, se permitió pensar en que tal vez podrían resolver ese acertijo juntos.

Lyra cerró la puerta de sus recuerdos.

—Tenemos el punto de partida críptico —dijo finalmente—: «Para resolver el primer acertijo, escribid aquí vuestras respuestas. Y no, no esperéis que os digamos cuál es la pregunta». Esas fueron las palabras exactas de Jameson. Hay tres cursores, lo que sugiere que la respuesta tiene tres partes.

«Tres respuestas, ninguna pregunta. Solo los objetos y la estancia en la que nos han encerrado». Lyra echó un vistazo a la Gran Sala: a los ventanales que daban a las rocas iluminadas por las lucecitas y al negro océano más allá; al diseño laberíntico en los paneles de madera de cerezo; a la chimenea de granito; a la zona de sofás adyacente, en la que había uno de piel enorme flanqueado por dos más pequeños, pero idénticos al primero. «De tres plazas, dos plazas, una plaza». Pese a que dicha disposición debería transmitir cierta asimetría, no era así. Los otros muebles de la sala incluían un par de mesitas de mármol, una de las cuales estaba cubierta con los restos del reloj de arena. Esquirlas.

Una araña de cristal colgaba del techo.

—Uno de estos objetos es nuestro punto de partida. —Grayson no perdía el tiempo—. Un objeto es la clave inicial que nos señalará el siguiente paso del acertijo. El truco es identificar qué objeto es y descifrar su significado.

—Pareces bastante seguro —murmuró Lyra entre dientes.

—Pregúntame cuántas veces gané los juegos de mi abuelo —sugirió Grayson con voz sedosa.

Lyra no lo hizo. En lugar de eso, alineó los objetos en el suelo y reflexionó brevemente sobre cada uno de ellos. «Un vaso desechable. Una caja de imanes con palabras. Un paquete de monedas. Una bandeja de plata. Una bolsa de terciopelo negro con letras del *Scrabble*. Un único pétalo de rosa roja».

—Seis objetos —exclamó Lyra.

—Ocho. Contando la bolsa y la caja —la corrigió Odette. La anciana se sentó en el suelo junto a los objetos con sorprendente agilidad. Sacó las fichas del *Scrabble* de la bolsa de terciopelo e hizo lo mismo con los imanes de la caja—. Disculpadme, pero soy buena con los tecnicismos y los vacíos legales.

—Ocho objetos —rectificó Lyra, arrodillándose al lado de Odette.

Grayson dio un paso al frente y le quitó el envoltorio al paquete de monedas, dejando el papel a un lado y las monedas al otro.

—Nueve, y eso asumiendo que las monedas, los imanes y las letras del *Scrabble* funcionan como unidades.

«Nueve objetos —pensó Lyra—. Un trozo de papel. Una caja pequeña. Una bolsa de terciopelo negro. Monedas. Fichas del *Scrabble*. Imanes con palabras. Una bandeja de plata. Un vaso desechable. Un único pétalo de rosa roja».

Lyra extendió la mano hacia los imanes. Grayson hizo lo mismo. Los dedos de Lyra rozaron el dorso de su mano y se sintió transportada... a los acantilados, a su baile. El hecho de tener una memoria que te hacía revivir todas las sensaciones, pero que no te permitía ver nada, tenía inconvenientes.

Dando un respingo, Lyra apartó la mano. Desvió su total atención hacia las letras. Que fuera él quien se encargara de la maldita poesía.

—He contado veintinueve fichas del *Scrabble* —dijo Grayson bruscamente—. A no ser que haya menos de cinco vocales en total, sería bueno empezar buscando una manera de eliminar algunas de las letras. Buscad patrones, repeticiones, cualquier cosa que permita reducirlas. De lo contrario, el número de combinaciones posibles no nos permitirá descifrar el enigma, hasta, o al menos, que descubramos una pista que arroje luz sobre qué letras debemos usar.

—No recuerdo haberle pedido consejo, señor Hawthorne —intervino Odette con austeridad, pero esbozando una sonrisa satisfecha.

—Pues entonces encárgate tú de las letras del *Scrabble* —le dijo Lyra a Grayson, marcando las palabras.

—No. —Grayson fulminó a Lyra con la mirada, como si esta fuera un láser y, acto seguido, alzó una ceja—. ¿Algún problema, Lyra?

Pronunció su nombre igual que lo hacía su padre en el sueño: «Lai-ra».

—Se pronuncia Lyra —lo corrigió.

«Ly-ra».

—Estate tranquila, Lyra —dijo Grayson con una voz suave y aterciopelada—. Evitaré ponerte las manos encima durante el juego.

CAPÍTULO 27
GIGI

Una no se rehabilitaba así como así. Se necesitaba tiempo. Al igual que para examinar el cofre de objetos que el equipo de Gigi había liberado de un compartimento secreto tras descubrirlo en el escritorio del estudio en el que ahora estaban encerrados... ella, Brady y el imbécil antes conocido como Cejas Fatales, a quien ahora Gigi se refería mentalmente como don Gruñón de los Abdominales porque, tenía que reconocerlo, el tipo estaba fornido.

Ese imbécil también iba a lamentar haberse apropiado de esa mochila, pero Gigi se controlaba.

Cogió la bandeja de plata del escritorio y fue hacia el centro de la estancia, donde giró trescientos sesenta grados, inclinando el espejo improvisado hacia arriba y hacia abajo, contemplando la imagen reflejada del estudio, captando todos y cada uno de los detalles.

En lo que se refería a enigmas y acertijos, todo, hasta lo más insignificante, cobraba importancia.

El estudio tenía forma rectangular, la mitad de ancho que de largo y un techo altísimo. Unas estanterías empotradas rodeaban la parte superior, claramente fuera de su alcance. Gigi ladeó el espejo para examinar las molduras de las estanterías, que habían sido talladas a mano y eran dignas de una catedral.

Las estanterías, por lo que pudo apreciar, estaban vacías.

Gigi siguió girando e inclinó el espejo hacia el escritorio. Knox estaba sentado tras la mesa en una silla que parecía un trono, desmontando el cofre de madera plancha por plancha. Solo con la ayuda de sus manos. Gigi lo ignoró y prestó atención al físico arrepentido que se inclinaba sobre el escritorio, mirando los objetos que había sobre él.

Brady estaba tan quieto que Gigi oía cómo subía y bajaba su pecho al respirar debajo de la chaqueta de su esmoquin. Unas respiraciones profundas. Lentas.

—No te quedes ahí parado, Daniels —soltó Knox, sacando otra plancha del cofre—. Haz algo.

«Don Gruñón, solo por eso, te degrado a señor Rabietas», pensó Gigi.

—Ya estoy haciendo algo —objetó Brady, en tono meditabundo—. Ten un poco de fe, Knox.

La manera en que Brady pronunció aquellas palabras hizo que Gigi pensara que no era la primera vez que Knox Landry oía ese comentario crítico. Se sintió tentada a reflexionar sobre ello, a seguir al conejo y bajar por la madriguera, a especular sobre todo lo que había oído a escondidas. Lo de la fotografía. Lo de Calla.

Pero Gigi tenía una misión.

—Parece que hay algo de tensión en el ambiente.

Bajó la bandeja de plata. Puesto que iban a ser un equipo hasta el amanecer, Gigi pensó que, en vez de ignorar a los elefantes en la habitación, era mejor abordarlos directamente.

—Por suerte —continuó diciendo—, soy una experta mediadora y una gran compañera.

Desarmar a la gente usando buena voluntad y alegría era un arte, y Gigi era toda una artista.

—Eres un lastre —soltó Knox.

—Oye —dijo Brady, con cierta vehemencia—. Déjalo ya. Es solo una niña.

Aquello le dolió más de lo que esperaba. «Solo una niña». «Un lastre».

—Es una niña que, por casualidad, es la hermanastra de Grayson Hawthorne —informó Knox a Brady, con un tono tanto intenso como petulante e intensamente petulante—. La feliz y afortunada niña rica ante ti logró entrar en el juego porque le dieron la carta dorada en mano, como probablemente se lo habrán dado todo en la vida.

Había una clase de persona, muchas clases de personas en realidad, que pensaban que la conducta dicharachera y el optimismo decidido de Gigi eran defectos, una combinación de vacío e ingenuidad, cuando, de hecho, era Gigi la que decidía a diario ser feliz.

Gigi no se vino abajo.

—Pues resulta —repuso con desparpajo— que me gané uno de los cuatro pases libres yo sola. Y, de no ser por mí —esbozó una sonrisa abierta y luminosa—, ni siquiera hubieses encontrado esa mochila, señor Rabietas Sonrisa Satisfecha. —Gigi se encogió de hombros alegremente—. Por cierto, te perdono y eso no augura nada bueno.

—¿Qué mochila? —preguntó Brady.

Knox contestó con tres palabras.

—Ahora es mía.

—¿Tuya? —replicó Brady—. ¿O de tu patrocinador? No es que ahora vayas por libre…

—¿Patrocinador?

Gigi arrugó la frente.

—Hay un puñado de familias adineradas que se han interesado por el Gran Juego —aclaró Brady—. Contratan a jugadores, marcan las cartas que pueden, apuestan sobre el resultado final. Por lo que pude comprobar la última vez, Knox estaba a sueldo de la familia Thorp.

Vaya, eso sonaba… siniestro. «¿Cómo que marcan las cartas?».

—Juego para ganar. —Un Knox sin ningún tipo de remordimientos arrancó otra plancha de madera del cofre—. Y Brady, aquí presente, siempre ha tenido debilidad por las niñitas mimadas.

«Niñitas. Mimadas». Claramente, por el bien de la rehabilitación y del alma de Knox, una pequeña demostración se hacía necesaria. «Ya te daré yo niñita mimada, gusano misógino y engreído».

Gigi sonrió con beatitud.

—Esta habitación mide dos metros y medio por cinco —empezó a decir—. El cuadro en la pared del fondo muestra cuatro caminos que convergen en uno y el artista firmó en la esquina superior derecha en lugar de en una de las esquinas inferiores, como sería habitual. En los estantes que rodean el tercio superior de la sala hay un total de nueve molduras talladas: una lira, un pergamino, una corona de laurel y un compás.

Brady giró lentamente la cabeza hacia ella.

—Musas —dijo—. Los símbolos coinciden y en la mitología griega hay nueve.

—Quizá tenga algún significado —replicó Gigi—. O quizá solo sea la manera en que los creadores del juego sugieren que, para resolver este rompecabezas, vamos a tener que ser un poco creativos.

Gigi se volvió hacia Knox.

—¿De cuántas maneras se te ocurre utilizar esto? —Gigi levantó la bandeja—. Porque a mí, para empezar, se me ocurren como mínimo nueve. ¿Quieres oír algunas? Evidentemente, puede funcionar como espejo, lo que significa que podría ser particularmente útil para descifrar cualquier cosa escrita o dibujada al revés. Los espejos también son buenos para redirigir la luz, lo que podría ayudar a revelar ciertos tipos de tinta invisible. Y hablando de tinta invisible… —Echó su aliento sobre la bandeja, empañándola—. Ciertos aceites pueden marcar la superficie de un espejo. —Gigi lo giró hacia su audiencia—. En este solo hay manchas, pero valía la pena intentarlo.

Podría haberse detenido ahí. Pero, por desgracia, la moderación no era uno de los puntos fuertes de Gigi (ver también: «cafeína»).

—El diámetro o circunferencia del plato podría ser una unidad de medida. Si lo rompes, puedes usar los fragmentos para cortar algo, aunque, personalmente, si tuviera que cortar algo en rodajas, seguro que emplearía la navaja que llevo en el muslo. —La voz inocente de Gigi sonó aún más inocente—. Por otra parte, también podría utilizar esa misma navaja para forzar las cerraduras de los tres cajones que hay a la vista en el escritorio y la del oculto en este lado, el cual seguro que ya habéis visto, ¿verdad? Por desgracia, nos avisaron de que no podíamos forzar las cerraduras para salir y yo siempre respeto las reglas, así que tal vez deje la navaja tranquila de momento.

«La navaja que no lograste robar, Knox», trató de trasmitirle por telepatía Gigi.

Brady se quedó mirando a Gigi un momento.

—Entendido —dijo, esbozando una ligera sonrisa—. No eres una niña.

—No soy una niña —confirmó Gigi. Se dirigió hacia el escritorio y observó los objetos que había sobre él—. Cuando la mayoría de la gente mira estas letras del *Scrabble* —le dijo a Brady—, probablemente solo ve letras. Yo veo los puntos que vale cada una. Y, cuando miro los imanes, me pregunto si todos son magnéticos o si hay alguno que, pese a parecer un imán, no lo es. Alguien debería probarlos todos en la silla metálica en la que está sentado Knox. Y, ya que la menciono, ¿soy la única que ha reparado en que está hecha de espadas?

Gigi vio los esfuerzos de Knox por no girarse y comprobarlo.

—En tu defensa —le dijo—, he de decir que el trabajo de artesanía lo disimula bastante bien.

Brady negó con la cabeza con ironía y sus rastas se sacudieron ligeramente.

—Eres una fuerza de la naturaleza.

—Me lo dicen a menudo —respondió Gigi—. Sobre todo, comparándome con huracanes y tornados. —Se encogió de hombros—. Y, ya que estamos, os informo de que mis otras especialidades incluyen ordenadores y códigos, allanamiento de morada, cortarme el pelo, las cajas de secretos, la memorización visual, comer caramelos en los tejados, la caligrafía, hacer nudos, deshacer nudos, los memes de gatos, hacer girar objetos sobre la cabeza, las distracciones, captar detalles aparentemente insignificantes y caerle bien a la gente, incluso a aquella a la que no le gusta nada ni le cae bien nadie.

Se volvió hacia Knox.

—¿Y tú? —dijo—. ¿Cuáles son tus especialidades?

Aunque Knox frunció el ceño, a regañadientes respondió:

—Juegos de lógica. Identificar puntos débiles. Encontrar atajos. Tengo una alta tolerancia al dolor. No duermo mucho. Y siempre hago lo que hay que hacer. —Knox lanzó a Brady una mirada mordaz por debajo de sus tupidas cejas—. Lo que no siempre me hace ganar amigos.

«Hola, tensión. ¿Ya estás aquí de nuevo? Qué pronto».

—¿Brady? —dijo Gigi—. ¿Especialidades?

—Símbolos y significados. —Brady se tomaba su tiempo antes de hablar—. Civilizaciones antiguas. Cultura material, especialmente, cualquier cosa que involucre rituales o herramientas.

«Pues claro —pensó Gigi—. Por eso parece un *nerd*».

—Hablo nueve idiomas —continuó Brady en voz baja— y puedo leer siete más. Tengo memoria eidética y suelo ser bastante bueno reconociendo patrones.

—Olvidaste las constelaciones —interrumpió Knox de repente, y fue como si la simple palabra «constelaciones» succionara el oxígeno de la habitación—. Se las sabe todas. —Knox apretaba la mandíbula, pero sus ojos decían lo contrario—. Brady también es muy bueno con los acertijos musicales y sabe defenderse en caso de pelea. —Hizo una pausa cargada de tensión—. Ambos sabemos.

De no haber tenido una hermana melliza, Gigi podría haber pasado por alto la forma en que Knox había dicho «ambos», pero había pasado la mayor parte de su vida como parte de una unidad. Sabía lo que era ser dos y sentirse una.

Y, de repente, dejar de sentirlo.

Brady y Knox se conocían, y Gigi estaba segura de que su relación iba más allá de la chica posiblemente desaparecida. ¿Y entonces? ¿Por qué sus compañeros ni siquiera intercambiaban una mirada?

«Cálmate», se recordó Gigi. Respiró hondo.

—Voy a comparar las fichas del *Scrabble* con esa firma ladeada en el cuadro, a ver qué se me ocurre —dijo—. Alguien debería probar la poesía magnética en la silla de la espada.

Brady cogió la caja con los imanes de palabras y la lanzó, con más fuerza de la necesaria, hacia Knox, quien la atrapó al vuelo con una mano.

De camino hacia el cuadro, Gigi tuvo que reprimir el deseo de darse la vuelta al oír que Brady le decía algo en voz muy baja a Knox.

—Si tanto te apetece recordar, Knox, a ver qué te parece esto: Severin te manda saludos.

CAPÍTULO 28
ROHAN

Rohan calculó que había un cincuenta y nueve por ciento de posibilidades de que la inclusión de Grayson Hawthorne en el juego fuera una decisión reciente, un cambio de última hora. Al fin y al cabo, solo había siete habitaciones para jugadores. Por muy difícil que pareciera que los hermanos de Grayson hubiesen encargado hacer llaves nuevas de esas habitaciones para incorporar el número ocho, no era imposible, y menos después de ver lo que había visto Rohan.

«Grayson Hawthorne y Lyra Kane». ¿No le había dicho Nash que este juego tenía corazón?

—El octavo jugador es tu hermano —le dijo Rohan a Savannah, que, en aquel momento, estaba examinando fríamente el conjunto de objetos que acababan de descubrir—. Nos lleva ventaja.

Era un juego Hawthorne.

—Hermanastro. —Savannah era la viva imagen de la calma, un retrato de la serenidad—. Y solo tendrá ventaja hasta que la recuperemos. —Savannah señaló imperiosamente hacia los objetos con la cabeza—. Echa una mano, inglés.

145

Una habitación cerrada. Una compañera que no tenía por costumbre desear cosas, objetivos compartidos hasta el amanecer. Rohan podía sacarle provecho a la situación.

Dejó que su mirada se posara en la cadena que rodeaba las caderas de Savannah y el candado que colgaba de ella.

—¿Crees que ya ha cumplido su objetivo? —preguntó Rohan—. ¿La pista de que jugaríamos en equipos?

—Cómo te gustaría que pensara eso, ¿verdad? —respondió Savannah, alzando ligeramente las cejas—. ¿Tratas de convencerme de que me la quite?

«Que me la quite». Rohan apreció la elección del verbo, sin dudar ni un segundo de que fuera intencionada. Pese a su férreo control emocional, a Savannah Grayson le gustaba jugar con él.

—Ni se me pasaría por la cabeza hacer eso, cariño —dijo Rohan.

Examinó los objetos con los que contaban para el primero de los acertijos y, acto seguido, metió la mano en la chaqueta de su esmoquin y sacó un objeto propio: el disco metálico.

Savannah alargó el brazo, tratando de arrebatárselo.

Rohan la esquivó. A la luz, las marcas grabadas en el metal eran claras: unas líneas discontinuas recorrían los bordes del disco, tanto en la parte delantera como en la trasera.

—¿Mereció la pena? —preguntó Savannah—. ¿Mereció la pena ganarme ahora que formamos equipo?

No le pasó desapercibido el ligero matiz sarcástico en la palabra «equipo».

—Siempre merece la pena. —Rohan se miró la sangre seca en los nudillos—. Si me planteo demasiado hacer un sacrificio, puede que evalúe los riesgos y no los corra.

Rohan no le otorgó la oportunidad de responder y fue hacia la mesa del comedor. Allí se inclinó, pegando la mejilla contra la superficie y con los ojos a ras.

Colocó el disco en vertical sobre la mesa, sujetando la pieza circular de metal entre el dedo corazón y el pulgar.

—¿Qué estás haciendo? —preguntó Savannah, aunque su tono más bien sonó a exigencia.

Rohan chasqueó los dedos e hizo girar el disco. Savannah apoyó las manos en la mesa y bajó el torso hasta quedar a la misma altura que Rohan, con el disco, que giraba a toda velocidad, ante ella. Las marcas del anverso se confundían con las del reverso.

Las líneas rotas se unieron. Unos símbolos incomprensibles se convirtieron en letras.

—«Usad la habitación» —leyó Savannah en voz alta.

Rohan esperó hasta que el disco cayera de lado, repiqueteando contra la mesa del comedor.

—Usad la habitación —repitió—. Y bien, Savannah Grayson… —Proyectó la voz para que esta la rodeara, un truco que había aprendido en su rol de Factótum del Piedad del Diablo, ocupación en la que resultaba muy útil transmitir la idea de estar en todas partes—. ¿Qué ves?

Savannah no respondió de inmediato y Rohan aprovechó para analizar la estancia. Esto fue lo que vio: una mesa de comedor circular con seis sillas tapizadas con una tela aterciopelada que combinaba con dos juegos de pesadas cortinas doradas en la pared más al sur. Las cortinas estaban corridas. En medio, contra la pared, había un carrito de bebidas. Antiguo. Y en la pared que daba al este había una alacena plateada, con toda probabilidad, también antigua. Era alta y ancha, pero de no más de treinta centímetros de profundidad. Las puertas estaban abiertas de par en par, y los estantes, vacíos.

Los detalles de las puertas de la alacena coincidían con el dibujo tallado en la superficie de la mesa circular (un complicado remolino de flores y vides), cuyo centro estaba elevado, formando un círculo más pequeño. El dibujo en dicho círculo elevado era sorprendente.

—Una brújula.

Savannah se acercó a la mesa.

«¿Qué ves?», le había preguntado, y ella había dado una sola respuesta. La única, en lo que a ella respectaba. Savannah llevó la mano hacia la parte elevada de la mesa. Agarró el borde del círculo y empujó.

El centro de la mesa empezó a girar. Dio una vuelta completa antes de que Rohan rozara ligeramente su muñeca, como si lo hiciera con una pluma, y la sujetara.

—Con cuidado, cariño. ¿Y si tenemos que introducir algún tipo de combinación para usar la «brújula»?

Savannah volvió lentamente la cabeza hacia él, con lo que sus ojos, sus labios, quedaron a la misma altura que los de Rohan.

—¿Piensas quedarte con ese brazo?

—Disculpa.

Con un rápido movimiento, Rohan la soltó y cruzó la estancia hasta las cortinas de la pared frente a él. Al descorrer la primera, comprobaron que no había ventanas, sino que, en su lugar, había un cuadro.

—Un mural. —Savannah cruzó la habitación y descorrió las otras cortinas—. Y aquí hay otro.

«Uno del amanecer, otro del atardecer». Rohan se concentró y el resto del mundo se desvaneció mientras ejecutaba una búsqueda visual de la habitación, examinando cada centímetro, buscando…

«Eso». La mirada de Rohan se posó en el carrito de bebidas.

Sobre él había tres decantadores de cristal, cada uno con un líquido de un color diferente. Pero Rohan solo tenía ojos para la cuarta botella. Era la más sencilla, de forma cuadrada, hecha de simple cristal. Sin embargo, el líquido que contenía era de un color muy distinto.

«Naranja amanecer». Rohan lo cogió y, en esta ocasión, fue Savannah la que le agarró la muñeca.

—A mí, al igual que a ti, también me gustan mis extremidades —bromeó Rohan.

Tenía el pulgar sobre su pulso. Podía sentir cómo ella lo sentía.

«El cuerpo nunca miente».

Savannah lo soltó y Rohan alzó la botella hasta la altura del rostro. El líquido de color, actuando como una lente, filtró las ondas de luz de la misma frecuencia e iluminó la escritura oculta en el mural del amanecer.

Rohan esbozó una sonrisa, no una pícara, sino una afilada, como la de un lobo. Su verdadera sonrisa.

Le tendió la botella a Savannah, que, a su vez, leyó el mensaje oculto.

PARA RESOLVER EL ACERTIJO, CONCENTRAOS EN LAS PALABRAS.

Focus on the words, decía el mensaje en inglés.

CAPÍTULO 29
ROHAN

Rohan esparció sobre la mesa los imanes con las palabras. Savannah se situó a su derecha. Sin tan siquiera mirarlo, empezó a disponer de forma eficiente y precisa las palabras boca arriba, separándolas dos centímetros entre ellas. Cuando llevaba tres líneas, Rohan ya había concluido su evaluación preliminar del conjunto.

—Veintisiete palabras en total —comentó.

—Solo cuatro verbos.

Savannah se había recogido sus cabellos claros para apartarlos de su rostro en un complicado peinado que a Rohan le recordaba a una tiara, pero no había nada de princesa en la forma en que evaluaba las palabras dispuestas ante ellos, con las palmas de las manos apoyadas en la mesa, los músculos nervudos marcándose en sus brazos. Parecía un general preparándose para la batalla.

Rohan sacó dos de los cuatro verbos, añadió un «se», la «y» y lo reordenó.

—No me parece muy buena estrategia usar dos de los verbos principales en la misma frase —comentó Savannah, muy concentrada.

—¿Estás sugiriendo que racionemos nuestros verbos? —replicó, sonriendo con satisfacción.

Ella lo ignoró, examinó de nuevo las palabras y sacó otras tres.

—Estas son las únicas que parecen funcionar con esa combinación tuya.

No había vacilación en Savannah Grayson. Era como si lo de dudar no fuera con ella.

Había sacado el artículo «la» y dos sustantivos.

—«Piel». —Rohan se detuvo unos instantes en esa palabra. Había ventajas en permitirse desear a alguien si la estrategia requería hacer que te desearan—. Y «rosa».

Rohan puso un dedo sobre la palabra y la deslizó, junto con «la», colocando ambas en su lugar.

—El pétalo de rosa.

Savannah se puso en marcha de inmediato.

Rohan se plantó junto a ella en un segundo.

—¿Te apetece hacer una hoguera, chica de invierno?

El apodo le sentaba bien. El pelo. Los ojos. Aunque Rohan se vio obligado a admitirlo: era mucho más mujer que chica.

—Sería prematuro y precipitado quemar cualquier cosa.

Savannah miró hacia los imanes. Rohan se preguntó qué palabras en concreto le habían llamado la atención. ¿«Peligro»? ¿«Cruel»? ¿«Rápido»? ¿«Roce»? ¿«Justo»?

—Y, además —continuó secamente—, para quemar algo, necesitaríamos cerillas o un mechero, que no tenemos.

—Cerillas, un mechero o… —Rohan esperó hasta que los ojos de Savannah se posaron en los suyos—. Un haz de luz y un espejo cóncavo.

CAPÍTULO 30
LYRA

Grayson se desabrochó un botón del esmoquin con una mano, mientras que, con la otra, alineaba las monedas sobre la mesita de mármol con un audible clic, clic, clic. Lyra se fijó en que había elegido trabajar en la mesita medio cubierta por las esquirlas.

La que estaba más lejos de ella.

«Concéntrate en las letras —se dijo Lyra—. Solo en las letras». Había alineado las fichas del *Scrabble* en el suelo como si fuera a jugar una partida: primero las vocales y, después, las consonantes en orden alfabético.

A, E, E, E, E, I, O, O, O, O, U, C, Ch, D, D, G, H, L, M, N, P, P, R, R, R, R, R, S, W.

Recordó la sugerencia de Grayson: «Buscad patrones, repeticiones, cualquier cosa que permita reducirlo».

«Podría hacerle caso… —Lyra alzó la mirada y vio que un mechón de pelo rubio le caía sobre esa cara suya que parecía tallada en la piedra—. O podría jugar».

La lógica de Grayson era que, con tantas letras, las opciones eran demasiadas. Sin embargo, ¿y si el objetivo no se reducía a hacer palabras o formar un enunciado? ¿Y si el objetivo era encontrar la combinación perfecta, concentrándose en las jugadas adecuadas con más puntuación? Eso lo cambiaba todo y Lyra jamás había perdido una partida al *Scrabble*.

Se decidió por «poderosa» como palabra de salida. Catorce puntos. Desde la primera O, formó «dicho» en horizontal, duplicando la puntuación con el doble tanto de palabra (dieciocho puntos más) y, después, utilizando la S, formó «remos», situando la M en la casilla de triple tanto de letra. Trece puntos.

Menos de un minuto más tarde, Lyra había terminado. Pasó ligeramente la yema de un dedo por cada una de las fichas, sintiendo las palabras, grabándolas en su memoria…, y, acto seguido, las mezcló y empezó un nuevo juego desde cero. Y, después, otro. Y otro.

Algunas palabras surgían una y otra vez.

—Poder, corona, dicho —murmuró Lyra.

—Ojalá existiera un dicho sobre el poder. —Lyra se sorprendió al advertir que Odette Morales la observaba, en pie junto a ella—. Uno que mencione explícitamente una corona —concluyó la anciana.

«Dicho. Poder. Corona». Lyra tardó unos minutos, pero lo encontró.

—Pesada es la cabeza que lleva la corona.

—Yo prefiero la versión original. —Odette se dirigió hacia los ventanales con paso imponente, como si estuviera sobre un escenario y el público la observara desde la oscuridad—. «Inquieta vive la cabeza que lleva una corona».

—Shakespeare —dijo Grayson, incorporándose—. *Enrique IV*, segundo acto. —Fue hasta ella y observó la combinación de fichas—. Ni siquiera tratas de eliminar letras.

Lyra no iba a permitir que la mirara por encima del hombro, que la empequeñeciera, así que se puso en pie.

—Tal vez no sea necesario eliminar nada.

Rápidamente, pasó por delante de él y fue hasta la pantalla en la que parpadeaban los tres cursores. Pulsó uno de ellos y apareció un teclado. Lyra probó con la palabra «Shakespeare» y, a continuación, pulsó la tecla Enter. La pantalla arrojó un alarmante destello rojo. «Enrique». «Enrique4». «Enrique4A2». «Enrique4Acto2».

Con cada una de aquellas opciones Lyra obtuvo idéntico resultado: un destello rojo, una respuesta equivocada.

—Prueba con números romanos en lugar de cifras —sugirió Odette, que se había acercado hasta situarse a su espalda.

Lyra así lo hizo, introduciendo todas las combinaciones.

—Nada.

—Príncipe. Caballero. Sucesión. Rey. —Odette empezó a sugerir palabras sin cesar.

—No será tan sencillo —dijo Grayson, acercándose a Lyra.

Aunque se detuvo a casi un metro de ella, Grayson Hawthorne hacía notar su presencia.

El cuerpo de Lyra registraba su ubicación, estuviera donde estuviese.

—De haber encontrado algo, y no estoy convencido de que sea así, señorita Kane, casi seguro que no es una respuesta, sino una pista.

El tono más que formal y arrogante en que Grayson pronunció ese «señorita Kane» hizo que Lyra pensara, por un momento, en lanzarle algún objeto.

—¿Y usted, señor Hawthorne, ha encontrado algo? —preguntó maliciosamente Odette.

—En cada paquete hay cuarenta monedas. —Grayson alzó una ceja—. Todas se acuñaron el mismo año, excepto dos.

—Supongo que ahora querrá que preguntemos el año, ¿verdad? —dijo Odette en tono seco.

—Treinta y ocho monedas se acuñaron en 1991. —Grayson miró a Lyra, quien sintió que la ponían a prueba.

Le encantaba que la pusieran a prueba.

—¿Y ahora nos hará el honor su alteza de decirnos el año de las otras dos monedas o tenemos que ganarnos ese dato?

—Hoy me siento magnánimo. —Los labios de Grayson se alzaron un poco, solo un poco—. Una de las dos monedas se acuñó en el 2020, la otra en el 2002.

—Las mismas cifras en los dos números —señaló Lyra—. Pero en orden diferente.

—Y 1991 es un palíndromo —añadió Grayson, superándola.

La zona del cerebro de Lyra amante de los códigos se aferró al patrón al tiempo que ese maldito mechón de pelo rubio caía sobre el rostro de Grayson por segunda vez. Él lo apartó.

—¿Y por qué crees que los años en las monedas son tan importantes? —dijo Lyra de manera cortante.

—En un juego Hawthorne, todo es importante. La pregunta no es por qué, sino cuándo. —Grayson miró a Lyra como si la respuesta a esa pregunta pudiera estar enterrada en sus ojos—. Por el momento, asumamos que las palabras «dicho» y «corona» son, en verdad, el punto de partida. —Grayson dio media vuelta y se dirigió hacia la chimenea, en el extremo opuesto de la estancia—. En ese caso, el patrón de las monedas cobrará importancia más tarde y lo que hay que hacer ahora… —apoyó la mano sobre el granito negro de la chimenea— es encontrar una corona.

Lyra observó a Grayson, que pasó la mano por encima del granito, de derecha a izquierda, y después por debajo, con movimientos automáticos, como si sentir sistemáticamente cada centímetro de una enorme chimenea fuera algo que había hecho diez mil veces en el pasado.

—¿Por qué una corona? —insistió Lyra—. ¿Por qué no algo que sea pesado? «Pesada es la cabeza que lleva la corona».

—«Pesado» es un término vago y las vaguedades hacen que los acertijos sean imprecisos.

Grayson Hawthorne pronunció «impreciso» como si fuera una ofensa.

Lyra miró a Odette, que había guardado un sospechoso silencio, y vio que la anciana recorría con el dedo el laberinto de los paneles de madera. En vez de unirse a ella, Lyra desvió su atención hacia los muebles más pesados que había en la estancia.

«Impreciso, y una mierda». Las mesitas, por lo que pudo comprobar, estaban hechas de un mármol blanco y sólido. En la superficie se veían unas grietas diminutas, casi de la anchura de un cabello, cada una de ellas con incrustaciones de oro.

—Como una corona —murmuró Lyra, acariciando la primera mesita, consciente de que, en cierto modo, copiaba los movimientos de Grayson para examinar la sala.

A continuación, se dirigió hacia la segunda mesita, la que estaba cubierta de esquirlas.

—Mientras estemos en estas circunstancias, señorita Kane, le rogaría que no se despedazara las manos esta noche.

El tono con el que Grayson dijo estas palabras devolvió a Lyra a los acantilados, a su mano en su brazo.

—Por suerte, veo a la perfección y mi sentido común está por encima de la media. —Lyra recogió una esquirla de la mesa con los dedos—. Creo que unos cristalitos no me causarán ningún problema.

Grayson entornó los ojos casi por completo.

—Disculpa mi escepticismo, pero el número de cicatrices que mis hermanos han conseguido colectivamente después de decir «unos cristalitos no me causarán ningún problema» me obliga a discrepar.

«No tengo que disculpar nada», pensó Lyra, aunque, en voz alta, optó por transmitir un mensaje completamente diferente.

—No tienes que preocuparte por mí, chico Hawthorne.

—No me preocupo. Calculo el riesgo.

—Pese a que sería la mar de entretenido dejar que discutierais —interrumpió Odette—, a mi edad, el tiempo es oro, así que sugiero que ambos me preguntéis qué he encontrado.

Lyra depositó la esquirla.

—¿Qué has encontrado?

—Aún nada —replicó Odette con actitud contestaria—, pero os diré que, en las décadas que he pasado limpiando las casas de otra gente como método de subsistencia, he aprendido a interpretar tanto a las personas como a las casas. —La anciana presionó la madera con la palma de la mano—. Aquí hay un compartimento secreto. —Avanzó metro y medio pegada a la pared y la golpeó con el puño—. Y, aquí, algo más grande.

—Eso no entraría en mi definición de «nada» —repuso Grayson con ironía.

—Hasta que averigüemos cómo activar los compartimentos, es exactamente eso: «nada» —replicó Odette, mientras seguía avanzando—. Aunque esto…

Lyra se unió a la anciana junto a la pared.

—Observa la veta de la madera —murmuró Odette—. ¿Ves el cambio? El trabajo es muy bueno y apenas se aprecia a simple vista, pero si tocas la madera...

Lyra levantó los dedos y exploró la zona que le había indicado Odette. La madera se hundía. No mucho. Justo lo suficiente como para notarlo. De repente, los dedos de Grayson estaban junto a los suyos. Fiel a su promesa, sus manos casi ni apenas se rozaron mientras presionaba la madera. Con fuerza. Una sección entera de la pared se hundió.

Se oyeron girar unos engranajes en algún lugar de la sala y la araña comenzó a descender desde el techo. Bajó poco a poco, con sus caireles vibrando con el movimiento, chocando entre ellos y tintineando en una frágil melodía que hizo que Lyra contuviera la respiración.

La araña se detuvo, fuera de su alcance.

Odette apremió a Grayson, apuntando hacia la lámpara.

—¿Y bien? No se quede ahí, señor Hawthorne. —La anciana abrió el brazo y señaló a Lyra—. Va a tener que auparla.

CAPÍTULO 31
LYRA

Lyra se quedó de piedra. «¿Auparme?». Ya sabía lo que era que Grayson la tocara, cómo la sensación perduraba, cómo aquel fantasma se resistía a que lo exorcizaran. No iba a permitirlo.

Tenía que haber otra manera.

Lyra alzó la mirada hacia la araña, que aún se encontraba a unos buenos tres metros del suelo.

—Los muebles… —empezó a decir.

—Los muebles están fijados al suelo. —Odette parecía disfrutar con la situación—. Y yo ya no estoy tan ágil ni soy tan ligera como antes, así que me temo que está en vuestras manos.

En la lámpara parecía haber más de trescientas lágrimas y cualquiera de ellas podía contener una pista.

—Tal vez no sea nada —dijo Lyra con un tono tenso—. Una distracción.

—No —replicó Grayson—. Cuando juegas a este tipo de juegos, ves que hay patrones que se repiten. El último juego de mi abuelo, el que puso en marcha tras su muerte, empezó con frases hechas y una chica.

La forma en que había dicho «una chica» hizo que Lyra recordara una entrevista que había visto años atrás. «Grayson Hawthorne y Avery Grambs». Con dieciséis años, Lyra había visto esa entrevista más veces de las que estaba dispuesta a admitir. «Ese beso». De hecho, la entrevista había sido la razón por la que había elegido a Grayson como el Hawthorne que abordar, la razón por la que se había pasado más de un año buscando su número.

Una parte de ella odiaba a Grayson y a toda su privilegiada familia, pero otra parte pensaba que, de alguna manera, alguien que besara así a una chica no podía ser tan malo.

—Ese juego —continuó diciendo Grayson— terminó casi un año después con una araña. Y ahora, en este juego, que ha sido diseñado por las mismas personas que participaron en el anterior, el último de mi abuelo, hay un dicho y una araña de cristal.

—Y hay, de nuevo, una chica —añadió Odette.

«Yo». Lyra notó que se le secaba la boca. «A la mierda». No iba a permitir que Grayson Hawthorne la hiciera sentir así. No iba a permitir que le hiciera sentir nada de nada.

—Adelante —le dijo secamente—. Aúpame. Acabemos de una vez.

—¿Acabemos de una vez? —repitió Grayson.

Lyra no vio la necesidad de aclarárselo.

—Tus manos —apremió Odette a Grayson—. Sus caderas.

Haciéndose a la idea, Lyra se colocó directamente debajo de la araña. Sintió que Grayson la seguía.

—No haré nada a menos que tú me lo digas, Lyra.

Esta vez pronunció su nombre correctamente.

Lyra tragó saliva.

—Adelante.

Grayson la cogió con delicadeza, aunque también con determinación. Posó sus pulgares en la cintura de Lyra, justo por encima del lugar en que sus caderas se encontraban con la parte inferior de la espalda. Sus dedos se enroscaron en la parte delantera.

De repente, las capas de tela del vestido le resultaron demasiado finas.

—A la de tres.

No era una pregunta.

Lyra se lanzó y se le adelantó.

—Tres.

Grayson la aupó por encima de su cabeza. Lyra estiró los brazos, con la mirada clavada en su objetivo, sintiendo que un pulso eléctrico la recorría de arriba abajo. Rozó la parte inferior de la araña con la punta de los dedos, pero no fue suficiente.

La mano de Grayson subió hasta su espalda y esta se arqueó.

«Un acto reflejo», se dijo Lyra. Eso era todo.

Con una mano en la región lumbar, Grayson deslizó la otra hacia abajo, agarrándole el muslo a través del vestido y comprimiendo el tul contra su pierna. El cuerpo de Lyra respondió, extendiendo la otra pierna hacia atrás y su mano hacia arriba mientras Grayson la alzaba completamente por encima de su cabeza.

Debería haberle dado la sensación de estar en una posición precaria y no en un *pas de deux*. No como si estuvieran bailando *El lago de los cisnes*. Su cercanía no debería provocarla, no debería atraerla.

Estaba claro que él no sentía nada de eso.

Con más decisión, Lyra se estiró, elevando la mano hacia la fila inferior de lágrimas.

—Busca una que esté suelta.

No podía evitar darle órdenes.

Lyra se obligó a tomar aliento y se concentró en su mano, en las frías lágrimas entre sus dedos. No en él. «El vestido, su mano, mi muslo…».

Primero tocó una de las lágrimas; luego otra, y, a sus pies, Grayson empezó a girar. Lentamente. Con delicadeza.

Lágrima tras lágrima.

Lyra tomó aliento, sintiendo su presencia con cada maldita inspiración. Y entonces lo notó: una lágrima suelta.

—He encontrado algo.

Trató de agarrarla con su dedo índice y el pulgar, y, al no conseguirlo, probó entre dos dedos.

—No llego.

En cuanto lo dijo, sintió las dos manos de Grayson en sus muslos. Las piernas de Lyra se abrieron formando una uve y su espalda se enderezó mientras él la alzaba aún más por encima de su cabeza. Lyra cerró la mano sobre la lágrima.

—La tengo —pronunció, casi sin aliento.

Grayson empezó a bajarla. Lyra juntó las piernas al deslizarse hacia abajo. Grayson la agarró por la cintura un instante antes de que tomara tierra. Y así, sin más, Lyra volvió al suelo.

Y así, sin más, dejó de sentir su caricia.

Estaba dolorida, como si hubiera corrido una maratón. Sintió que un temblor amenazaba con recorrer su cuerpo. Rechinando los dientes, bajó la mirada hacia la lágrima que tenía en la mano. En ella, había una imagen grabada en el cristal.

—Una espada.

Y, justo debajo, una palabra en inglés: *Sword.* «Espada».

Lo dijo en voz baja, muy baja, casi sin ánimo, un susurro agridulce que sonó áspero, incluso a sus propios oídos.

—Usted, señorita Kane, es bailarina —dijo Odette, poniéndose frente a Lyra, y, acto seguido, volviéndose hacia Grayson, añadió—: Y usted es todo un Hawthorne.

«Todo un Hawthorne». Aunque Odette lo había dicho como un cumplido, Lyra tomó las palabras como un recordatorio de con quién y qué estaba tratando.

Grayson no mordió el anzuelo de la anciana. Se limitó a dar media vuelta y se alejó sin pronunciar palabra.

—Una espada —repitió Lyra, tratando de convencerse de que su voz sonaba más normal—. Necesitamos…

—Necesito un momento.

Los músculos de los hombros de Grayson se marcaban en el tejido de la chaqueta de su esmoquin. Estaba tenso. Igual que su voz.

Lyra se obligó a no sacar ninguna conclusión, absolutamente ninguna. En lugar de eso, se acercó a la pantalla y golpeó el cursor parpadeante con el dedo índice de la mano derecha.

—¿Qué estás haciendo?

Ese momento que había reclamado Grayson debía de haber terminado; o eso, o era capaz de hacer varias cosas a la vez.

—Voy a probar con «espada» —anunció Lyra, esforzándose por proyectar una calma que no sentía en absoluto.

—No será tan sencillo —dijo Grayson con voz áspera.

Lyra golpeó las letras con más ímpetu del necesario. «E-S-P-A-D-A». Cuando vio que no funcionaba, probó con el término en inglés, igual que aparecía en el cristal: «S-W-O-R-D». Pulsó la tecla Intro y la palabra se puso a parpadear en verde. Un familiar repique de campanas llenó el aire. En la pantalla apareció una imagen.

Un marcador.

En la parte superior había tres figuras: un corazón, un diamante y un trébol. Debajo del corazón, aparecía una puntuación. «1».

—¿Decías algo?

Lyra resistió el impulso de darse la vuelta. No se regodeaba. No mucho.

—Sencillamente, que la espada no es solo la respuesta. —Grayson no estaba dispuesto a dar su brazo a torcer—. Casi con toda seguridad es también nuestra próxima pista.

CAPÍTULO 32
GIGI

Gigi observó el marcador. Uno de los equipos había adivinado la respuesta.

—Probablemente el equipo de mi hermana —dijo Gigi, porque Savannah era Savannah.

—O el de tu hermanastro, eso siempre y cuando hayan acabado en diferentes equipos.

Enfadado, Knox apartó de malos modos los imanes con las palabras y se puso en pie, dejando por fin libre el trono de espadas.

—Vaya, vaya, así que, este año, el Gran Juego es un auténtico evento familiar… —añadió con amargura.

Gigi sintió que se avecinaba otro sermón sobre el nepotismo.

—Por supuesto —respondió con amabilidad—. Y en más de un sentido.

Ahora era tan buen momento como cualquier otro para abordar a los elefantes.

—Sois hermanos, ¿verdad? O algo así. —Gigi seguía, casi a ciegas, la línea que había marcado Knox con su «ambos»—. O eso, o…

Knox no la dejó terminar.

—Cierra la boca y entrega esa navaja, mocosa.

—¿Te refieres a mi navaja? —preguntó Gigi dulcemente—. ¿Esa que ya intentaste robar una vez? Lo siento, pero no.

—Los dos sabemos que no es solo una navaja. —Knox caminó hacia ella—. Los objetos en el Gran Juego tienen su utilidad. ¿Dónde la escondes?

Fríamente, recorrió de arriba abajo el vestido de dos piezas de Gigi, al más puro estilo Cenicienta, con una fina cinta en el talle que separaba la falda del corpiño.

Gigi llevó la mano hacia la exquisita franja con joyas incrustadas en la parte superior de la falda. Justo debajo estaban las palabras que había escrito en su estómago. RANA. MAGA.

La navaja, por supuesto, estaba bien sujeta a su muslo.

—Déjala en paz, Knox —dijo Brady en voz baja.

Knox hizo un alto.

—Vaya, ya salió el héroe —comentó.

Gigi reparó en que ninguno de los dos había negado su anterior apreciación.

«Hermanos, o algo así».

—No pasa nada —le aseguró Gigi a Brady—. Ahora Knox puede parecer arisco, pero acabaré por gustarle. —Le dedicó una sonrisa al huraño individuo en cuestión—. Dame un poco de tiempo —prometió— y me convertiré en la hermanita más molesta, brillante e ingeniosa que hayas tenido nunca. Hasta te aventajaré.

Tras estas palabras, Gigi se acercó al escritorio y se subió a él.

Knox frunció el ceño.

—¿Qué estás haciendo?

—La parte superior de esta habitación está repleta de estanterías. —Gigi alzó la mirada hacia el techo—. Pero no hay libros. ¿No le parece eso sospechoso a nadie más?

Dobló las rodillas para coger impulso y saltó. Su mano derecha rozó la parte inferior del estante. Falló, aunque, cuando cayó al suelo, lo hizo de pie.

«Si no sale a la primera...». En esta ocasión, Gigi se encaramó al trono de espadas. Subiéndose a los apoyabrazos, miró el respaldo. «Si pudiera saltar desde el punto más alto...».

—Te caerás —exclamó Knox.

Gigi se encogió de hombros.

—Tengo un notable alto en parkour.

«Brazo, brazo, atrás, arriba, salto y...».

Gigi se cayó. Knox la atrapó. Su rehabilitación había empezado oficialmente.

—Esta vez casi lo consigo —le dijo Gigi, zafándose de él—. Sujeta la silla.

—Te vas a romper las piernas —espetó Knox—. Las dos. Y puede que hasta un brazo.

Gigi no se amilanó.

—Tengo los huesos de goma. Me recuperaré.

Knox aupó a Gigi, la alejó de la silla y la dejó sin contemplaciones en el suelo.

—Tú... Te quedas aquí —casi gruñó, quitándose la chaqueta del esmoquin.

Y, acto seguido, se subió sobre el escritorio y saltó. Sus dedos atraparon la parte inferior del estante más alto.

Gigi observó como el bueno del señor Rabietas se impulsaba hacia arriba, tensando cada músculo visible bajo su aparentemente fina camisa. Knox se agarró a la estantería y, un momento después, apoyó los pies en el estante más bajo, atrapando firmemente la balda más alta.

—Sobresaliente en parkour —dijo Gigi.

—No tienes los huesos de goma —le dijo Brady, con voz grave y dulce.

Gigi se volvió hacia él.

—Era una metáfora.

—Pues tendrás que explicármela —respondió Brady.

—Claro —dijo Gigi alegremente—. Pero, primero, estaba pensando que podríamos intentar rayar la bandeja con las monedas y también comparar las letras del *Scrabble* con las palabras de los imanes. Y también... —Gigi guardó silencio—. Lo siento.

—¿Por qué te disculpas? —preguntó Brady.

Arriba, Knox se abría paso entre las estanterías, apoyando los pies en la pared y con el cuerpo colgado como si no le supusiera esfuerzo alguno.

—¿Por costumbre? —respondió Gigi—. Soy, por usar un término clínico, «intensa». Ahora, en serio, ¿cómo es posible que no le duelan los músculos?

—Se entrena —murmuró Brady.

Detrás de aquellas gafas, sus ojos marrones miraban al infinito. Parpadeó y la mirada desapareció.

—Ya he probado a rayar la bandeja con las monedas —informó a Gigi, esbozando una pequeña sonrisa—. Y ¿sabes una cosa? Me saqué tres licenciaturas. Así que me encantan las cosas «intensas».

Gigi también esbozó una sonrisa, y no pequeña.

Por encima de sus cabezas les llegó el ligero sonido de alguien que raspaba. Knox había encontrado algo en los estantes. Al parecer, varias cosas, lo que le recordó a Gigi que probablemente era más útil concentrarse en lo primero que había dicho Brady que en su último comentario.

«Se entrena». Gigi oyó que Knox aterrizaba tras ella y bajó la voz hasta convertirla en un susurro.

—¿Qué tipo de entrenamiento?

—De todo tipo. Aunque… ¿sabes, Gigi? —Brady se inclinó hacia delante—. No pienses que te convertirás en la hermanita que nunca tuvo. Knox no deja que nadie se acerque a él.

«¿Excepto tú? —pensó Gigi—. Y Calla». Deseaba preguntar sobre la chica, pero incluso ella sabía morderse la lengua, así que optó por decir otra cosa.

—¿Quién es Severin?

Brady ni siquiera parpadeó, pero tampoco respondió.

—Mirad.

Knox extendió una mano entre los dos. En su palma había tres monedas de diez centavos deslustradas.

—¿Esto os dice algo, genios?

Monedas de diez centavos. Gigi pensó en el enigma, en la habitación cerrada, en el resto de los objetos, en especial en las monedas, pero no supo por dónde seguir.

—Lo que imaginaba. —Knox miró fijamente a Gigi—. Si tu idea de comparar las fichas del *Scrabble* con los imanes no da resultado, ya puedes sacar esa navaja.

CAPÍTULO 33
ROHAN

El pétalo de rosa no ardió, quizá porque habían utilizado un espejo que no era el adecuado, o quizá porque la luz no era la adecuada. «Aunque no ha sido una completa pérdida de tiempo», consideró Rohan. Se había producido un instante en el proceso en que él y Savannah habían sostenido la bandeja juntos, un momento en el que sus respiraciones se habían sincronizado.

Solo había sido un instante. Pero todo plan era una serie de instantes y Rohan sabía perfectamente que la partida era larga. Además, a cada momento que pasaba y con cada uno de los movimientos de Savannah, tenía más claro que era una reina.

Devolvió las palabras «la», «rosa», «arde», «y», «se» y «desvanece» a la línea perfecta que había hecho con los imanes.

—Lo hemos probado a tu manera, inglés. Ahora lo haremos a la mía.

Miró las palabras y Rohan la complació haciendo exactamente lo mismo.

Rohan tenía facilidad para concentrarse en las posibilidades. «Hermosa». «Peligro». «Piel». «Roce». «Cruel». «Rápidamente». «Justo». «Arde». «Desvanece». Esas eran las palabras con cierta resonancia emocional. El resto era ruido.

—¿Y cuál es tu manera? —preguntó.

Savannah extendió el brazo por delante de él hacia las fichas del *Scrabble*. Rohan vio que cogía una palabra de la tercera fila de los imanes.

«Hermosura».

Rohan observó cómo situaba nueve fichas justo debajo de la palabra.

H-E-R-M-O-S-U-R-A.

—¿Jugamos a comparar y contrastar? —Rohan cogió una palabra de las que había pensado y luego otra—. No te importa si lo hago, ¿verdad, cariño?

Lo dijo con calma, pero sus manos, las manos de un repartidor de cartas, de un ladrón, actuaron con rapidez, alineando las fichas del *Scrabble* debajo de los imanes.

El resultado fueron dos palabras, además de la que ya había hecho ella.

«Hermosura». «Peligro». «Roce».

Solo quedaban nueve letras.

Savannah arrastró las letras por la mesa con una mano y las recogió con la otra en una maniobra para demostrar su poder.

—Mías —le dijo.

Rohan la recorrió con la mirada, desde su mano hasta el hombro, desde su hombro hasta el cuello, sus labios, sus ojos.

—Por supuesto —le dijo—. Sírvete.

Irguiendo la cabeza, volvió a colocar las fichas, una tras otra. «P-O-D-E-R». Estaba claro que Savannah Grayson no vacilaba.

«Poder». Rohan consideró la palabra como un recordatorio. El «poder» era precisamente la razón por la que había venido. «Poder» era el Piedad del Diablo, convertirse en Propietario. «Poder» era ganar el Gran Juego y la corona. Y, para hacerlo, tenía que recordar que Savannah Grayson, por muy divina que fuera, era un recurso, una pieza, quizá la reina, pero solo una pieza más del tablero.

En la vida, todo el mundo era una pieza del tablero. Rohan era un jugador y, en una empresa como la que tenía entre manos, el único verdadero oponente era el juego en sí mismo… y la gente que movía los hilos entre bastidores.

Así que Rohan decidió apartar sus pensamientos de Savannah y concentrarse un momento en esa gente. En Avery. En los Hawthorne.

—Estamos complicándolo.

Rohan lo dijo con total convicción. Para despejar su mente, cerró la mano derecha hasta convertirla en un puño y observó cómo se le marcaban los nudillos.

—Se te abrirá el corte —dijo Savannah secamente.

—No sería la primera vez —le respondió Rohan.

No le asustaba el dolor. Nunca lo había hecho, ni siquiera de niño. Para cuando llegó al Piedad del Diablo con cinco años, ya no le tenía miedo a nada.

Una única gota de sangre brotó y Rohan bajó la mano; su mente estaba despejada.

—Los mejores acertijos no son complicados. —Estaba convencido de que los creadores de este juego lo sabían—. Retrocede un paso. Nos han dicho que nos concentremos en las palabras.

—Y eso es lo que hemos hecho —contraatacó Savannah.

—¿Ah, sí? —la desafió Rohan.

«Para resolver el acertijo, concentraos en las palabras». *Focus on the words*. La respiración de Savannah se sincronizó de nuevo con la suya y, de repente, todo se puso en su lugar.

Lo comprendió. La razón por la que habían recibido las instrucciones dos veces, una en inglés. La simplicidad del acertijo. Su belleza. Un arquitecto astuto creaba auténticos retos, sí, pero las respuestas tenían que ser objetivas y a ellas se llegaba por un camino claro, uno que, una vez descubierto, se revelaba indudablemente como el correcto, el único.

Rohan situó el vaso desechable junto a las monedas. Y, acto seguido, emparejó dos objetos más: el pétalo de rosa, la bandeja. «*A petal, a plate*, en inglés», tradujo mentalmente.

Con eso, solo quedaban las fichas del *Scrabble* y los imanes con las palabras.

—Olvídate de todo lo que hemos hecho —ordenó Rohan a Savannah con voz crispada—. Olvídate de las fichas, olvídate de los imanes, olvídate de cualquier idea que se te haya ocurrido sobre pistas que pueda haber en esta habitación. Todos los caminos llevan a Roma.

¿Quién sabía cuántas pistas albergaba esa estancia o cualquiera de las otras? ¿Quién sabía cuántas maneras de advertir lo simple que era les habían proporcionado los creadores del acertijo?

—¿Lo ves?

Había cierto tono anticipatorio en su voz. Quería que ella lo resolviera, quería que viera lo que él había visto.

El vaso, las monedas, el pétalo, la bandeja. *Cup, coins, petal, plate.*

—En inglés —murmuró Rohan—. *Focus on the words.*

Y vio claramente el instante exacto en que ella lo comprendía.

CAPÍTULO 34
LYRA

Se oyó un repique de campanas y el marcador apareció de nuevo. Debajo del corazón, símbolo del equipo de Lyra, el marcador seguía igual. Debajo del diamante, apareció un número dos.

—Dos respuestas de golpe —señaló Lyra—. Uno de los equipos ha descubierto el truco.

Siempre había un truco y Lyra y su equipo no lo encontraban. Aún no lo habían encontrado.

Lyra bajó la mirada hacia los imanes del kit de poesía magnética que estaban en el suelo, a sus pies. Lo había intentado y sus manos habían compuesto un poema con el que había obtenido exactamente cero resultados, uno que no podía dejar que nadie viera.

Removió rápidamente las palabras con las manos, mezclándolas.

—La única manera de que otro equipo haya conseguido dos respuestas correctas al mismo tiempo —continuó diciendo Lyra con obstinación, poniéndose en pie— es que haya un patrón. —Cerró los ojos—. Así que ¿cuál es el patrón?

Silencio.

—¿A que es persuasiva? —soltó Odette al cabo de un instante.

Transcurrieron cinco segundos antes de que Grayson contestara.

—Sí, inesperadamente persuasiva.

Había dicho aquellas palabras desde el suelo. Los ojos de Lyra se abrieron de par en par. Grayson estaba acuclillado, con una rodilla apoyada y la otra doblada, mirando los imanes y el poema que había recompuesto, al parecer sin mucho esfuerzo.

Lyra se maldijo a sí misma. Y a la habitación en la que estaban encerrados. Y lo maldijo a él. Sobre todo a él.

Grayson se puso en pie. Lyra esperó ese terrible momento en que dirigía su mirada hacia ella, pero él desvió la atención hacia el marcador.

—En el último par de años —dijo, con una cadencia lenta y deliberada—, he estado trabajando en algo. Practicando.

—¿El qué? —preguntó Lyra, convencida de que disimulaba su profundo deseo de enterrar la cabeza bajo tierra.

—Equivocarme —soltó Grayson.

—¿Tienes que practicar para equivocarte?

Lyra consideró la alternativa de enterrarlo a él en su lugar.

—Algunas personas cometen errores, los corrigen y siguen adelante. —Grayson seguía mirando el marcador—. Y algunos de nosotros convivimos con ellos, con todos ellos. Han dejado unas marcas tan profundas que no sabemos cómo llenarlas.

Era lo último que se esperaba Lyra. De él. Ella conocía bien esas marcas tan profundas de las que hablaba.

—De pequeño —continuó Grayson—, al contrario que a mis hermanos, no se me permitía cometer errores. Se suponía que yo era su heredero. Las exigencias eran mayores.

«Su». Estaba claro a quién se refería. «El heredero de Tobias Hawthorne». Lyra consiguió recobrar la voz.

—Tu abuelo se lo legó todo a una desconocida.

—Y ahora practico el cometer errores —concluyó Grayson y, dando un paso hacia ella, añadió—: He cometido un error, Lyra.

Jamás se había permitido imaginar que le dedicara esas palabras, ni una sola vez en el año y medio desde que había oído su voz pronunciando aquel glacial «deja de llamar».

—He cometido un error —repitió Grayson. Acto seguido, apartó la mirada del marcador. Al tragar, su nuez de Adán se movió—. Me he equivocado sobre la naturaleza de este acertijo.

El acertijo. Hablaba del acertijo.

—Supuse que este reto sería secuencial, es decir, que una pista llevaría a otra, que cada objeto tendría su utilidad. Sin embargo… —Grayson pronunció aquella palabra como si cargara con todo el peso del enunciado—. Su lógica tiene sentido, señorita Kane.

¿Cómo que su lógica tenía sentido? ¿De verdad esa era su forma de elogiarla? ¿Había leído ese poema e, inspirado, había caído en la cuenta de que su lógica tenía sentido? Nada de enterrarlo bajo tierra. A Lyra se le ocurrían mejores maneras de acabar con Grayson Hawthorne.

—Dos respuestas correctas seguidas sugieren que las respuestas están conectadas —continuó diciendo, completamente ajeno a que, mientras hablaba, ella planeaba su muerte—. Que hay un patrón o un código.

Odette paseó su mirada de Lyra a Grayson y la posó de nuevo en la joven.

—Te lo dije —soltó la anciana—. Todo un Hawthorne.

Pero, esta vez, ya no sonaba como un cumplido.

Lyra entornó los ojos.

—¿Cómo has dicho que conociste a Tobias Hawthorne?

—No lo he dicho. Y mis términos siguen en pie. —Odette levantó el objeto con joyas incrustadas que sostenía en las manos (un par de gemelos como los que se utilizaban en la ópera) y se lo llevó a los ojos—. No pienso responder a esa pregunta a menos que y hasta que los tres consigamos salir de aquí y llegar al muelle antes de que amanezca. —Odette observó los objetos a través de los gemelos y, acto seguido, los apartó de su rostro—. Nada —añadió—, pero merecía la pena intentarlo. —La anciana desvió su mirada hacia Lyra—. Supongo que no has encontrado nada útil mientras explorabas la isla, ¿verdad?

Si la anciana había sido la persona que había dejado esas notas, seguía torturándola psicológicamente. Y, si no lo había hecho, entonces probaba a ver qué averiguaba.

—He encontrado una cita de Abraham Lincoln con la palabra «escapar». —Lyra observó con atención a Odette, preparándose para advertir el cambio más sutil en su expresión—. Y luego están esas notas. «Thomas, Thomas, Tomasso, Tomás».

Para una mujer de su edad, Odette tenía muy pocas arrugas. También sabía poner cara de póquer mejor que nadie.

—Y el significado de esos nombres…

—¿Tu padre?

Aunque el tono de Grayson le hizo pensar en una mandíbula tensa y en el temblor de un músculo bastante marcado cerca de la boca, Lyra mantuvo los ojos clavados en Odette.

—Mi padre biológico tenía muchos nombres. —Lyra habló con voz uniforme, controlándola—. Mi madre lo conocía como Tom.

Odette se fijó en los rasgos de Lyra.

—¿Era puertorriqueño? ¿Cubano?

—No lo sé —admitió Lyra—. Ya durante el embarazo, mi madre le oyó una docena de versiones sobre su origen. Un día les decía a sus socios que era griego o italiano; otro día, brasileño. Siempre estaba con algo nuevo entre manos. Grandes Intenciones. Ese era el apodo con el que mi madre se refería a él. —Lyra soltó un suspiro—. Sus intenciones no eran tan grandes cuando se trataba de decir la verdad o de cumplir promesas. Ella lo abandonó cuando yo tenía tres días.

Lyra no recordaba nada más de aquel hombre, excepto aquel sueño que la seguía a todas partes.

—¿Estás diciendo que alguien en esta isla te ha dejado notas con los alias de tu padre?

Grayson sonó abrumado y remarcó las palabras, como si fueran cuchillos.

—Rohan cree que no han sido tus hermanos. Ni Avery.

Lyra apartó al fin los ojos de Odette, pero evitó mirar directamente a Grayson.

—Te aseguro que no lo fueron —replicó Grayson.

—Y yo os aseguro —interrumpió Odette— que no soy de esa clase de personas que recurren a trucos de salón o melodramas para ganar. —Esbozó una sonrisa de abuelita que acaba de hornear galletas—. Bien, ahora, en lugar de presuponer hechos no probados sobre mis intenciones y mi carácter, quizá podríais ayudarme a descubrir ese patrón tan escurridizo, ¿no os parece?

Echándose la melena gris por encima del hombro, Odette puso los objetos en fila, uno al lado del otro. Lyra agradeció la distracción, aunque tuvo que recordarse a sí misma que el juego no era ninguna distracción.

El juego era lo más importante. Por eso había venido.

Tomó una de las monedas y la examinó. «1991». Pensó en lo que había mencionado Grayson sobre los años. Los números, al menos, estaban allí. Eran seguros, predecibles. Y esas cifras formaban un patrón.

1991. 2002. 2020.

Lyra desvió la mirada hacia las fichas del *Scrabble*, hacia los imanes con las palabras y hacia el resto de los objetos. Se esforzó por alejarse mentalmente de la Gran Sala y de sus ocupantes, y regresar a los exámenes de respuesta múltiple, a las preguntas capciosas, a trabajar al revés, a obtener pistas de las respuestas.

O, en su caso, de la respuesta, en singular, que les habían proporcionado.

«Espada». *Sword*.

Si había un patrón para las tres respuestas, puede que Grayson no se equivocara del todo sobre el acertijo. Quizá *sword* constituía, de hecho, una pista, solo que no del tipo lineal, tal como estaba acostumbrado. Lyra empezó a darle vueltas. «¿Y si la respuesta es la clave para descifrar las otras dos?».

—*Sword* —dijo Lyra en voz alta mientras tomaba las letras correspondientes del *Scrabble.*

S, W, O, R y D.

Y entonces se dio cuenta…

SWORD. Lyra deslizó la ficha de la letra S al final de la palabra. Y así, sin más, SWORD se convirtió en WORDS. «Palabras», en inglés.

—Un anagrama —dijo Grayson, que había aparecido junto a ella de repente—. Como los años de las monedas.

—La poesía magnética, el *Scrabble…* —dijo Lyra, pensando en voz alta—. Todo son palabras.

Aquello sí que se le daba bien. Mucho mejor que cualquier otra cosa que tuviera que ver con Grayson Hawthorne.

—Nuestra única respuesta correcta —continuó Lyra— es un anagrama de dos de los objetos en nuestro poder.

Grayson apartó las fichas del *Scrabble* y los imanes, concentrándose en los objetos restantes.

—La bandeja —dijo con tono urgente—. En inglés es *plate.*

Como si fuese un relámpago, una luz se encendió en el cerebro de Lyra.

—El pétalo. *Petal.*

—Dos objetos —exclamó Grayson, con la misma intensidad que irradiaba su cuerpo—. Son también un anagrama.

—¿Y qué otra palabra forman? —Lyra lo igualó en intensidad—. ¿Esas mismas cinco letras? ¿No forman alguna otra palabra?

Odette se movió con una velocidad impresionante para una mujer de su edad. Salió disparada hacia la pantalla, donde empezó a escribir.

—P-L-E-A-T. «Pliegue».

Pleat. La pantalla se puso a parpadear en verde y el repique de campanas sonó de nuevo: otra respuesta correcta.

Lyra y Grayson centraron la atención en los objetos que quedaban. La bolsa de terciopelo. La caja con los imanes con palabras. Las monedas y el papel en que habían sido enrolladas. El vaso con el dibujo de Sonic.

Un relámpago volvió a golpear a Lyra.

—Sonic… —susurró.

—Y *coins*, que es la traducción de «monedas» —terminó Grayson.

Sonic, *coins* y…

—*Scion*, vástago —susurró Lyra con voz ronca.

Grayson pronunció las mismas palabras al mismo tiempo, en voz baja y clara, y sus voces se mezclaron en un momento de tal intensidad que Lyra pudo sentir como si un fuego ardiera en su interior, como si una de aquellas marcas que habían dejado huecos profundos se llenara de repente.

Odette escribió la respuesta. Hubo un destello verde, un tintineo y luego campanas, esta vez, toda una melodía.

Habían conseguido las tres respuestas. Habían resuelto el acertijo. Y, por mucho que Lyra tratara de mantener los pies en el suelo, sentía que estaba en las nubes. Se sentía intocable, como si nada pudiera hacerle daño.

Una sección del laberinto en la pared panelada se desprendió, revelando un compartimento oculto, exactamente en el preciso lugar que antes había indicado Odette. En el interior del compartimento había un objeto. Lyra lo cogió sin tan siquiera detenerse a mirar qué era.

Una espada. Su empuñadura era sencilla, pero tenía una hermosa factura, de plata y oro en los extremos. Lyra la envolvió con la mano y sacó la espada. El gesto activó un mecanismo y una sección más grande de la pared comenzó a separarse, revelando…

Una puerta.

—Vaya, sabes cómo empuñar una espada —dijo Grayson, mirándola de forma extraña, como sorprendido, como si a su alteza no le sentaran bien las sorpresas.

—Mi madre es escritora —explicó Lyra—. A veces, hay batallas en sus libros. A veces, necesita ayuda con las escenas de lucha.

—Estás muy unida a ella. —Su tono no fue exactamente tierno, pero sí amable, profundo—. A tu madre.

Tras un breve instante en silencio, Grayson se dio la vuelta y señaló, por supuesto en un gesto caballeroso, el pasillo que se acababa de abrir ante ellos. Por primera vez, Lyra reparó en que su esmoquin se veía anticuado, como si perteneciera a otra época, al igual que él.

—Tú primero —dijo Grayson.

—No. —Lyra dio un mandoble con la espada para probar—. Primero tú.

CAPÍTULO 35
GIGI

—El equipo Corazones acaba de resolver el maldito acertijo completo.

Un falso acento del sur se abrió camino en la voz de Knox, lo que Gigi interpretó como una clara advertencia de que lo de señor Cascarrabias iba a quedarse corto.

Así que se apresuró a cambiarlo a señor Aguafiestas.

—Y lo único que tenemos es esa navaja —continuó diciendo Knox, mirando a Gigi con los ojos entornados.

—La cual, siendo muy generosa, te he mostrado —señaló Gigi—. Y nota al pie: no debes ponerte en absoluto nervioso si ahora mismo la sostengo, apuntando directamente hacia tu evidente zona de emisiones negativas.

—También tenemos la vaina.

Brady la examinó, dándole un par de vueltas. Había pedido verla y Gigi había accedido, en parte para molestar a Knox y en parte porque le gustaba confiar en Brady, pese a que la Savannah que había en su mente no estuviera en absoluto de acuerdo.

Brady recorrió la superficie de la funda con el pulgar.

—Trece.

—El número de muescas talladas en el cuero —dijo Gigi, tendiendo la mano hacia él.

Brady le devolvió la funda al instante, sin quejarse ni replicar.

«¿Lo ves?», le pregunto Gigi a la Savannah que había en su mente.

—Qué digno de confianza —murmuró Knox y, acto seguido, volviendo la cabeza hacia Gigi, añadió—: ¿Quieres saber qué nos diferencia a Brady y a mí, canija?

—¿«Canija»? —repitió Gigi—. ¿En serio? De verdad, necesitas un tutorial de apodos.

—La diferencia —le dijo Brady a Knox, en voz baja y tono calmado— es que yo la quería.

«Calla», pensó Gigi. Todos sus instintos la alertaron de que la situación iba a ponerse muy fea, y muy deprisa.

—¡Monedas! —exclamó Gigi, recurriendo a la primera distracción que se le pasó por la cabeza—. ¡Tres monedas de diez centavos! ¿Qué significado tienen?

Era una buena pregunta, pero no surtió el efecto esperado.

—Han pasado seis años, Brady.

La voz de Knox sonó como papel de lija a oídos de Gigi. Todo rastro del acento anterior había desaparecido.

—Sé exactamente cuánto tiempo ha pasado. —Brady se quitó las gafas y empezó a limpiarlas con la punta de la camisa—. Y ya te di una segunda oportunidad. —Volvió a ponérselas—. El año pasado.

—Si solo me…

—Las monedas —lo interrumpió Brady, y acto seguido, se volvió hacia Gigi—. Tres monedas de diez centavos.

Gigi tomó la decisión ejecutiva de mediar entre ellos e intentar preventivamente otra distracción.

—¿Qué os hace felices?

—¿Cómo?

Knox parecía que acababa de escapársele la leche por la nariz y trataba de recuperarse sin que nadie se diera cuenta. Sus fosas nasales estaban dilatadas, encendidas. Sus ojos se abrieron de par en par, pero no por la sorpresa ni con buenas intenciones.

—Venga, decidme una cosa que os haga felices —dijo Gigi—. No sé si recordáis que una de mis especialidades son las distracciones. Los cerebros no están hechos para ser neutrales. Cuando te quedas atascado en un bucle de sesgos de información e ideas antiguas, tienes que agarrar el toro por los cuernos y sacar al hámster de la rueda.

—Nada de metáforas de animales —casi gruñó Knox.

Gigi envainó la navaja, se subió la falda, apoyó el pie sobre un extremo del escritorio y utilizó la cinta adhesiva para atársela de nuevo al muslo.

—¿Qué? ¿Os? ¿Hace? ¿Felices?

Knox aún no lo sabía, pero no iba a salirse con la suya en esta ocasión.

Brady contestó.

—El perro de mi madre. Se llama Ese Perro. Ese Perro no es un animalito especialmente pequeño ni huele bien, pero duerme en la cama de mi madre todas las noches.

—Ya me gusta —dijo Gigi—. ¿Y a ti, Knox? ¿Qué te hace…?

—El dinero —la interrumpió Knox secamente—. El dinero me hace feliz.

Gigi lo observó, esperando alegre y tranquilamente, hasta que, al final, Knox cedió.

—El pollo frito —gruñó—. ¿Te vale? Muslitos de pollo del día anterior. Los coches antiguos. Un whisky escocés caro. —Knox apartó la mirada, con el cuerpo tenso—. Y las constelaciones.

Brady se quedó muy muy quieto.

Gigi, que también se había distraído bastante del tema principal, se obligó a regresar al asunto que tenían entre manos. Su cerebro se aferró a una nueva línea de actuación y no lo cuestionó. Agarró la cinta enjoyada de su falda y la dobló hacia abajo, dejando al descubierto la cintura y, por tanto, las palabras que allí había escrito.

Rana. Maga. El cuchillo no había sido lo único que había encontrado en la isla.

Brady se agachó de inmediato, colocando sus ojos a la altura de su estómago. Examinó su piel expuesta desde detrás de sus gafas de montura gruesa y Gigi pensó, de repente, en la forma en que Jameson Hawthorne había mirado a Avery Grambs, en el hecho de que a ella nunca nadie la había mirado así, con esa evidente fascinación que se apreciaba ahora en la cara de Brady.

—Rana. —Brady acercó la mano al estómago de Gigi—. Maga.

—Hechicera —apuntó Gigi.

Con suerte, nadie advertiría que apenas respiraba, algo que, por otra parte, era total y probablemente lógico.

—¿Knox? —Brady rozó la piel de Gigi y trazó ligeramente con los dedos la palabra «maga»—. ¿Lo ves?

Gigi notó que el calor se extendía por su piel, allá donde Brady la había rozado con las yemas de los dedos.

—Tiene dieciocho años —soltó Knox—. Yo, veinticinco. No me interesa ver una mierda.

—Las letras. —La caricia de Brady fue suave pero segura—. Reordenadlas.

«Es tan *nerd* —pensó Gigi—. ¡Y qué mandíbula! Y suena tan tan...».

Se detuvo antes de imaginar que ella acariciaba el estómago de Brady de la misma manera que él acariciaba el suyo.

«Las letras —había dicho Brady—. Reordenadlas».

El cerebro de Gigi explotó, en el buen sentido.

—Es un anagrama —susurró—. De... —Gigi barajó todas las posibilidades a la velocidad de la luz—. ¡Anagrama! «Rana Maga» es un anagrama de la palabra «anagrama». Un poco meta para mi gusto, pero útil al fin y al cabo.

Brady apartó la mano. Con el cuerpo palpitante por más de una razón, Gigi salió disparada hacia el conjunto de objetos.

—Anagramas. Buscamos anagramas.

Los examinó, pero no vio ningún anagrama.

—Hablo nueve idiomas —dijo Brady—. Y uno de ellos es el inglés.

Alzó el vaso desechable con la imagen de Sonic y apiló las monedas de diez y de veinticinco.

«Anagramas». En inglés, «monedas» era *coins*.

Y así, sin más, Gigi Grayson, descubridora de pistas y solucionadora de acertijos, vio las respuestas, las tres a la vez.

Y así, sin más, sintió que volaba.

CAPÍTULO 36
ROHAN

—*W*ords. —Savannah clavó sus ojos gris plata en las fichas del *Scrabble* y, después, en los imanes de poesía magnética—. Solo son «palabras».

Rohan descifró rápidamente el último anagrama y se permitió concentrar toda su atención en la joven.

—Tengo la sensación de que no es la primera vez que te dices esa frase. —Rohan la miró—. «Solo son palabras».

Se preguntó qué palabras habrían lanzado contra ella como si fueran flechas.

—No todos comparten mi aprecio por las mujeres fuertes que no acostumbran a pedir perdón —señaló Rohan—. ¿Cuántas veces te han dicho que te crees mejor que nadie?

¿Cuántas veces la habían llamado «zorra» o algo peor? ¿Y cuántas veces había dado crédito a esas palabras?

—Estás en mi camino —dijo Savannah, controlando admirablemente todas y cada una de sus reacciones.

Rohan tampoco era muy propenso a aceptar muestras de empatía, así que no se lo tuvo en cuenta.

—Pues, entonces, pasa por encima de mí, cariño.

Con aire amenazador, Savannah dio un paso adelante.

—No vuelvas a llamarme «cariño».

—¿Y Savvy, listilla? ¿Alguien te llama Savvy?

—No.

Apartándolo con un empujón, Savannah se dirigió hacia la pantalla. Rohan ni se molestó en darle la respuesta final. Ella ya había descubierto que era *sword*, «espada».

Al instante, se produjo un destello verde, seguido de un breve repique, y, a continuación, sonaron campanas.

La melodía no le resultaba familiar, pero algo en ella hizo que Rohan se trasladara a otra época y lugar. A una mujer sin rostro ni nombre. A un tiempo en el que él era más pequeño y amable, a una melodía tarareada en voz baja.

A la oscuridad.

A la sensación de que se ahogaba.

Rohan no permaneció allí mucho tiempo. Regresó en sí y vio que una de las paredes del comedor se separaba en dos, revelando un compartimento secreto en el lado contrario de la estancia... y una espada.

Savannah salió disparada hacia allí. Rohan ni siquiera pensó. Se precipitó sobre la mesa del comedor, se deslizó sobre ella y se llevó el botín. Con un giro de muñeca, blandió la espada medio círculo y la sostuvo en vertical, con ambas manos en la empuñadura.

—Ganar tiene algo de terapéutico.

Hizo que la frase sonara más amable de lo que realmente era para que Savannah no se diera cuenta de que le acababa de decir la verdad.

Al otro extremo de la estancia, una zona del suelo se hundió.

Una trampilla. Savannah se encaminó hacia ella, pero entonces se detuvo, dio media vuelta y fue hacia él. «Con grandes zancadas. Furiosa».

Había conseguido que reaccionara y ni siquiera lo había intentado.

No mucho.

Se detuvo, con el rostro a escasos centímetros del filo de la espada.

—Guárdate esa sonrisa de lobo para otra persona. Guárdate tus ocurrencias y tus encantos y, ya que estás, el resto también.

—¿El resto? —Rohan le tomó prestada una de sus muecas habituales y arqueó una ceja.

—La manera que tienes de inclinarte hacia mí —dijo Savannah—. La manera en que modulas tu voz para que me envuelva. Lo de llamarme «cariño». Lo de utilizar un diminutivo para mi nombre. Lo de fingir que me aprecias, como si fuera una persona que necesitara desesperadamente que me aprecien. —Savannah recorrió con la mirada el filo de la espada—. No estoy desesperada. Y sé quién eres: Rohan el encantador, Rohan el jugador, el gran manipulador que cree saber a ciencia cierta quién soy y de qué soy capaz.

Esbozó una sonrisa, una mordaz y complaciente, acompañada de toda la elegancia del mundo.

—Por cierto, hay un mensaje grabado en esa espada.

Y, con ese golpe de gracia, giró sobre sus talones y se encaminó hacia la trampilla.

—¿Ah, sí? —Rohan hizo girar la espada en sus manos. Las palabras le devolvieron la mirada desde el filo de la espada—. «Libérate de las trampas sin atadura —leyó—. Una llave para cada cerradura».

—Y que conste: esta ha sido la última vez que me ganas —dijo Savannah, dándole la espalda delante de la trampilla.

Esas palabras sonaban tanto a promesa como a amenaza… y menuda promesa y amenaza.

—Y, para que lo sepas… —Savannah empezó a sumergirse en la oscuridad—, no me importa en absoluto cómo me describa la gente o qué palabras utilicen, porque todos ellos están muy por debajo de mí. —Rohan adivinó lo que venía a continuación—. Incluido tú.

Rohan debería haber comprendido que lo fustigaba porque la había entendido, porque se había acercado a una herida aún por cicatrizar, pero, por alguna razón, la frase de Savannah lo devolvió a la mujer. A cuando era pequeño.

A la oscuridad.

A la sensación de que se ahogaba.

—Considéralo una advertencia, inglés. —La voz de Savannah atravesó la oscuridad como un cuchillo afilado—. No albergo sentimientos de ternura hacia ti para que puedas jugar con ellos. No tengo ninguna debilidad que puedas explotar. Y, en lo que respecta a ganar este juego, te lo diré bien claro: yo lo deseo más que tú.

CAPÍTULO 37
LYRA

Lyra bajó por una escalera, adentrándose en la oscuridad con Grayson delante y Odette a sus espaldas. Agarraba la espada con una mano y, con la otra, palpaba la pared mientras oía las pisadas de Grayson y las contaba.

La escalera dio un giro y la voz de Grayson atravesó la oscuridad.

—Cógeme de la mano.

Por el sonido de su voz, Lyra comprendió que tenía el rostro girado hacia ella y, de algún modo, pese a la oscuridad que los rodeaba, su cuerpo supo exactamente dónde estaba su mano.

«Cógeme de la mano». Hacerlo hubiera sido un error, así que Lyra no lo hizo. Aunque lo deseaba, y eso era aún peor.

—Tengo buen equilibrio, ¿lo recuerdas?

Siguió adelante, pasó junto a él y llegó a algo… ¿metálico?

Detrás de ella, Grayson ayudaba a Odette a orientarse en la oscuridad.

—Dos pasos más, señora Morales. La tengo.

—Ya le gustaría —respondió secamente la anciana—. ¿Dónde estamos?

Nada más pronunciar aquellas palabras, las luces se encendieron desde el suelo de la estancia en la que acababan de penetrar. Deslumbrada, Lyra parpadeó y echó un vistazo a su alrededor. La escalera, aún sumida en la oscuridad, terminaba en una pequeña estancia de paredes curvadas de metal.

«Parece una pequeña cámara», pensó Lyra. Tenía la forma de un cilindro, quizá de unos dos metros de diámetro y tres de alto. Paredes metálicas. Suelo metálico. Un espejo en el techo.

Solo había dos objetos en ella: un monitor curvado fijado a una pared y, junto a él, un teléfono retro que parecía haber salido directamente de los años noventa. El teléfono era transparente, con un cordón de color turquesa, y sus componentes interiores estaban iluminados: rosa flúor, azul flúor, verde flúor.

Lyra se dirigió hacia el teléfono. Odette la siguió. De repente, se oyó un zumbido. El suelo permaneció quieto, pero las paredes metálicas se desplazaron, cerrando la abertura que daba a las escaleras.

Ahora estaban atrapados, solo ellos tres, el teléfono retro y la pantalla, que cobró vida. En ella aparecieron unas palabras doradas escritas en una caligrafía barroca.

A partir de aquí
Se separan tres senderos

«¿Tres senderos?», pensó Lyra. Las palabras se desvanecieron y aparecieron unas nuevas.

Queda una pista,
pero solo la ganará el primero

Incapaz de apartar la mirada, Lyra ni siquiera pestañeó mientras las palabras se sustituían por otras.

Un enigma
Un acertijo
De Hawthorne es el juego

Otro con corazón:
todos son parejos

Para cada equipo, un reto
Una corona, un cetro, un trono desierto

De todas las palabras que habían aparecido en la pantalla, aquellas últimas fueron las que más impactaron a Lyra. «Una corona, un cetro, un trono desierto». Debían de ser una pista.

Todos para uno
Y uno para todos

Grayson se acercó a la pantalla… y a Lyra.

Una vez que lo sepáis,
el teléfono usáis

La pantalla se apagó. Los ojos de Lyra se clavaron en el teléfono y, acto seguido, antes de que ella, Grayson u Odette pudieran pronunciar palabra, las paredes metálicas empezaron a moverse y se deslizaron de nuevo.

CAPÍTULO 38
GIGI

Gigi dio vueltas en círculo, con las palabras del poema resonando en su mente mientras las paredes de aquella cámara digna de la ciencia ficción no dejaban de deslizarse y zumbar a su alrededor. «Una vez que lo sepáis, el teléfono usáis». Una cabina antigua de color rojo que parecía haber sido sacada directamente de las calles de Londres ocupaba una gran parte de la estancia, volviéndola casi acogedora, quizá demasiado, teniendo en cuenta la tensión del tamaño de un rinoceronte que se percibía entre Brady y Knox.

Las paredes dejaron de moverse y el resultado fue como si una mano invisible acabara de quitar una capa de metal, desvelando una idéntica debajo. En la superficie de la nueva sección de pared, se podían leer unas palabras.

ANTES DE LA VIEJA VOY

EN EL CENTRO TAMBIÉN ESTOY

NO ME QUEJO NI SOY MALA

Y ESO QUE ENCIMA DEBO LLEVAR

UNA AZUCENA BLANCA

197

QUE GIRA Y GIRA SIN PARAR

TRAS DE MÍ TODOS VAN

¿QUÉ SOY?

—Una adivinanza. —La voz de Knox era brusca, incluso más brusca de lo habitual—. Evidentemente, tenemos que resolverla.

—Y después usar el teléfono —añadió Gigi alegremente—. Eso según nuestras instrucciones rimadas y esa enorme cabina de ahí.

Brady pensó en la espada que había conseguido en la estancia anterior y, acto seguido, alzó la mirada hacia el techo de espejos sobre su cabeza.

—Un espacio reducido —comentó, haciendo resonar su voz contra las paredes metálicas y clavando los ojos en Knox.

Un ligero temblor recorrió la mandíbula de Knox.

—La juventud va antes que la vejez.

—Y el orgullo antes de la caída —replicó Brady—. Caída, ocaso, fin, declive… pueden ser sinónimos de vejez.

Gigi leyó entre líneas el significado de aquella tensa conversación. «En el acertijo, "vejez" puede referirse al paso de los años o al final de algo. Y a Knox no le gustan los espacios reducidos».

Tampoco es que ella le gustara mucho a él. Aún no.

—Bien, entonces, la juventud y el orgullo llegan antes de la vejez —resumió Gigi. Leyó la siguiente frase de la adivinanza—. Y, en el centro, ¿qué hay? ¿La edad adulta? Y la azucena es una flor. —Hizo una pausa—. ¿Una flor tardía?

—No —dijo Knox, en tono tajante—. Las azucenas florecen en primavera, como las…

198

Brady desvió su atención de la pared curvada hacia Knox.

—Así que te acuerdas...

Gigi tardó unos segundos en comprenderlo, unos segundos en los que se produjo un silencio extremadamente tenso: «como las calas», iba a decir Knox antes de que Brady lo interrumpiera. La cala era una flor muy parecida a la azucena.

—Lo de girar puede referirse a una peonza... —Knox se obstinó en concentrarse en la adivinanza, con todos los músculos de su cuello rígidos—. ¿O a un molino?

Brady no dijo nada. Gigi no sabía estar callada, aunque no era dada a gritar, pero entendía que, en ciertos momentos, las personas requerían un espacio y había que respetarlo. Guardó silencio y regresó a la primera frase del acertijo. «Antes de la vieja voy...».

«Vejez». La mente de Gigi empezó a generar infinitas posibilidades al azar. «Madurez. Viruelas. Consejos...». Sus ojos saltaron hasta el cuarto renglón del poema: «Y eso que debo encima llevar».

—¿Cuando no hay caballo, bueno es el asno? —Gigi no pretendía decirlo en voz alta—. Lo siento.

Brady cambió ligeramente el peso del cuerpo de un pie al otro.

—No lo sientas.

Gigi recordó la manera en que había tocado su abdomen... y, acto seguido, recordó algo que Brady le había dicho a Knox: «La diferencia es que yo la quería».

Había utilizado el pasado, pese a que en su voz se apreciaba que aún albergaba dichos sentimientos. Brady aún quería a Calla, fuera quien fuese. Y, por mucho que a Gigi le encantaran las tragedias o que no temiera el peor de los desenlaces, también quería ganar el Gran Juego. Quería ponerse a prueba. Quería volar de nuevo.

Así que cerró los ojos, envió el recuerdo del roce de Brady al éter y tomó aliento. «Esta cámara metálica, sus paredes que zumban y se mueven, su techo de espejos y yo somos uno». Se obligó a olvidarse de Brady. Y de Knox. Y de Brady y Knox. Y de Calla, que había desaparecido o estaba muerta, o ambas cosas: había desaparecido y estaba muerta.

«Antes de la vieja voy». Gigi tomó aliento de nuevo, tratando de concentrarse. «En el centro también estoy, no me quejo ni soy mala, y eso que debo encima llevar, una azucena blanca, que gira y gira sin parar, tras de mí todos van...».

CAPÍTULO 39
ROHAN

A veces, Rohan pensaba que su mente era un laberinto, y él, la criatura que moraba en su interior. En los pasillos de dicho laberinto había, entre otras cosas, almacenes en los que guardaba información. Había uno para detalles que parecían insignificantes y, sin embargo, memorizaba de igual modo. Otro para datos evidentes, a la espera de ser utilizados; y un tercero para toda aquella información que Rohan consideraba importante, pero cuyo significado no había logrado desentrañar todavía.

Era este último pasillo el que Rohan visitaba con más frecuencia. Ver el patrón bajo la superficie, sentir lo oculto, establecer las conexiones… En eso consistía su alma. Y Savannah Grayson acababa de proporcionarle algo con lo que trabajar. *Necesitaba* ganar.

Eso era precisamente lo que Rohan había captado en su tono de voz: la misma necesidad que él tenía por hacerse con el Piedad del Diablo. Y eso convertía a Savannah en un enigma, en un acertijo parecido al que ofrecían aquellas palabras escritas en la nueva capa de metal de la pared.

¿Por qué una joven de dieciocho años con un fondo fiduciario millonario necesitaba ganar el Gran Juego?

—«Ochenta y ocho claves». —Savannah leyó las palabras de la pared metálica en voz alta—. «Pero, espera, eso no es correcto. Blanco o negro será cuando lo sabrás».

—Ahora el juego va de adivinanzas. —Rohan se cambió la espada de la mano derecha a la izquierda. «De las adivinanzas en la pared. Y de las tuyas»—. Las adivinanzas siempre te alejan deliberadamente de la respuesta correcta. Mienten con la verdad y se aprovechan de la tendencia de la mente humana a buscar información en lo conocido.

«¿Cuál es tu Piedad, Savvy? ¿Qué te motiva?».

—Algo no cuadra —resumió Savannah en tono cortante.

—Supongo que más de una cosa no cuadra. —Rohan comprobó que podía imaginar muchas cosas de Savannah Grayson, pero enterró ese deseo en el laberinto, junto a las preguntas sobre sus motivos para participar, y dirigió su atención hacia el asunto que los ocupaba en aquel momento—. «Un enigma, un acertijo, de Hawthorne es el juego» —citó—. «Otro con corazón: todos son parejos». —Rohan le dio una oportunidad a Savannah, una minúscula, para responder, antes de añadir—: Diría que la frase de los tres senderos que se separan se refiere a que, aunque el juego haya podido empezar con tres equipos y un rompecabezas idéntico, a partir de ahora, recorreremos caminos diferentes. Habrá retos diferentes. «Una corona, un cetro. Un trono desierto».

—Tres pistas —dijo Savannah—. A saber de qué. ¿De la adivinanza?

—El tiempo dirá. —Rohan la miró y después desvió la atención hacia las palabras en la pared—. El tiempo siempre lo acaba diciendo todo, Savvy.

Ella había dejado claro que no quería su empatía, lo cual ya era un logro, teniendo en cuenta lo poco que se promulgaba. Pero ahora Savannah le suscitaba curiosidad y la mayoría de los del Piedad del Diablo habrían estado de acuerdo: aquello era peor, mucho peor.

—¿Podemos concentrarnos en la adivinanza? —preguntó Savannah.

Rohan esbozó su sonrisa de lobo más voraz.

—Es precisamente lo que estoy haciendo.

«Tú eres el enigma, Savannah Grayson». Resolverlo le diría cómo utilizarla, lo que era una ventaja. Necesitaba saciar su curiosidad, fuera como fuese. Pero por ahora...

Había un antiguo teléfono de disco en la pared justo frente a la adivinanza, que seguía completamente fija, a pesar de que las capas metálicas no dejaban de moverse. Rohan se vio obligado a admirar la genialidad mecánica de la cámara... y la brevedad de su último desafío.

88 CLAVES

PERO, ESPERA, ESO NO ES CORRECTO

BLANCO O NEGRO SERÁ CUANDO LO SABRÁS

Rohan empezó a caminar en círculos, lentamente, concentrándose en el renglón central de la adivinanza: «Pero, espera, eso no es correcto».

Por supuesto, algo que no era correcto significaba que era «equivocado». Ser correcto, en sentido material, significaba «ser apropiado», aunque también podría aludir a comportarse con honor y rectitud, a ser recto, como haría una persona que conocía la diferencia entre el bien y el mal.

Sin embargo, «corregir» también significaba «enderezar», «poner derecho», y lo contrario era «torcido».

Y «apropiado» tenía relación con «apropiarse». Apropiarse de algo significaba «tomarlo».

Si te apropiabas de algo, se convertía en tu posesión.

Mientras Rohan daba una segunda vuelta a la estancia, Savannah dijo:

—¿A qué se refiere el «eso» del segundo renglón?

«Pero, espera, eso no es correcto». Rohan dio vueltas a la frase y a la pregunta de Savannah, y surgieron una serie de interrogantes.

¿Qué no era correcto?

¿Por qué?

¿Y por qué una persona como Savannah Grayson *necesitaba* veintiséis millones de dólares?

CAPÍTULO 40
LYRA

La pared le devolvió a Lyra una serie de palabras cuyas letras estaban espaciadas uniformemente y grabadas con profundos surcos en el metal. Había seis frases, veinticuatro palabras en total.

EN UN RÍO ME ENCONTRARÁS

AUNQUE A VECES ME PORTE MAL.

LÁVAME ENTONCES,

DAME UN BESO

Y, EN SILENCIO, SIN HABLAR

FORMULA UN DESEO.

—Aunque me cueste admitirlo —dijo Grayson a sus espaldas—, cuando los juegos de mi abuelo tenían que ver con adivinanzas, casi siempre perdía.

Lyra sintió que su mano se agarraba a la empuñadura de la espada y se dijo que no tenía nada que ver con el modo en que Grayson había pronunciado la palabra «perdía». Era evidente que su abuelo multimillonario le había hecho daño. Lyra recordó la opinión de Rohan sobre los Hawthorne: «Engreídos, siempre angustiados y propensos a idolatrar a un viejo que, por lo visto, era un auténtico desgraciado».

—Las adivinanzas son para la gente que disfruta jugando —le dijo Odette a Grayson—. ¿Se considera usted una persona con un espíritu lúdico, señor Hawthorne?

—¿Le parece a usted que me considero una persona con un espíritu lúdico? —respondió Grayson.

—No. —Lyra se quedó mirando las palabras de la pared—. Aunque tampoco hubiese dicho que a Tobias Hawthorne le gustaran las adivinanzas.

El acertijo volvió a su mente, no el de la pared, sino el que no había dejado de repetirse durante el año y medio desde que Grayson Hawthorne le había metido en la cabeza que las últimas palabras de su padre podían esconder un mensaje. «¿Cómo empieza una apuesta? Así, no».

Una apuesta era un reto, una jugada, un riesgo. Un acuerdo, una posta, una probabilidad, un desafío. Un tanteo. Lyra había pasado horas pensando en esa última palabra, porque «tanteo» podía significar «cálculo», «cuenta», pero también llevaba incluida una palabra: «ante», que podía referirse a «antes» o «precedente», y no había podido desprenderse de la sensación de que allí se ocultaba algo.

Algo que no llegaba a comprender.

Algo que siempre quedaba fuera de su alcance.

—No estás pensando en la adivinanza. —La voz de Grayson no interrumpió los pensamientos de Lyra, sino que los envolvió.

Grayson Hawthorne no era sutil ni aunque se expresara en voz baja y amable.

Una parte mala en el interior de Lyra deseó fingir no haber prestado atención a la adivinanza.

—¿Qué se puede encontrar en un río?

Lyra tensó el cuerpo. Leyó las palabras en la pared y se detuvo en una en particular. «Beso».

«El peligro del roce —susurró una voz en su interior— es la cruel hermosura de un instante que se desvanece rápidamente y arde en la piel».

Lyra tragó saliva.

—¿Una rana?

Encajaba con el río y con la referencia al beso. ¿No eran así los cuentos de hadas? Una vez que se besaba a la rana, esta se convertía en príncipe.

—En las adivinanzas, cuando se da la respuesta correcta —dijo Grayson—, todo cobra un perfecto sentido. Si la respuesta, aunque parezca plausible, no revela el truco oculto en la pregunta, con toda probabilidad será un ardid, algo destinado a distraerte y anclar tu mente.

—Sé qué quiere decir «ardid» —soltó Lyra—. Y también lo sé todo sobre las preguntas trampa.

—¿Por qué no me sorprende? —preguntó Grayson.

—Vaya, parece que los espacios reducidos ya empiezan a surtir efecto —bromeó Odette, esbozando de nuevo esa sonrisa de abuelita que acaba de hornear galletas.

Lyra ignoró el comentario y depositó la espada en el suelo.

—¿Me permites? —preguntó Grayson.

Lyra regresó a su baile. «¿Me permites?». Al menos esta vez se había dignado a preguntarlo antes.

—Adelante, chico Hawthorne —respondió, cruzándose de brazos.

Grayson tomó la espada. Algo en su silueta y en su pose le recordaron a Lyra que la manera de sujetar una espada no tenía nada que ver con las manos que la empuñaban.

Grayson Hawthorne la sostenía como si fuera un ejercicio de control corporal.

«Piensa en ríos —se ordenó Lyra severamente—. Piensa en silencio. En deseos».

—En la espada hay una inscripción —anunció Grayson, con una voz que combinaba con su control total.

Lyra se acercó para comprobarlo por sí misma.

—«Libérate de las trampas sin atadura» —leyó, en el tono más neutro de que fue capaz—. «Una llave para cada cerradura». —Guardó silencio—. Parece otro acertijo.

Este juego los estaba sumergiendo en un mar de rimas crípticas.

—Estoy empezando a odiar las adivinanzas —dijo Lyra entre dientes.

—Qué curioso —respondió Grayson, bajando la espada y fijando sus ojos gris plata en los de Lyra—. A mí, sin embargo, me están empezando a gustar.

CAPÍTULO 41
GIGI

De todas las posibles soluciones que habían estado bailando cancán en el cerebro de Gigi, la que se escapaba de la fila para formar una conga por su cuenta era esta: «El paso de la niñez a la edad adulta».

«En el centro». Gigi marcó con un símbolo mental de correcto ese elemento del poema. «Antes de la vieja», otro símbolo. La niñez se asociaba con blancura… y con peonzas. A eso debía referirse «que gira y gira sin parar», ¿verdad?

O igual era un molino de viento… Gigi sintió que en su cerebro empezaba un chachachá.

—Así que, cuando no hay caballo, bueno es el asno…

A su izquierda, Knox había pasado de mirar la adivinanza a lanzarle ojeadas furiosas, como si hubiera matado a su padre o le hubiera bajado los calzoncillos, o ambas cosas.

—El orgullo antes de la caída… —continuó diciendo Knox entre dientes.

Gigi podía ver las gotas de sudor que le perlaban las sienes, el cuello.

—Más fresca que una azucena de mayo…

—¿Frases hechas?

Dando un sutil saltito de bailarina, se acercó a él. Era muy difícil rehabilitar a alguien que estaba angustiado y Gigi lo veía claramente: Knox odiaba de verdad los espacios reducidos.

—Dichos populares —la corrigió con suavidad—. Vayamos renglón por renglón.

Su piel estaba empezando a adoptar cierta tonalidad… gris.

Gigi se volvió hacia Brady, que en aquel momento estaba ocupado en examinar el interior de la cabina telefónica.

«Al parecer, estoy sola en la misión CKSE: Cuidar de Knox Sin que se Entere».

—Bien. —Gigi tuvo cuidado de no acercarse mucho para no agobiarlo, pero tampoco se alejó—. Hemos señalado la vejez, la flor y algo que gira. Nos queda «no me quejo ni soy mala».

—Si algo no es malo… —dijo Knox, con una voz algo áspera—, es que es adecuado. Justo. Correcto.

—Bueno —sugirió Gigi.

—Pues sí —gruñó Knox.

—¡Perfecto! —añadió en tono alegre Gigi, superándose a sí misma.

—Nadie es perfecto. —Knox pronunció aquella frase con un tono más que áspero.

A Gigi no se le daba tan bien irradiar calma como transmitir energía, pero lo siguió intentando de todos modos.

—Con eso, solo nos quedan dos renglones: «en el centro también estoy» y «tras de mí todos van».

Después de un momento tortuosamente largo, Knox respiró.

—El centro es la parte del medio, el núcleo, la médula.

—¿Podrido hasta la médula? —sugirió Gigi.

Por si acaso, ella también tomó aliento, lentamente.

—A mí me vale. —Knox la observó como si no lo hubiera hecho desde que se habían conocido, como si la viera por primera vez—. Queda una frase.

—Pues yo no estoy de acuerdo —dijo Brady, saliendo de la cabina telefónica—. Está cogido con pinzas. No es la respuesta correcta si hay que retorcerla y deformarla para hacerla encajar.

—Eso no lo sabes —dijo Knox en voz baja.

—Veo patrones —respondió Brady—. Y no hay patrón en lo que decís.

—Juro por lo más sagrado que si ahora me sueltas eso de que tenga fe… —dijo Knox apretando los dientes.

—Respira —dijo Brady. Se acercó a Knox y se detuvo frente a él—. Te digo que respires, Knox.

Algo se estremeció en el pecho de Gigi. Había personas que no podían dejar de preocuparse, por mucho que lo desearan, por muchos motivos que tuvieran.

—No necesito que me digas nada de nada, Daniels —gruñó Knox. Sus pupilas estaban más dilatadas de lo debido, pero, cuando finalmente miró a Brady, empezaron a contraerse—. Me largo de aquí. —Aún se percibía cierta aspereza en su voz—. Ambos nos vamos.

Otra vez ese «ambos».

Knox se dirigió hacia la cabina telefónica y cogió el teléfono.

—Dichos populares —dijo—. Esa es mi respuesta, y funciona.

Pasó un segundo, dos.

—Frases hechas —apuntó Knox—. Refranes.

Se produjo un nuevo silencio, tras el que Knox explotó.

—¡Hijos de puta!

Devolvió el auricular a su posición y, acto seguido, lo levantó de nuevo y empezó a golpearlo contra el metal.

Brady dejó la espada y se volvió hacia Gigi.

—Vamos a pedir la pista.

Su equipo solo contaba con una para toda la noche, pero Gigi no iba discutírselo.

—No vamos a pedir ninguna maldita pista —exclamó Knox mientras salía de la cabina—. Hay que reservarla para más tarde.

—No —dijo Brady en voz baja, pese a que transmitía todo lo contrario con su presencia.

Por primera vez, Gigi se dio cuenta de que el *nerd* de Brady imponía mucho más que el más intensamente físico Knox.

—Pulsa el botón, Gigi —le ordenó Brady en voz baja.

Gigi buscó el panel y lo encontró justo detrás de ella, en el suelo de la cámara.

Knox dio dos siniestros pasos hacia ella.

—Ni se te ocurra.

Gigi miró a Knox. Y, después, a Brady. Y, después, al panel con los botones. Se acercó.

Knox perdió los estribos. Se abalanzó hacia ella, pero Brady era muy rápido. Gigi ni siquiera lo vio moverse, pero, de repente, su cuerpo se convirtió en un escudo... o en un muro protector. «Entre Knox y yo».

Knox soltó un puñetazo. Brady lo recibió y, acto seguido, empujó a Knox hacia atrás. El corazón de Gigi dio un vuelco. No temía a Knox, no tenía el sentido común para temerlo, pero aquellos ojos salvajes le decían que quizá Knox no estaba en sus cabales en aquel momento. Knox se puso en pie de nuevo y Gigi lo comprendió enseguida: fuera cual fuese la ventaja que Brady tenía gracias a su corpulencia, no duraría mucho.

—Aprieta el botón, Gigi. Esta habitación es demasiado pequeña. Tenemos que sacarlo de aquí.

Antes de que Gigi reaccionara, Knox se quedó inmóvil, inesperadamente y por sorpresa, evaluando a su oponente.

—No necesito que te ocupes de mí, Daniels. Lo único que tienes que hacer es apartarte de mi camino.

—No soportas los lugares cerrados, Knox. —Brady era implacable—. No soportas los sótanos. Y las habitaciones pequeñas las soportas siempre que tengan ventanas o alguna clase de luz natural.

—Puedo soportar lo que haga la maldita falta para ganar.

Gigi no pudo oír el matiz de advertencia en su voz.

—¿Crees que eres el único dispuesto a ganar? —contraatacó Brady.

Forcejearon. Brady aguantó. Knox retrocedió. Parecía haber recuperado algo de control, pero aún había algo leonino, algo fiero y tenso en su expresión.

—Sé por qué quieres ganar, Daniels. —Knox le lanzó una patada y Brady cayó al suelo. Knox se cernió sobre él—. Pero, incluso con veintiséis millones dólares, no encontrarás a Calla. Se fue. Decidió marcharse. Y no quiere que la encuentren.

Brady consiguió incorporarse.

—Pulsa el botón rojo, Gigi.

Knox giró su mirada de depredador hacia ella.

—No lo hagas, niñita. Podrías echar a perder todo el juego.

«No soy ninguna niñita», pensó Gigi, con la voz de Knox grabada en la mente.

Dio un paso hacia el panel.

—Esto no tiene nada que ver con Calla —dijo Brady, tratando de atraer la atención de Knox.

Knox empujó a Brady hacia atrás.

—Contigo todo tiene que ver con Calla.

—Esta vez no —dijo Brady, empujando a Knox hacia una de las paredes de metal a los lados de la cámara, lo suficientemente fuerte como para que Gigi oyera el impacto—. Esta vez tiene que ver con un cáncer.

El tiempo se detuvo, y Knox, también. Su hostilidad desapareció. Gigi tampoco lograba moverse.

—Mi madre —dijo Brady, con voz ronca—. Estadio III. Pregúntame si hay tratamientos disponibles, Knox. Y, después, si tenemos seguro médico.

De repente, cualquier motivo por el que Gigi hubiese decidido participar en el juego se volvió insignificante.

—No… —Knox miró fijamente a Brady durante cuatro o cinco segundos—. No —repitió.

Acto seguido, dio media vuelta y golpeó con el puño la pared de la cámara. Con fuerza. Gigi sintió que se le revolvían las entrañas al ver que Knox repetía el gesto. Una y otra vez.

El sonido de su mano contra el metal era horrible. Seguro que estaba destrozándose los nudillos, pero, en cualquier caso, parecía que el dolor le incitaba a seguir haciéndolo.

Brady agarró los brazos de Knox, se los retorció a la espalda, lo inmovilizó contra la pared y miró por encima de su hombro y con calma hacia Gigi.

—El botón, Juliet.

Gigi ni siquiera sospechaba que Brady conocía su verdadero nombre, pero no podía perder el tiempo pensando en ello.

—Si aprietas ese botón, perderemos, Gigi.

Esta vez, Knox no la llamó «niñita».

—¡No conseguiré retenerlo durante mucho más tiempo!

Gigi estaba dividida. Con la mente acelerada, pensó en Brady, en su madre, y en lo que supondría perder este juego. Pensó en las reglas, en la adivinanza de la pared, en que Knox no estaba bien.

Gigi pulsó el botón.

CAPÍTULO 42
GIGI

—**P**ero ¿qué has hecho?

Knox se quedó inmóvil. Brady dejó de sujetarlo.

Gigi tomó aliento.

—He pulsado el botón negro.

—El negro —repitió Brady—. No el rojo.

Emergencia, no pista.

—¿Va todo bien? —Una voz, la de Avery, sonó desde un altavoz oculto en alguna parte.

«¿Bien?». Las manos de Knox sangraban abundantemente. Brady había recibido al menos un puñetazo considerable en la mandíbula. Ambos habían infringido las reglas del juego. Pero nadie tenía por qué saberlo.

Puesto que Avery seguía esperando una respuesta, Gigi improvisó.

—¡Baño!

La frente de Brady se llenó de arrugas. Knox miró a Gigi con aire incrédulo, enojado, una expresión que decía «¿has perdido el juicio?», a la que Gigi era completamente inmune.

—Knox necesita ir al baño, de verdad —anunció Gigi—. Emergencia urinaria total. Tiene una vejiga pequeña.

Se oyó una especie de bufido al otro lado del altavoz. Gigi estaba segura de que no había sido Avery, pero, fuera quien fuese el Hawthorne que había resoplado (Jameson, seguro que era Jameson), no pronunció palabra. Avery tampoco dijo nada más, pero una sección de la pared de la cámara se deslizó y reveló una abertura hacia lo que parecía un pasillo bien iluminado en el que se veía solo una puerta que conducía, presumiblemente, a un lavabo.

—¡Gracias! —gritó Gigi a los creadores del juego.

No hubo respuesta. Ya se habían marchado.

—Vuelve a decir algo sobre mi vejiga y te mato —advirtió Knox a Gigi.

—Yo también te quiero —replicó con dulzura Gigi, y, mientras Knox se alejaba a grandes zancadas por el pasillo, añadió—: ¡De nada!

En cuanto se cerró la puerta del baño, Gigi se dio la vuelta hacia Brady.

—¿Estará bien? El baño no es que sea muy grande.

—No tiene problemas con los baños. —Brady se apoyó en la pared de la cámara y cerró los ojos durante un momento—. Estará bien, hasta que no vuelva a estarlo.

Gigi decidió no seguir preguntando.

—Siento mucho lo de tu madre —dijo con suavidad.

—No es culpa tuya. No puedes hacer nada.

Gigi sintió que se le hacía un nudo en la garganta debido a la emoción. «No es culpa mía. No puedo hacer nada». ¿Cuántas veces se había dicho a sí misma versiones de esas dos frases durante el pasado año y medio?

No era culpa de Gigi que su padre estuviera muerto ni que hubiera muerto tratando de asesinar a Avery Grambs. Tampoco era culpa suya saberlo y que Savannah lo ignorara, o que ahora, al menos por esta vez, le tocara a ella proteger a su hermana melliza, al igual que su hermana la había protegido a ella durante toda su vida. Nada de aquello era culpa de Gigi y no había nada que pudiera hacer, excepto guardar EL SECRETO y llevar a cabo, de vez en cuando, actos de magnífica y cautelosa filantropía interpersonal.

Aunque, hiciera lo que hiciese, nunca era suficiente.

—Siempre hay algo que se puede hacer —le dijo a Brady. Creía en sus palabras. Debía creerlas—. Brady, si gano el Gran Juego, te juro que me aseguraré de que tu madre reciba los cuidados necesarios. Incluso si pierdo, tengo un fondo. Tengo acceso limitado y puede que requiera de algo de… —hizo el gesto de las comillas con las manos—… malversación por mi parte, pero…

—Tienes que tener cuidado con Knox. —Brady cambió de tema radicalmente y le lanzó una advertencia, todo a la vez—. Los últimos años lo ha llevado bien. Fue a la universidad. Consiguió un trabajo. Pero, vaya adonde vaya o haga lo que haga, la oscuridad siempre lo acecha y Knox Landry no se rige por los mismos valores éticos o morales que tú o que yo. No es una persona a la que puedas rehabilitar, Gigi. Te lo digo en serio: puede ser peligroso.

—Eso depende de las acepciones que estés barajando para «peligroso» —respondió Gigi amablemente.

—Todas. —Brady la examinó—. ¿Sabes cómo nos conocimos? Acababa de cumplir seis años y ya me habían adelantado dos cursos. Knox tenía nueve y medio y había repetido uno.

Íbamos a la misma clase, pero nunca me dirigió la palabra hasta el día en que apalizó a un chico que me pegaba.

—¿Y piensas convencerme con esta historia de lo malvado que es Knox? No funcionará —señaló Gigi.

—El acosador tenía doce años, era grande para su edad, digamos que era un psicópata del patio. Knox no le llegaba ni a la cintura, pero era tres veces más despiadado y estaba completamente fuera de control. Un pequeño desquiciado cabreado y escuálido. Hasta hoy, no he visto a nadie luchar de ese modo. —Brady negó con la cabeza—. Después, cuando traté de darle las gracias a mi casi feroz paladín completamente trastornado, Knox me mandó a la mierda.

Gigi se planteó que, quizá si se ponía en modo escucha activa total, Brady le contaría el resto de la historia. ¿Cómo habían forjado Brady y Knox aquel lazo fraternal? ¿Cómo se entrenaban? ¿Quién era Severin? ¿Quién era Calla?

Se guardó mucho de intentar sonsacarle a Brady las respuestas que tanto ansiaba.

—¿Qué hiciste después de que el desquiciado y escuálido de Knox le dijera al genio de seis años de Brady que se fuera a la mierda?

—El pequeño rufián decidió que serían amigos. —Knox acababa de regresar a la cámara. Llevaba el pelo completamente empapado, como si hubiera puesto la cabeza, y el rostro, bajo el grifo un buen rato—. Ese pequeño *nerd* tocacojones no se rendía. Me traía el almuerzo y yo no iba a decirle que no. —Knox apartó la mirada—. Al cabo del tiempo, acabé por cenar también en su casa. Cada noche.

—Mi madre es muy buena cocinera —interrumpió Brady, y el hecho de haber mencionado a su madre le recordó a Gigi cómo la pelea se había detenido en el preciso instante en que Knox había oído lo del cáncer de la madre de Brady.

«Cenas en casa de Brady, cocinadas por la madre de Brady, todas las noches». Habían sido como hermanos y Gigi no tenía duda alguna de que necesitaban un momento. Solos. Puede que hasta entablaran una conversación. Quizá regresarían a la adivinanza sin más.

En cualquier caso, Gigi debía brindarles al menos una oportunidad. Con la decisión tomada, se apresuró a escabullirse por la abertura en la pared.

—Voy al baño —exclamó—. ¡Y, para que conste, tengo una vejiga bastante grande!

CAPÍTULO 43
ROHAN

El tiempo corría, demasiado rápido para su gusto. No se podía encontrar la solución a un acertijo con prisas, pero tampoco se conseguía nada con permanecer estático. En ocasiones, ganar requería paciencia, pero, más a menudo, lo que se necesitaba era pasar a la acción.

—Vamos a hacer una apuesta, Savannah Grayson.

—¿Ah, sí? —El tono de Savannah era frío, indiferente, aunque la expresión de sus labios le confería cierto aspecto... agresivo.

—¿Cuántos rompecabezas y acertijos más crees que tendremos que resolver antes de que amanezca? —Rohan era, entre otras cosas, un esgrimista excelente, pero, como la espada que sostenía parecía hecha para una lucha de otro tipo, prefirió recurrir a la defensa verbal—. ¿Y cuánto tiempo tendremos que permanecer mirando esta adivinanza sin llegar a ninguna parte?

No hubo respuesta.

—¿Quieres que te diga lo que he estado pensando? —insistió Rohan—. El blanco o negro podría referirse a que la respuesta no induce a error o a que, literalmente, es de esos colores. Una cebra. Un periódico. Un tablero de ajedrez.

—Naipes —contraatacó Savannah—. Picas y tréboles.

—No está mal. —Rohan miró hacia la pared—. Pero no es eso. —Avanzó un paso y recorrió la inscripción con la mano, deteniéndose para hundir los dedos en los surcos que formaban las letras—. Vamos a ponerle un poco de interés al asunto, ¿te parece? Me apuesto lo que quieras a que puedo resolver este acertijo antes de que tú lo hagas. Una motivación extra nunca va mal.

Era una mentira, pero Rohan, en el fondo, era un mentiroso.

Savannah no mordió el anzuelo.

—O bien ya lo has resuelto y lo que acabas de decir es solo un intento bastante poco elaborado de demostrar que me llevas ventaja, o bien no sabes resolverlo y confías en vano en sonsacarme lo que sé.

—No sé la respuesta —se defendió Rohan de nuevo—. Simplemente, reconozco el valor estratégico de cambiar las reglas del juego.

—Mentira.

Savannah le dio la espalda.

—Si gano yo —insistió Rohan—, tendrás que decirme el motivo por el que ansías convertirte en la ganadora del Gran Juego. —Había evitado emplear el verbo «necesitar» a propósito—. Mientras que, si eres tú la que das antes con la solución, te diré todo lo que sé sobre nuestros rivales. Sus fortalezas y debilidades, sus tragedias personales, sus secretos.

Rohan no acostumbraba a dejar que otros se adentraran en su laberinto, pero, en este caso en concreto, estaba dispuesto a correr el riesgo y hacer una excepción muy concreta.

—Es un farol —afirmó Savannah con rotundidad, pero sus pupilas la delataron. Sus pupilas y la manera en que cerró los dedos ligeramente hacia las palmas de sus manos—. Este año no se han anunciado públicamente los nombres de los participantes. ¿Cómo ibas a conocer sus secretos?

Rohan se encogió ligeramente de hombros.

—Quizá tenga un pacto con el diablo.

—Dudo que tengas algo que yo desee.

—Todo el mundo desea algo de mí. —Rohan no solía pensar que la verdad resultaba útil, excepto en contadas ocasiones—. Conozco sus secretos, Savvy, porque mi trabajo es saber esas cosas.

—¿Y qué trabajo es ese? —contraatacó Savannah.

Ella había conseguido despertar su curiosidad y ahora él le devolvía el favor.

Entornó los ojos, que habían adoptado un color más cercano al azul cielo que al gris.

—De acuerdo, inglés, acepto la apuesta. Pero no quiero los secretos de los otros. Quiero los tuyos. Cuando encuentre la solución a la adivinanza, tendrás que decirme cuál es tu trabajo. Y nada de medias tintas. Nada de evasivas. Nada de mentiras.

Por algo el Piedad del Diablo era un establecimiento secreto.

—¿Tienes miedo? —preguntó Savannah.

—Estoy aterrado —respondió Rohan—. Trato hecho.

Eso estaba bien. Era justo lo que necesitaba. Se conocía y sabía que, si no podía permitirse el lujo de perder, siempre encontraba la manera de ganar.

CAPÍTULO 44
LYRA

«¿Cómo empieza una apuesta? Así, no». Lyra necesitaba resolver el acertijo que había ante ellos en ese momento para dejar de pensar en aquel que acechaba sus recuerdos y para poder salir de ese cuartito estrecho en el que el cuerpo de Grayson nunca estaba lejos del suyo.

—«Y en silencio, sin hablar...». —Lyra posó los ojos en la pared y leyó en voz alta—: «Formula un deseo». —Hizo una pausa—. Deseos. Los deseos se formulan cuando ves una estrella fugaz. O tirando una moneda a una fuente.

—Cuando soplas las velas —añadió Grayson a su izquierda.

De reojo, vio que ese obstinado mechón de pelo rubio claro le caía sobre los ojos. De nuevo.

¿Por qué nada parecía al azar o descuidado con Grayson Hawthorne?

—Cuando soplas un diente de león —añadió Lyra, superándolo—. Rompiendo un hueso de pollo. Frotando una lámpara mágica.

—Una imprudencia —opinó Grayson—. ¿No has oído nunca lo difícil que es lograr que los genios vuelvan al interior?

En algunos casos, no era fácil dar marcha atrás.

Lyra se mordió la lengua, reprimiendo todo lo que se le ocurría como contestación, y se concentró solo en la adivinanza. «Un genio. Una estrella. Una moneda. Una vela». Las posibles respuestas empezaron a agolparse en su mente. Llevó la mirada hasta Odette, una opción mucho mejor que arriesgarse a desviarla otra vez hacia Grayson.

—¿Odette? —dijo Lyra.

La anciana se aferraba con el brazo derecho a la pared de metal y tenía la cabeza ladeada en un ángulo extraño, con la barbilla hacia el hombro. En su cuello, sus músculos y su rostro se percibía la tensión.

«No es tensión —advirtió Lyra—, sino dolor». En menos de un segundo, Lyra llegó hasta ella y pasó un hombro por debajo del brazo de la anciana.

—Estoy bien —dijo Odette con aspereza.

—Usted es abogada —respondió Grayson. Cruzó la estancia con dos grandes zancadas y se colocó al otro lado de Odette—. Una abogada muy cotizada —continuó—. Tecnicismos y vacíos legales. Así que, señora Morales, tendrá que disculparme por querer cerciorarme de lo que dice: ¿puede ampliar su definición de «bien»?

Odette trató de enderezarse, tanto como pudo, apoyándose en Lyra y Grayson.

—Si necesitara ayuda, lo sabríais, aunque debo decir, señor Hawthorne, que no rechazaría esa espada como bastón.

Lyra reparó en que, técnicamente, Odette no había negado que necesitara ayuda. No había pronunciado una frase afirmativa, sino que había utilizado el condicional y después los había distraído tratando de reclamar la espada.

«Tecnicismos y vacíos legales».

—Usted no necesita un bastón, ¿verdad? —dijo Lyra.

—Tampoco necesito muletas vivientes y, miraos, aquí estáis los dos sosteniéndome.

Lyra la soltó. Conocía perfectamente la sensación de necesitar que la gente creyera que estabas bien. Y era evidente que Odette no deseaba hablar de lo que le dolía. Así que Lyra tuvo la cortesía de cambiar de tema.

—¿Es usted abogada?

Odette se las arregló para esbozar una astuta sonrisa de águila.

—Me parece que yo no he dicho eso.

—Entonces, dígame que me equivoco —la desafió Grayson.

—¿Cuándo ha servido de algo decirle a un Hawthorne que se equivoca? —replicó Odette.

Con un movimiento del hombro, se liberó de Grayson.

—Pero ¿estoy equivocado? —insistió Grayson.

Odette resopló.

—Sabe perfectamente que no.

—Nos has dicho que habías pasado décadas limpiando casas. —Lyra entornó los ojos—. Para subsistir.

Odette había sido muy convincente. Justo igual de convincente que había sido al decirles que no asumieran hechos no probados sobre su carácter y su posible implicación en el asunto de las notas.

«Thomas, Thomas, Tommaso, Tomás».

—Soy una anciana. He tenido bastantes vidas. —Odette irguió la cabeza—. He vivido y he amado más de lo que podrían imaginar vuestras jóvenes mentes. Y… —Tomó aliento de forma mesurada—. Estoy bien. —Odette se dirigió hacia la pared del acertijo a paso lento pero seguro—. A veces, el dolor hace que lo veas todo más claro. Esto es lo que se me ocurre: se puede limpiar una rana, pero sería raro que se portara mal. —Odette observó las palabras en la pared y añadió en un susurro—: Si eliminamos los dos primeros renglones del acertijo, ¿qué nos queda?

«Lávame entonces —pensó Lyra—. Dame un beso. Y, en silencio, sin hablar, formula un deseo».

La sugerencia de Grayson le hizo pensar en apagar las velas de un pastel y, nada más hacerlo, un tsunami de recuerdos la invadió: su cuarto cumpleaños, no esa parte que la acechaba en sueños, sino el resto del día. Recordó a su madre despertándola esa mañana, cocinando unas tortitas con pepitas de chocolate y glaseado de queso cremoso decoradas con chispitas de colores.

«¡Feliz cumpleaños, cariño!».

Lyra casi podía sentir cómo soplaba las velas que su madre había puesto en esas tortitas. «Formula un deseo». Y entonces Lyra recordó algo más: un desconocido recogiéndola aquella tarde en la escuela infantil. «Soy tu padre, Lyra. Tu padre de verdad. Ven conmigo».

«Lai-ra».

«Lai-ra».

El recuerdo amenazó con tirar de ella, pero Lyra luchó con uñas y dientes por regresar a los pensamientos más positivos de aquel día: a la mañana, con las tortitas y las velas. «Formula un deseo». Clavando la mirada en las palabras en la pared, Lyra formó una «o» con los labios y sopló ligeramente a través de ellos, y así, sin más, lo supo.

Supo la respuesta.

¿Qué era aquello que se lavaba cuando se portaba mal? ¿Qué se utilizaba para soplar una vela y formular un deseo? ¿Para hablar? ¿Para dar un beso?

—Una boca —anunció Lyra con una voz que resonó contra las paredes metálicas de la cámara.

—Como la boca de una cueva —añadió Grayson.

CAPÍTULO 45
GIGI

Ser optimista era una elección, así que Gigi escogió creer que el tiempo que pasaba mirando su imagen reflejada en el espejo del baño era algo productivo. En el mejor de los casos, Knox y Brady sacarían los demonios del pasado y acabarían abrazándose mientras ella resolvía, sola y de una forma brillante, el acertijo. Para lograrlo, extrajo su rotulador de confianza, que había o no guardado en su escote, y se encaramó al borde del lavamanos para escribir la adivinanza en el espejo.

ANTES DE LA VIEJA VOY

EN EL CENTRO TAMBIÉN ESTOY

NO ME QUEJO NI SOY MALA

Y ESO QUE ENCIMA DEBO LLEVAR

UNA AZUCENA BLANCA

QUE GIRA Y GIRA SIN PARAR

TRAS DE MÍ TODOS VAN

¿QUÉ SOY?

No había llegado a ninguna parte empezando por el principio, así que ahora empezaría por el final. El último renglón, la pregunta, se explicaba por sí misma. De algún modo, «tras de mí todos van» parecía referirse a algo que todo el mundo seguía. Subió un par de renglones y se encontró con «una azucena blanca que gira y gira sin parar», lo que, probablemente, quizá, posiblemente y tal vez, se refiriera a algún tipo de objeto.

«Y eso que encima debo llevar». En el acertijo, ese renglón acompañaba a los dos siguientes. ¿Una única pista? Los dedos de Gigi fueron hasta el colgante turquesa justo por encima de su clavícula. Lo agarró, cerrando los dedos, y se esforzó en pensar. Algo que carga con algo blanco.

Era evidente que «azucena» era el nombre de una flor, pero se trataba de una adivinanza. Y «evidente» no significaba «correcto». Así que ¿cuál era la interpretación menos obvia? ¿Qué era esa azucena blanca?

«No se refiere a una flor, sino que el color es lo relevante». Gigi apretó aún con más fuerza la gema del collar mientras esbozaba una sonrisa. «Algo blanco, mejor dicho, una cosa blanca, en femenino, que va a cuestas, cargada, atada o arrastrada por otra cosa. —Gigi lo supo: estaba llegando a algo—. Una cosa blanca que gira arrastrada».

¿Y si era eso lo que significaban esos dos renglones? «Una cosa blanca que gira arrastrada por otra». Emocionada ante la posibilidad, Gigi bajó del lavamanos con un salto. Alguien con más coordinación habría clavado el aterrizaje.

Pero Gigi no.

Tropezó y, de algún modo, mientras trataba de no perder el equilibrio, se le olvidó soltar el colgante. La delicada cadenita se rompió. Su reacción instintiva fue abrir la mano.

La gema resbaló, cayó al suelo y se hizo añicos. «No, no se ha hecho añicos —se dijo Gigi—. Se ha partido». Solo había tres trozos. Con dificultad, los recogió y, al alzar el segundo, se dio cuenta: la gema tampoco se había partido. Se había separado de forma limpia por los ribetes dorados que la adornaban.

Como si el colgante hubiese sido cortado en dos previamente. Como si se mantuviera unido por los ribetes dorados.

«¿Por la mitad?». Gigi examinó las dos piezas de la joya que tenía en las manos... y después desvió la mirada hacia la tercera pieza, que seguía en el suelo y que aún conservaba los ribetes. No era del color del océano. Ni tampoco era una gema. Gigi gateó hasta ella. La tercera pieza era diminuta... y sin duda electrónica. Una persona con unas aficiones menos eclécticas o más legales tal vez no lo habría reconocido, pero Gigi sí sabía qué era.

Un dispositivo de escucha.

Un micrófono oculto.

CAPÍTULO 46
GIGI

Las imágenes pasaron a toda velocidad por el cerebro de Gigi. «El traje de neopreno. El tanque de oxígeno. El collar. La navaja». Pensó en la discusión con Knox por la mochila y en lo que había mencionado Brady sobre los patrocinadores.

«Contratan a jugadores, marcan las cartas que pueden, apuestan sobre el resultado final». ¿Y si la bolsa que Gigi había encontrado no formaba parte del juego? En cualquier caso, no se la habían prohibido. Knox no la había llevado consigo al volver a la casa, donde Avery y los Hawthorne la habrían visto.

¿Y si la mochila y los contenidos eran la manera que tenía el presunto patrocinador de Knox de «marcar las cartas»? ¿Y si era eso a lo que se refería cuando había dicho que era suya? ¿Y si Knox sabía dónde la habían escondido y Gigi había tropezado con ella por un golpe de mala suerte?

«Maldito tramposo que hace trampas». Gigi regresó furiosa a la cámara y se encontró con Brady y Knox, que evitaban mirarse. Por lo que captó, no habían pronunciado palabra desde que se había ido.

Brady blandía de nuevo la espada.

—Terapia familiar —les dijo Gigi—. O, mejor dicho, terapia familiar adoptiva. Planteároslo.

No parecieron advertir el tono mortífero en su voz.

—Y, en otro orden de cosas —continuó—, tienes muchísimo que explicar, Cejas Pobladas. —Gigi alzó la mano. Sostenía el micrófono entre el dedo pulgar y el dedo corazón—. He encontrado este delicioso aparatito en mi collar, el collar que estaba dentro de la mochila con la navaja y el resto de los objetos. —Señaló con un dedo acusatorio a Knox—. La mochila que robaste y con la que no volviste a la casa porque no querías que nadie la viera.

—Porque no quería que nadie la robara —la corrigió Knox en un tono que solo sonó ligeramente mordaz.

Gigi se volvió hacia Brady.

—Cuéntame más cosas sobre los patrocinadores. Sobre el patrocinador de Knox.

La respuesta de Brady y su expresión fueron comedidas.

—La familia Thorp es propietaria de un tercio del estado de Luisiana, y de mucho más si se cuentan las ramas ilegítimas. —Brady desvió la mirada de Gigi a Knox—. El patrocinador de Knox es un hombre llamado Orion Thorp.

—Qué estupidez. —El tono de Knox no era comedido en absoluto—. Ni mi malvado patrocinador ni yo tenemos nada que ver con esa mochila. —Clavó su mirada en Brady—. ¿Estoy diciendo la verdad, Daniels?

Se produjo un largo silencio.

—Así es —dijo finalmente Brady—. Está diciendo la verdad.

Gigi quería rebatirlo, pero no pudo. Brady debía de conocer lo suficiente a Knox como para saber cuándo mentía, así que lo creyó.

233

No podía no creer a Brady.

Así que cambió de estrategia.

—Sé que estás ahí —dijo, hablando directamente hacia el micrófono—. Sé que estás escuchando.

Llevaba repitiendo esas palabras desde hacía un año y medio, en los tejados, en los aparcamientos, todas las noches, mirando hacia el cielo nocturno. «Sé que estás ahí». Si en realidad no había nadie, nadie se enteraría; pero si alguien estaba observándola, siguiéndola, en ese caso, Gigi deseaba que esa persona supiera que no podía esconderse, por mucho que se envolviera en sombras.

En su defensa, ya la habían seguido antes. Un profesional.

—¿Qué estás haciendo? —exclamó Knox, perplejo y… enfadado.

Gigi lo ignoró y lo intentó de nuevo.

—Sé que estás ahí.

Cuando no hubo respuesta («seguro que el aparato ni siquiera funciona en ambas direcciones»), se volvió hacia Brady.

—Has hablado de familias ricas, en plural, que se han interesado por el Gran Juego.

Brady asintió ligeramente.

—Supongo que la mayoría de los interesados son de la misma edad que Tobias Hawthorne o fueron rivales suyos.

¿Rivales? Eso no parecía augurar nada bueno.

—¿Y por qué estás tan segura de que eso que tienes en las manos es un micrófono? —preguntó Knox—. ¿Por qué no podría ser parte del juego?

—Llevo una clandestina vida criminal —replicó Gigi con descaro—. Sé reconocer un micro nada más verlo y no sé por qué, pero estoy increíblemente segura de que los creadores del juego no han escondido una mochila en la isla con un botín enorme de objetos superimportantes.

Ahora que reflexionaba sobre ello, le parecía evidente. Había pensado que le había tocado el gordo, pero, en un juego cuya característica principal se centraba en ser competitivo (y justo), ¿para qué iba a haber un premio gordo?

—Nash mencionó que le gustaba mi collar —continuó Gigi, tratando de hablar a la velocidad de sus pensamientos—. Pensé que lo decía solo para felicitarme, algo así como «bien hecho, tramposilla». Pero ¿y si creyó que era mi collar, que ya lo llevaba al llegar a la isla? —Gigi no solo pensaba a toda prisa, sino que sus pensamientos parecían querer ganar las Quinientas Millas de Indianápolis—. Y, cuando Avery mencionó en la playa que algunos jugadores habían encontrado un tesoro escondido, miró a Odette y después a Savannah, pero no a mí.

Se hizo el silencio durante unos instantes.

—Si estás en lo cierto... —La ceja de Brady se frunció de un modo que Gigi no pudo evitar encontrar atractivo—. Si esos objetos que encontraste no son parte del juego...

—El traje de neopreno en la mochila estaba mojado —interrumpió de repente Knox.

—Lo acababan de utilizar —murmuró Gigi, tragando saliva.

¿Qué significaba aquello?

—Quizá Knox no sea el único con un patrocinador. —Brady no se limitó a eso—. Y quizá haya alguien más en la isla, aparte de los jugadores y los creadores del juego.

CAPÍTULO 47
ROHAN

Rohan no tenía intención de perder la apuesta que había hecho con Savannah.

88 CLAVES

PERO, ESPERA, ESO NO ES CORRECTO

BLANCO O NEGRO SERÁ CUANDO LO SABRÁS

«Supongamos que el segundo renglón se refiere al primero», pensó. El zumbido de la adrenalina que corría por sus venas le era tan familiar como la necesidad de ganar. Eso sugeriría que, o bien el número era incorrecto, o bien lo era la palabra.

El número ochenta y ocho en sí ya presentaba un patrón evidente (la misma cifra repetida). Entre las sustituciones posibles se incluían noventa y nueve, setenta y siete, sesenta y seis, y así hasta llegar al once. Ochenta y ocho también podía convertirse en ocho al cuadrado, o lo que era lo mismo, sesenta y cuatro.

«No es el número». Rohan no había llegado tan lejos en la vida haciendo caso omiso de sus instintos. «Con lo que solo queda la palabra».

«Claves». Distraídamente, llevó la mirada hacia la cerradura de platino de la cadena que Savannah llevaba en la cintura. Pese a sus grandes dotes de ladrón, sospechaba que la única manera de quitársela sería si Savannah Grayson se lo permitía.

Algo que, en este momento, no parecía muy probable.

Rohan desvió su atención hacia el filo de la espada.

No la había soltado ni pensaba hacerlo. «Libérate de las trampas sin atadura. Para cada llave, una cerradura».

«Otra llave». Tamborileó con los dedos sobre su muslo y abandonó su cuerpo durante unos instantes. Era algo que le ocurría de vez en cuando, sobre todo, cuando se preparaba para cruzar un límite que, en el mundo de la gente honrada, no debía franquearse. Pero en esa ocasión, en el preciso segundo en que Rohan sintió que sobrevolaba su propio cuerpo, la claridad lo invadió.

«Pero, espera, eso no es correcto».

«Claves».

«Cuando lo sabrás, en blanco y negro lo verás». «Tecla». Rohan regresó a la realidad. «Ochenta y ocho teclas». Le habría resultado difícil contener la ardorosa emoción de la victoria, incluso si Savannah no lo hubiese estado observando.

Observando sus dedos. Que tamborileaban.

Se precipitó sobre el teléfono de disco y Rohan recordó la promesa que le había hecho en la estancia anterior, con la espada: «Esta será la última vez que me ganes».

Afortunadamente, en el mundo de Rohan, las promesas se hacían para romperlas. Se llevó por delante las piernas de Savannah. Sin previo aviso. Sin piedad. Ella aterrizó boca abajo, como si hiciera una flexión, con los bíceps flexionados, y, acto seguido, se incorporó mientras Rohan la adelantaba a toda prisa.

Savannah arremetió contra sus rodillas. Sin vacilación.

Rohan se volvió, aunque su tibia recibió el golpe, pero siguió en pie. Con un brazo, la agarró y ella lo mordió, un mordisco lo suficientemente fuerte como para que lo sintiera incluso por encima de la chaqueta de su esmoquin, lo suficientemente fuerte para hacerlo sangrar sin la chaqueta. «Viciosa chica de invierno».

Savannah soltó una maldición cuando casi se dislocó el hombro al agarrarlo del pelo y empezó a darle puñetazos. Rohan la soltó y le devolvió el favor, tirando de su larga melena rubia.

Era, por decirlo de alguna manera, un callejón sin salida.

—Un piano —dijo Savannah, estirando la cabeza de Rohan hacia atrás, solo un poco.

Rohan respondió con el mismo gesto y atrajo el rostro de la joven hacia su barbilla, que ahora estaba alzada.

—Ochenta y ocho teclas —continuó calmada, como si ambos no se tuvieran bien agarrados—. Blancas y negras.

—Así es —respondió Rohan—. Pero, al parecer, tú y yo estamos en un punto muerto.

Su mente ya estaba calculando el siguiente movimiento.

—¿Qué punto muerto? —preguntó Savannah—. Nuestra apuesta era resolver la adivinanza, no hacer la llamada. Según esas reglas, yo he dicho la respuesta primero, por tanto, yo gano.

Madre mía, tenía carácter.

—Pero ¿lo has resuelto antes? —contraatacó Rohan—. Porque, cuando hicimos la apuesta, no recuerdo haber dicho nada de expresar la respuesta en voz alta. ¿De verdad que no viste cómo yo lo resolvía, cómo tamborileaba los dedos y eso te hizo comprender lo que yo acababa de comprender?

Savannah le estiró la cabeza hacia atrás aún más, fría como el hielo.

—Demuéstralo.

Sonriendo, Rohan se echó hacia atrás. Con fuerza. Le cogió el brazo por el codo, obligándola a darse la vuelta y después la atrajo hacia su cuerpo, ladeando la cabeza y posando sus labios en su oído.

—Trabajo para una especie de sociedad secreta. —Algunos susurros podían convertirse en armas—. Una que ofrece sus servicios a los más poderosos y ricos. Mi trabajo es información, influencias y control.

Sin previo aviso, la dejó ir y se abalanzó sobre el teléfono. Levantó el auricular.

—Hablas con Xander, de la Casa de los Enigmas de Xander Hawthorne. Da la respuesta correcta y continúa. Pero, si fallas, confío en que aprecies el subestimado arte del canto tirolés.

Rohan dio la respuesta correcta, la suya y la de Savannah.

—Un piano.

Casi de inmediato, las paredes de la cámara empezaron a zumbar. Cuando apareció una nueva abertura, Rohan esperaba que Savannah pasara a su lado y se adentrara en ella a grandes zancadas, pero no lo hizo.

—Quizá sí fuiste tú el primero en resolverlo.

Su voz era fría, pero en sus ojos se reflejaba el deseo.

Vaya, alguien se lo pasaba bien peleando sucio.

—Yo pago mis deudas, cariño —dijo Rohan, clavando sus ojos en los de Savannah.

—¿Ah, sí?

Le había dado la respuesta, la que más deseaba, la que a él más le costaba dar. «Págame con la misma moneda, Savvy».

—Siempre.

Savannah lo dejó atrás y se adentró en lo desconocido.

—Pues, ya que estamos, hago esto, jugar al juego de la heredera de los Hawthorne, ganarlo a toda costa, por mi padre.

CAPÍTULO 48
LYRA

«Una respuesta correcta. Una nueva puerta». Lyra abandonó la cámara metálica y se adentró en un cuarto oscuro. Unas tiras de luz cobraron vida en los laterales, iluminando un espacio enmoquetado y sin ventanas, cuyas paredes estaban revestidas por un suntuoso tejido.

«Un teatro», comprendió Lyra. Había una gran pantalla de cine a la derecha, flanqueada por unas cortinas. Eran de un color dorado oscuro, mientras que el revestimiento de las paredes y el techo era de un intenso verde bosque. Lyra dio un paso adelante, dobló una esquina y empezó a bajar. El suelo tenía diferentes niveles; cuatro para ser exactos, y en ninguno de ellos había butacas.

La cámara metálica se cerró y, un instante después, un proyector antiguo se puso en marcha al fondo de la estancia. En la pantalla aparecieron los primeros fotogramas de una película y, después, un texto.

POR FAVOR, RODEAD CON UN CÍRCULO LA MEJOR RESPUESTA.

A Lyra apenas le dio tiempo de descifrar dichas palabras; la imagen cambió a lo que parecía un test de respuesta múltiple. No había ninguna pregunta, solo respuestas, y cada opción contenía cuatro símbolos.

Uno de ellos —la opción C— ya tenía un círculo. Lyra procuró memorizar los símbolos de la respuesta correcta dibujándolos en el aire con su dedo índice, grabándolos en su memoria.

$$A \otimes r \square$$

Las imágenes se convirtieron de repente en una película en blanco y negro. Un caballito mecedor de madera no dejaba de balancearse en una habitación vacía y, cuando la cámara hizo un barrido, reveló…

A un hombre sentado con los pies sobre el escritorio. Estaba fumando y su austera sombra se plasmaba en la pared a sus espaldas. «No es la misma película», advirtió Lyra. En la pantalla, el hombre dio una larga calada a su cigarrillo y, acto seguido, empezó a mover los labios.

No había sonido. Fuera lo que fuese lo que tenían que deducir, iban a tener que hacerlo sin la ayuda de los diálogos.

El hombre de la pantalla apagó el cigarrillo y la película saltó a una nueva escena. «Otra película». Esta era en color. Una mujer con un femenino pelo corto hablaba con un hombre con el cabello engominado. «Sin sonido». La mujer tenía una expresión altiva. El hombre la fulminó con la mirada cuando ella le arrancó el martini de la mano y se lo bebió de un trago. Se inclinó hacia delante y acercó sus labios a escasos centímetros de los de ella.

«El peligro del roce...». Lyra no soportaba tener esas palabras grabadas en la memoria. No soportaba que Grayson las hubiera visto. Apartó los ojos de la pantalla y miró a Odette. «A lo que sea, menos a Grayson».

Odette entornó ligeramente sus ojos color avellana, lo que obligó a Lyra a concentrarse de nuevo en la pantalla, y, justo entonces, las escenas empezaron a sucederse con mayor rapidez:

Cuatro forajidos largándose de una taberna vacía.

Un primer plano de la mano de una mujer, dejando caer un pendiente con un diamante en un fregadero.

Un hombre de traje blanco apuntando con una pistola.

A Lyra se le revolvió el estómago. Odiaba las pistolas. Las odiaba. Pero, desafortunadamente para ella, aquel montaje improvisado se recreó en esa escena. El hombre de la pistola apretó el gatillo.

«No es real». Lyra se quedó muy quieta, casi sin respirar. «Estoy bien. Ni siquiera hay sonido. No pasa nada».

Y, entonces, la cámara enfocó un cuerpo, un charco de sangre y una quietud poco natural, y ya nada estuvo bien. El recuerdo se apoderó de Lyra como si fuera un tiburón llevándose a su presa hacia lo más profundo del océano. Tiraba de ella hacia abajo. No había manera de combatir la resaca, no podía volver a la superficie.

—¿*Cómo empieza una apuesta? Así, no.*

Oye al hombre, pero no puede verlo. Hay silencio y, acto seguido..., *un disparo. Se lleva las manos a los oídos y aprieta tanto como puede.* *No va a llorar. No va a hacerlo. Ya es mayor.*

Tiene cuatro años. Los ha cumplido hoy. Hoy es su cumpleaños. *Otro disparo.*

Quiere correr. Pero no puede. Sus piernas no le responden. Es su cumpleaños. Por eso ha venido el hombre. Eso es lo que ha dicho. Le ha dicho a su profesora que había venido a recogerla porque era su cumpleaños. Le ha dicho que era su padre.

No tendrían que haber dejado que se la llevara. No tendría que haberse ido con él.

«Os parecéis mucho», han dicho.

Tendría que correr, pero no puede. ¿Qué sucede? Aparta las manos de los oídos. ¿Por qué no oye nada? ¿Va a volver el hombre?

La flor que le ha dado ahora está en el suelo. ¿Se le ha caído? Aún tiene el collar de caramelos aferrado a la mano y la goma elástica le aprieta, le hace daño.

Temblando, da un paso hacia las escaleras.

—Lyra. —Una voz familiar, tanto en el buen sentido como en el malo, la envolvió.

Pero ni siquiera esa voz consiguió devolverla a la realidad.

Sube las escaleras. Hay algo arriba. Pisa algo húmedo y caliente. No lleva zapatos. ¿Por qué no lleva zapatos?

¿Qué es lo que tiene en los pies?

Es rojo. Está muy caliente y es rojo y gotea por las escaleras.

—Mírame, Lyra.

Las paredes. También están rojas. Huellas de manos rojas, manchas rojas. Incluso hay un dibujo en la pared, una forma, como una herradura o un puente.

Se supone que no hay que dibujar en las paredes. No está bien.

Es muy rojo. Huele mal.

—Regresa a mí. Ahora. Mírame, Lyra.

Ha llegado al final de las escaleras y… el líquido rojo no viene de un sitio, sino de una persona. De su padre, que no es su padre. Es él. Piensa que es él, pero no se mueve, y tampoco tiene rostro.

Se ha volado el rostro.

No puede gritar. No puede moverse. El hombre no tiene rostro. Y su estómago...

Todo está rojo...

Unos dedos se abrieron paso entre el espeso cabello de Lyra hasta su cuello, piel contra piel, calor.

—Volverás a mí o te obligaré a hacerlo.

Lyra tomó aliento de repente y empezó a jadear. El mundo real se enfocó, empezando por Grayson Hawthorne. Todo lo que Lyra veía eran sus ojos serenos, las líneas de su rostro, los pómulos afilados, la mandíbula tallada en piedra.

Lo único que sentía era su mano en el cuello.

Tenía el resto del cuerpo entumecido. Un estremecimiento le recorrió los brazos y el torso. Las manos de Grayson se posaron en sus hombros y Lyra sintió su caricia en la zona de su piel que no cubría el vestido, tan cálida, tan constante, tan suave, tan sólida y presente.

—Te tengo, Lyra.

No se discutía con Grayson Hawthorne.

Se quedó mirándolo, respiró y olió su aroma. A cedro, hojas caídas y algo más tenue, algo agudo.

—El sueño siempre se detenía en el disparo —dijo, apenas en un susurro—. Pero acabo de recordar...

—Ahora cálmate, niña.

Era Odette.

—Vi su cuerpo. —Lyra no se había dado cuenta. Incluso en los sueños, su cerebro había seguido protegiéndola, todo ese tiempo—. Pisé su sangre. No tenía rostro.

Lo había visto en el flashback, igual que veía las cosas en sus sueños.

Grayson puso la mano derecha en su mentón.

—Estoy bien —soltó Lyra.

—No tienes por qué estarlo ahora. —Acarició ligeramente su mejilla con el pulgar—. Me he pasado toda la vida fingiendo estar bien cuando no lo estaba. Sé el precio que se paga. Todas las células de mi cuerpo saben que pasa factura. No vale la pena, Lyra.

Pronunció su nombre correctamente y Lyra sintió que le daba un vuelco el corazón. Se suponía que no debía entender a Grayson Hawthorne y, lo más importante, se suponía que él no debía entenderla a ella. Se había esforzado tanto... Llevaba años esforzándose. Por estar bien... Por ser normal. Convenciéndose de que era absurdo que un sueño, un recuerdo, la cambiara y la destrozara tan profundamente.

«No tienes por qué estarlo ahora».

—Hubo dos disparos. —Lyra no estaba bien, pero, al menos, su voz sonaba algo más serena—. Primero se disparó en el estómago. Dibujó algo en la pared con su propia sangre.

—Tu padre. —Odette no lo preguntaba—. El que hacía tratos con Tobias Hawthorne.

Al oír el apellido Hawthorne, Lyra se apartó de Grayson, de esa calidez en sus hombros, de la caricia en su mejilla. Las palabras de Odette le recordaron quién era Grayson Hawthorne y todas las razones por las que no debía acercarse a él.

De haber podido correr sin parar, lo habría hecho, pero estaba encerrada en aquella habitación y lo único que pudo hacer Lyra fue regresar al proyector. «Concéntrate en el juego».

—¿Qué estás haciendo? —preguntó Grayson en un tono demasiado dulce al que nadie le había dado derecho.

—Me he perdido el final de la película. La pondré de nuevo.

Lyra no sabía muy bien cómo rebobinar, pero vio dos teclas. Una tenía el triángulo de Play pintado justo debajo; lo habían añadido recientemente a aquel aparato antiguo. La otra tecla no estaba etiquetada.

Lyra pulsó esta última. La pared a su izquierda empezó a abrirse y las dos mitades se movieron en direcciones opuestas, deslizándose lentamente hasta desaparecer. Lyra contempló lo que había más allá y advirtió que la sala de teatro era mucho mucho más grande de lo que habían pensado en un principio... y que el espacio recién expuesto no estaba, ni mucho menos, vacío.

CAPÍTULO 49
GIGI

«**S**i en esta isla hay alguien más, aparte de los jugadores y de los creadores del juego…». La mente de Gigi regresó a los contenidos de la mochila que había encontrado.

—La navaja —dijo con cierta urgencia.

Si alguien había conseguido colar una navaja en la isla…

—Debo decírselo —soltó Gigi—. A Avery. A los Hawthorne.

Dio dos pasos hacia el botón de emergencia, pero Brady la interceptó. Al principio, no comprendió por qué la agarraba de los hombros, por qué la detenía.

—No puedes decírselo, Gigi.

Gigi clavó sus ojos en los de Brady.

—Tengo que hac…

—No le vas a decir una puta mierda a nadie, campanilla —bramó Knox.

Gigi frunció el ceño.

—¿Campanilla?

Sin duda no era lo más importante, pero pese a ello…

—Apodos —dijo Knox, en un tono casi a la defensiva—. Dijiste que no era muy bueno. —Frunciendo el ceño, retomó el tema—. Si aprietas ese botón, si se lo cuentas todo a los creadores del juego, ¿qué crees que pasará? ¿Qué ocurrirá con la segunda edición del Gran Juego?

Se suponía que el juego era divertido. Se suponía que sus enigmas eran alucinantes y asombrosos, un desafío total. Se suponía que era seguro.

—No lo suspenderán —dijo Gigi.

—¿Estás segura? —Knox gesticuló con la cabeza hacia Brady—. Porque su madre es la mujer más buena que he conocido y no todos tenemos un fondo fiduciario a nuestra disposición.

Eso dolió, pero era cierto. Gigi bajó la mirada.

—Puedo ayudar. Ya le dije a Brady que…

Brady cogió la espada con la mano izquierda y, con la derecha, agarró el mentón de Gigi, obligándola a mirarlo.

—La mejor manera de ayudar es no decir nada —susurró—. Knox tiene razón. No podemos arriesgarnos a que suspendan el juego. Si en esta isla hay alguien que no debería estar aquí, no creo que se acerque a la casa, a menos que quiera que lo descubran. Además… —Brady desvió la mirada hacia Knox—, si un patrocinador ha entrado en el juego, lo ha hecho con el objetivo de ganar una apuesta contra un puñado de gente forrada con todo el tiempo del mundo y no para ir a por alguien.

—Pero ¿y la navaja? —dijo Gigi.

—La tienes tú —concluyó Brady, clavando sus ojos en los de Gigi.

Brady la miró con tal honestidad, con tal pureza, que Gigi no pudo evitar pensar en que lo que le hacía feliz era el perro de su madre.

«Y también lo hace feliz su madre». El juego tenía que continuar.

Por la mañana, una vez que su equipo llegara al muelle y pasara a la siguiente fase, ya encontraría la forma de hablar con Avery, cara a cara, de verdad. Se lo contaría todo y se aseguraría de que se comprometiera a cuidar de la madre de Brady de una forma u otra. Pero de momento…

Gigi haría lo que había venido a hacer. Jugar.

—Se me ha ocurrido algo. —Gigi se apartó de Brady—. Sobre el acertijo. Una azucena blanca que gira y gira sin parar y que va sobre algo puede ser la luna.

Brady se volvió hacia la pared.

—La luna.

—Un momento —exclamó Knox, extendiendo una mano—. ¿Dónde está el micro?

—¿El micro? —preguntó Gigi con aire inocente.

—¿Qué has hecho con él? —insistió Knox, escudriñando sus manos.

—Me lo metí en el escote, junto al rotulador. —Gigi se encogió de hombros—. En realidad, no tengo escote, pero es un término bastante preciso para su ubicación.

Knox se masajeó la frente y esbozó una sonrisa, enseñando los dientes.

—Alguien podría estar escuchándonos ahora mismo.

Gigi volvió a encogerse de hombros.

—Puede ser, pero, aun así, el micrófono está en mi escote y apuesto a que ninguno de los dos va a ir a por él.

Brady ladeó la cabeza.

—No lo hagas —le advirtió Knox. Acto seguido, adoptó lo que creía que era un tono agradable y le dijo a Gigi—: ¿Y por qué quieres que sigan escuchando? ¿Por qué no aplastar esa cosa y acabar con el tema?

«Porque, si está entero, quizá Xander pueda rastrear de dónde procede».

—Porque no creo que este collar fuera para mí.

Nada más pronunciarlas, Gigi se dio cuenta de que esas palabras eran, con toda probabilidad, ciertas.

—Y es evidente que la parte o partes malvadas esperan que lo destruya. Y yo, como optimista que soy, discrepo; así que no voy a hacerlo.

Brady reflexionó sobre lo que acababa de decir. Cruzó los brazos sobre el pecho, la miró como si fuera un libro raro y aceptó aquello que veía, fuera lo que fuese, con un sutil asentimiento.

—Estáis de broma —murmuró Knox.

—Una azucena blanca que gira y gira sin parar y que va encima de algo puede ser la luna —dijo Brady, repitiendo lo que había dicho Gigi un momento atrás.

—¿Vamos renglón por renglón? —sugirió Gigi, volviendo a la adivinanza en la pared—. «Antes de la vieja voy».

—«En el centro también estoy» —dijo Knox a regañadientes.

Brady fue el siguiente.

—«No me quejo ni soy mala».

—«Tras de mí todos van» —dijo Gigi.

—Mirad cómo empiezan algunas de esas frases. —Brady apoyó la palma de la mano en la pared, junto al primer renglón del acertijo—. «Antes». —Brady desplazó la mano hasta el renglón siguiente y leyó—: «En el centro». —A continuación, la llevó al último y añadió—: Y «tras».

Gigi siguió escaneando.

—Antes de algo, tras de algo, en el centro de algo.

—Antes, detrás… —Knox maldijo en voz baja—. Estamos buscando una palabra.

—Una que puede ir delante de «vieja» —dijo Gigi—. Y detrás de «tras». Que lleve encima una cosa blanca que gira sin parar.

Ya lo tenían.

—Tenías razón, chavala —le dijo Knox a Gigi—. No me quejo ni soy mala es «buena».

—Y en el centro —contestó Gigi, sonriendo tanto que le dolían las mejillas— es en «medio».

Vieja.

Media.

Buena.

Luna.

Tras.

Brady apoyó una mano en el hombro de Gigi y esbozó una sonrisa. Y no se trataba de una sonrisa tímida. Ni sutil. Fue una de esas que hacen temblar la tierra, una de esas que quitan el aliento.

—Has descifrado la adivinanza, así que tú decides —dijo Brady.

Una oleada de energía recorrió el cuerpo de Gigi como si fuera un tsunami, o una docena de ellos.

Quizá fuera por haber resuelto el acertijo. Quizá había sido esa sonrisa. En cualquier caso, se dirigió casi bailando hacia la cabina telefónica.

A sus espaldas, oyó que Knox decía en voz baja:

—¿Qué demonios estás haciendo, Daniels?

La respuesta de Brady no fue tan silenciosa.

—Ser humano. Deberías probarlo.

Gigi levantó el auricular del teléfono público.

—La respuesta es «noche».

CAPÍTULO 50
ROHAN

«Hago esto, jugar al juego de la heredera de los Hawthorne, ganarlo a toda costa, por mi padre». Rohan se permitió entrar un momento en su laberinto mientras penetraba en la oscuridad al otro lado del umbral.

Por lo que sabía, el padre de Savannah, Sheffield Grayson, había desaparecido de la faz de la tierra tres años atrás, inmediatamente después de convertirse en objetivo de las investigaciones del FBI y del IRS, la agencia del Tesoro de los Estados Unidos. Rohan había catalogado al hombre de cobarde, uno que, con total imprudencia, había pegado fuego a su vida de oro y había dejado que su esposa y sus hijas se encargaran de apagar el incendio solas.

Pero, pese a ello…, Savannah jugaba por su padre.

«No me parece que seas de las que perdonan, Savvy. En eso nos parecemos». Ese pensamiento sacó a Rohan del laberinto, justo en el preciso momento en que el acceso a la cámara metálica se cerraba a sus espaldas.

Tres antorchas se encendieron en las esquinas de una estancia triangular de dimensiones razonables, con las paredes cubiertas de estanterías del suelo al techo. Savannah avanzó y pasó la mano sobre la llama de la antorcha más cercana. Sin miedo.

—Es fuego de verdad —informó.

Rohan examinó el contenido de las estanterías a su alrededor. Juegos de mesa. Cientos. En el centro de la habitación había una superficie rebajada aproximadamente un metro del resto del suelo. Justo en medio, vio una mesa redonda de caoba.

—No hay instrucciones. —Savannah también había estado investigando—. Cero teléfonos para hacer llamadas. Cero pantallas en las que escribir las respuestas.

Lo único que tenían era la habitación. Rohan recurrió a su mapa mental de la casa. Habían descendido dos tramos de escaleras para llegar a la cámara metálica, lo que los situaba en el nivel inferior, el nivel que no parecía ser otra cosa aparte de paredes.

—Seguro que una de las estanterías esconde una puerta secreta.

Rohan las revisó en busca de hendiduras, pero fue en vano. A continuación, probó a empujar o a tirar de cada una de ellas y tampoco obtuvo resultado alguno.

Mientras Savannah inspeccionaba por su cuenta, Rohan, con un silencioso salto, entró en el área rebajada del suelo. Requería cierta destreza moverse sigilosa y rápidamente, no estar donde la gente creía que estabas, cultivar en el rival la idea, en un plano subconsciente y puro, de que las leyes de la física no se aplicaban en tu caso.

Pero cuando Savannah se volvió hacia el centro de la estancia, cuando detectó su nueva ubicación, ni siquiera pestañeó.

Saltó para unirse a él. Al aterrizar, apreció una ligera tensión en su ceño.

«La rodilla».

—¿Ligamentos? —preguntó Rohan.

Savannah lo miró de reojo.

—¿Trauma por abandono infantil? —contraatacó, utilizando su mismo tono—. ¿O prefieres que mantengamos nuestras cicatrices en secreto?

—No te guardas ningún puñetazo, ¿verdad, Savvy?

—¿Esperarías que lo hiciera si fuera hombre? —Savannah acarició la superficie de caoba—. Aquí hay una veta.

Rohan se arrodilló y miró debajo de la mesa.

—No hay botones ni mecanismos —informó, regresando a su anterior posición—. Puede que haya algo escondido debajo de la superficie de la mesa, pero tendremos que hallar la manera de desbloquearlo. Y lo mismo con las estanterías. Al menos, una de ellas, según sospecho, esa de ahí, se abrirá si damos con el mecanismo.

—Resuelve el acertijo. Abre la puerta —dijo Savannah con serenidad.

—Más acertijos, más puertas —murmuró Rohan—. Lo que deja en nuestras manos el problema de encontrar el acertijo o, al menos, una pista.

—Los juegos.

Savannah salió disparada hacia ellos.

—¿Y empezar con los nombres en las cajas? —sugirió Rohan—. ¿Ver si algo salta a la vista? Perdona, pero, como dice el dicho, es como buscar una aguja en un pajar.

—Bien, pues, si no obtenemos nada con eso, abriremos las cajas —respondió Savannah.

Rohan advirtió que no había perdido ni un ápice de la intensidad que la rodeaba, de su penetrante aura. Sintió de nuevo la llamada del laberinto, de pasillos que cambiaban de lugar y de conexiones aún por hacer.

Savannah estaba jugando por su padre.

—Empezaré por esa pared —dijo al salir de la zona rebajada—. Tú puedes empezar por aquella.

—Nos encontramos en el centro —replicó Rohan.

Savannah lo miró por encima del hombro, casi como si le lanzara una granada de mano.

—Eso será si puedes seguirme el ritmo.

CAPÍTULO 51
LYRA

Lyra contempló el ahora enorme teatro y los montones de bobinas cinematográficas que llenaban la recién revelada sección. Había cientos, quizá incluso un millar, en unas latas metálicas que se apilaban, formando unas columnas de casi dos metros de altura, una detrás de otra.

Grayson, espada en mano, se paseaba por la habitación, evaluando la gran cantidad de películas que había ante él. Lyra reprimió el impulso de seguirlo. No necesitaba estar cerca de Grayson Hawthorne. Estaba bien.

«No tienes por qué estarlo ahora». Lyra no quería admitirlo, ni siquiera a sí misma, pero las palabras de Grayson le habían llegado al alma. «Me he pasado la vida fingiendo estar bien cuando no lo estaba».

Cada vez que Grayson se exponía, cada vez que le mostraba alguna debilidad, a Lyra se le hacía más difícil considerarlo un Hawthorne arrogante y frío que estaba por encima de todo, en definitiva, un imbécil. En cada una de esas ocasiones, Lyra intuía un poco más a la persona que había visto con dieciséis años en aquella entrevista junto a Avery Grambs.

A veces, Lyra casi oía a la heredera enmascarada diciéndole que, en los juegos que más importaban, la única manera de jugar de verdad era viviendo.

Con un picor en la garganta, Lyra extendió el brazo hacia una de las bobinas que había en la pila más cercana. En la tapa advirtió algo dorado: una forma.

—Has encontrado algo.

Odette no lo preguntaba.

—Un triángulo.

Lyra recordó los símbolos que habían aparecido al principio del montaje. No había ningún triángulo, no en la respuesta rodeada con un círculo. Tomó una segunda lata y encontró otro triángulo, y otro, con lo que probó en otra pila. Más de lo mismo. Fue sacando latas y, al llegar a las últimas de la pila, encontró una con un símbolo diferente.

—Mira. —Lyra sostuvo la bobina ante Odette, aunque desvió inconscientemente la mirada hacia Grayson—. En esta hay una X. —Lyra fue bajando por las pilas y cogió dos latas más—. Una E —apuntó—. Y… ¿una E, pero diferente?

Silencioso y rápido como una sombra, Grayson apareció tras ella.

—No es una E. Es la letra griega sigma. —Ladeó ligeramente la cabeza—. Lo que significa que las tres anteriores no son una E, una X y un triángulo, sino la épsilon, la ji y la delta.

Lyra reflexionó unos instantes.

—¿Alguien en la sala sabe griego?

—¿Crees que las letras forman una palabra? —dijo Odette, con una voz extrañamente apagada.

—No si aparecen en todas las latas —declaró Grayson—. Hay demasiadas…

—… combinaciones posibles. —Lyra terminó la frase.

Igual que con las fichas del *Scrabble* y los imanes.

—Sí.

Lyra no se había dado cuenta de que Grayson Hawthorne era capaz de decir «sí» de la misma manera que decía «no».

—Sería imposible darles un significado —continuó diciendo Grayson—, incluso para alguien familiarizado con el griego.

—En otras palabras —lo interrumpió Lyra, en un tono seco—, sí, sabes griego.

Grayson alzó una mano.

—¿Me permites?

Ya se lo había preguntado tres veces. El baile. La espada. Y ahora. Lyra le tendió la lata con la letra sigma.

Gryson la abrió y examinó el contenido.

—Hay algo escrito en la parte trasera de la tapa.

Con solo oírlo hablar, Lyra recordó esa voz que había perforado la oscuridad. «Regresa a mí».

Apretando la mandíbula, Lyra se concentró en abrir latas, una tras otra. En el interior de cada una de ellas encontró un rollo de película y, en la parte trasera de cada tapa, un número de cuatro cifras: 1972. 1984. 1966.

—¿Años? —sugirió Lyra.

—Una justa apreciación. —Al parecer, aquello era un gran elogio para su alteza—. Pero recordad que los juegos Hawthorne están llenos de fragmentos de información diseñada para hacernos perder el tiempo y no llegar a nada —continuó Grayson—. Yo propondría que, antes de malgastar el nuestro descifrando lo que pone en las latas, hagamos un registro rudimentario de todas ellas para asegurarnos de que ninguna contiene nada… adicional.

—Es decir, las abrimos todas —resumió Odette—. Y, si no hay nada destacable, nos fijamos en las letras y las cifras.

—El código —dijo Lyra.

—El código —confirmó Grayson—. Y la clave.

Lyra lo entendió casi al momento.

—Los símbolos. Los de la película.

Recordando la secuencia, la dibujó en el aire:

$$\mathrm{A} \oplus \mathrm{r} \; \square$$

—Al final había otra serie de símbolos —le dijo Odette—. Cuando aparecieron en la pantalla tenías…, bueno, digamos que tenías otras cosas en la cabeza.

«Tenías otras cosas en la cabeza». Lyra se negó a pensar en el flashback. Junto a ella, Grayson se arrodilló, con las solapas de la chaqueta de su traje negro cayendo por encima de los muslos, y depositó la espada en el suelo.

—Volveremos a ver la película —dijo Lyra, permitiéndose admirar la silueta de Grayson, anclándose al presente—. Justo después de examinar las latas.

—Sí.

«Grayson Hawthorne y sus síes».

Dividieron la habitación en secciones, y cada uno de ellos eligió una. Con el tiempo en contra, Lyra se apresuró a revisar pila tras pila. Letra griega en el exterior. Año y rollo de película en el interior. Nada más. Una hora más tarde, Lyra ya había inspeccionado casi toda su zona de trabajo.

En el instante en que vio el símbolo de la lata, se quedó sin aliento. «Ese símbolo…». La letra griega de la lata que acababa de coger tenía la forma de una herradura. O de un puente.

Lyra ahogó un grito y sintió que el aire le quemaba los pulmones y que el corazón le latía en los oídos, amortiguando el resto de los sonios en la estancia.

Se le enfriaron las manos. El rostro le ardía. Luchar contra el flashback era como ir a contracorriente. Podía sentir cómo tiraba de ella hacia abajo.

«Sangre». Podía sentirla, caliente y pegajosa en sus pies.

Sin previo aviso, Grayson llegó.

—Te quedarás conmigo —le susurró—, justo aquí, Lyra. Justo ahora.

Sus manos. Su rostro. El pasado la soltó, solo un poco.

—Cuando tenía siete años —dijo Grayson con el mismo tono de voz calmado, y sereno—, una vez me quedé encerrado en el interior de un estuche de violonchelo durante seis horas junto a una espada, un arco y una gatita revoltosa.

Eso era lo suficientemente ridículo (inesperadamente ridículo) como para devolverla al presente por completo. Aquí. Ahora.

Con él.

Grayson se inclinó para bloquear la visión de todo lo que había a su alrededor.

—Mírame, querida.

Lyra obedeció.

—¿Una gatita? —consiguió decir.

—Creo que una calicó.

En el interior de Lyra, las esclusas se rompieron.

—Este símbolo —masculló. Cada vez que inhalaba, sentía como si unas esquirlas de cristal se le clavaran en los pulmones—. Mi padre biológico dibujó ese símbolo en la pared con su propia sangre la noche en que se suicidó.

Las manos de Grayson, que le envolvían el rostro, cálidas y seguras, se desplazaron a su nuca mientras seguía la mirada de Lyra, clavada en la letra griega en cuestión. Lyra esperaba que dijera el nombre de la letra, pero no lo hizo.

—¿Cómo empieza una apuesta? —canturreó Grayson en voz baja, provocando que Lyra se estremeciera de la cabeza a los pies—. Una apuesta —repitió.

—¿Grayson?

Lyra lo pronunció como si estuviera rezando.

—Lyra... —Grayson la miró—. ¿En qué idioma hablaba tu padre?

La pregunta dejó a Lyra sin aliento.

—¿Hablaba en inglés? —insistió Grayson.

Lyra reflexionó unos segundos.

—No lo... Yo... Yo tenía cuatro años. No lo... —balbuceó—. ¿Por qué?

—Una apuesta. En inglés es *a bet*. No era una adivinanza —aseguró Grayson—. Es un juego de palabras. Un mensaje en clave. En realidad, lo que parecen dos palabras en realidad es solo una a la que le falta la sílaba central.

A bet.

—Mi abuelo lo utilizó una vez en uno de sus juegos —continuó Grayson, proyectando la voz de tal modo que casi se había vuelto palpable—. Nos hacía buscar códigos y no era la primera vez que utilizaba ese truco, así que, al final, lo desciframos... o, mejor dicho, Jamie lo descifró.

Una oleada de intensidad pareció invadir a Grayson, aunque Lyra apenas lo sintió. «Un juego de palabras. Un mensaje en clave. *A bet*». ¿Qué sílaba faltaba para formar una única palabra?

—*A bet.* —Lyra oyó su propia voz resonar en sus oídos—. *Alphabet.* Alfabeto. ¿Cómo empieza el alfabeto?

—Así no —murmuró Grayson. El espacio que había habido entre ellos desapareció—. No con la A... o, en el caso del alfabeto griego, no con la alfa.

—No por el principio, sino por el final —dijo Odette, con una voz que parecía venir de una distancia lejana.

«Por la última letra». Lyra ni siquiera se dio cuenta de que había agarrado a Grayson, pero, de repente, se aferraba a su brazo. Con la mano todavía sosteniéndole la nuca, Grayson inclinó su cabeza hacia la de Lyra hasta que sus frentes se rozaron.

Sabía lo que aquello significaba para ella. Lo sabía y, por cómo la miraba, Lyra podría haber jurado que también significaba algo para él.

Odette fue la que pronunció la palabra y su voz atravesó el aire como si se tratara de una bala.

—Omega.

CAPÍTULO 52
GIGI

Gigi pasó de la cámara metálica a una estrecha escalera de madera que se adentraba en la oscuridad. Nada más pisar el primer peldaño, este se encendió, proyectando un débil resplandor que no iluminaba nada de lo que había más arriba. Gigi casi confiaba en que Knox la adelantara de malos modos, pero no lo hizo, así que encabezó la comitiva, peldaño tras peldaño, luz tras luz, hasta que llegó a la parte más alta de las escaleras y a una sencilla puerta de madera cuyo único adorno eran tres palabras grabadas toscamente en ella.

AQUÍ HAY DRAGONES.

Gigi recorrió las palabras con los dedos y sus pensamientos vagaron hacia el potencial dragón que había en la isla, la persona que había utilizado ese traje de neopreno, el que había introducido una navaja y un dispositivo de escucha en el juego.

«La persona que podría estar escuchándonos ahora mismo». Gigi alejó aquella idea y extendió la mano hacia el picaporte, el cual se movió sin dificultad. Empujó la puerta y entró... en una biblioteca.

Brady y Knox la siguieron mientras ella giraba sobre sí misma, examinando la estancia circular. Brady se dirigió hacia una estantería en particular.

—En el pasado, la escalera de caracol conducía hasta esta sala —comentó.

A sus espaldas, la puerta «Aquí hay dragones» se cerró de golpe. Como un aparato de relojería, una estantería curvada descendió del techo y la bloqueó. Los tres se encontraron completamente rodeados de unas estanterías de cuatro metros y medio de altura. Gigi miró hacia arriba. En plena noche, el vitral que había sobre sus cabezas no debería haber proyectado ningún color en el suelo, pero, como si de un auténtico arcoíris se tratara, una multitud de colores bailaba sobre los tablones de madera.

«Debe de haber una fuente de luz». Gigi atravesó las luces de colores examinando el dibujo que proyectaban. Junto a ella, Knox recorría las estanterías inspeccionando con atención su contenido.

—¿Lógica de juego de escape? —sugirió Brady, mientras depositaba la espada y regresaba para examinar la estantería que acababa de bloquear la puerta—. Si no hay instrucciones, está en nuestras manos encontrar las pistas.

—Registrad las estanterías —ordenó Knox.

Gigi cogió un libro.

—Las estanterías, señorita Alegre. —Knox lo remarcó con las cejas—. No los libros. Esos están ahí para que perdamos el tiempo. Buscad teclas o botones, cualquier cosa que pueda activar un mecanismo.

—¿Señorita Alegre? —repitió Gigi. Fue hacia Knox y le dio una palmada en el hombro—. Yo a eso lo llamo una mejora en lo que respecta a los apodos.

—Cierra la boca —gruñó Knox.

Sin mirarla, se encaminó hacia las estanterías situadas al otro lado de la estancia.

Brady los observó con incredulidad.

—Es pan comido —dijo Gigi.

Brady bajó la voz.

—Ya te he dicho que…

«Que Knox podía ser peligroso. Que la oscuridad siempre lo acecha. Que no se rige por los mismos valores éticos o morales que tú o que yo».

—Ya sé lo que me dijiste —respondió Gigi amablemente—. No te he hecho caso.

Acarició la madera de la estantería que tenía más cerca, sintiendo las líneas que conformaban la moldura, inspeccionando la parte inferior de cada tablón, y, acto seguido, empezó a levantar los libros para examinar lo que había debajo.

Tras un momento, Brady abordó la siguiente estantería. Cuanto más cerca lo tenía, más se descubría Gigi recordando la manera en que había acariciado su abdomen horas atrás. Pensó en el hecho de que a su cerebro le encantaran las cosas «intensas».

Pensó en su sonrisa.

Y, entonces, pensó en la mordaz acusación que Knox le había lanzado a Brady: «Contigo todo tiene que ver con Calla». Brady había insistido en que esta vez no tenía nada que ver con ella. Y cuando Knox había advertido la sonrisa que había esbozado hacia ella, cuando le había preguntado que qué demonios estaba haciendo, la respuesta de Brady había sido «ser humano».

Superconsciente de cada centímetro de su piel, Gigi se permitió hacer caso omiso a la orden de Knox de revisar solo las estanterías. Pasó los dedos por los lomos de las filas de libros y, después, miró de reojo a Brady.

Se había encaramado a una estantería y se mantenía en equilibrio en el borde, a más de un metro y medio del suelo, con los brazos extendidos por encima de la cabeza y su cuerpo (los brazos, las piernas y el torso) formando una equis.

—Qué equilibrio —soltó Gigi.

—Es algo que me dicen a menudo —dijo Brady con aire serio.

Gigi tardó un segundo en comprender que estaba bromeando.

—No, en serio —murmuró Brady—. Me paso mucho tiempo en las estanterías de la biblioteca de la universidad.

—¿Y también te encaramas a ellas? —preguntó Gigi, riendo entre dientes—. ¿Es eso lo que enseñan en los doctorados de Antropología Cultural?

—Probablemente no.

Las comisuras de los académicos labios de Brady se alzaron divertidas.

Gigi no pudo evitar mirarlo, sus labios, todo él. «No aprendiste ese equilibrio en la universidad».

—Entrenamiento —dijo Gigi en voz baja para que Knox no la oyera—. De todo tipo. Eso es lo que has dicho antes, cuando estábamos hablando de la excelencia de Knox en parkour, pero no solo te referías a Knox, ¿verdad? —Recordó cómo Brady le había plantado cara durante la pelea—. Entrenamiento… ¿con Severin? —Era un salto al vacío, pero Gigi era una experta en mirar después de saltar. Y, por si acaso, saltó de nuevo—. Y con Calla.

La chica de la maltrecha fotografía que llevaba Brady en el bolsillo, la de los ojos de distinto color, sostenía un arco.

Brady parpadeó un par de veces y miró a Gigi como si esta se estuviera transformando poco a poco en un alce, lo que era una reacción habitual cuando Gigi se lanzaba y saltaba al vacío sin mirar.

—¿Brady?

Gigi se preguntó si no estaría presionándolo demasiado.

—¿Recuerdas ese niño al que Knox apalizó por mí? —Brady bajó de un salto de la estantería—. Tenía hermanos. Un día, los cuatro se nos echaron encima en el bosque.

—Tenías seis años —exclamó Gigi aún en voz baja, escandalizada.

—Seis y medio, de hecho —respondió Brady, también en un susurro—. Knox tenía diez años y Severin, un antiguo agente de operaciones encubiertas experto en supervivencia, sesenta y dos. Vivía fuera del sistema, en los pantanos. Jamás supe qué hacía en el bosque aquel día, pero allí estaba. —Brady hizo una pausa—. Severin vio lo que pasaba y lo detuvo. Y después se pasó los siguientes diez años enseñándonos a Knox y a mí a hacer lo mismo. A detener aquello y a aquellos que había que detener. A sobrevivir.

—¿Y Calla? —dijo Gigi.

—Calla… —Brady pronunció el nombre lentamente—. Era la sobrina nieta de Severin. Su familia lo había repudiado décadas atrás, pero, con doce años, Calla lo buscó y lo encontró. Siempre se escapaba a los pantanos para entrenar con Knox y conmigo. —Brady tragó saliva y la nuez en su cuello subió y, acto seguido, bajó—. Nadie tiraba con arco como Calla.

Gigi pensó de nuevo en la fotografía. Vacilante, posó su mano de forma ligera en el hombro de Brady.

—¿Qué le ocurrió?

Brady le cogió la mano y se la apretó. Gigi le devolvió el apretón.

—La secuestraron —confesó Brady con voz grave—. Alguien se la llevó. Yo tenía quince años. Calla, diecisiete. Knox acababa de cumplir diecinueve. Los dos llevaban saliendo casi un año por aquel entonces. —Brady hizo una pequeña pausa y tomó aliento—. La familia de Calla descubrió su relación, lo de Severin, lo que hacíamos en los pantanos, todo. —Brady soltó la mano de Gigi—. Y nunca más supimos de ella.

—Lo siento mucho —dijo Gigi.

Brady negó con la cabeza, apretando la mandíbula.

—A Calla le faltaban dos semanas para cumplir dieciocho años. Podría haberse marchado de casa, podría haber mandado a todo el mundo al infierno, pero los Thorp no iban a permitir que eso ocurriera. Aunque consiguieron quitarse a la policía de encima, Orion Thorp me lo dejó claro: la tenían ellos.

—¿Orion Thorp? —El miedo seccionó a Gigi como si un carámbano le cortara las entrañas—. ¿El patrocinador de Knox?

Brady no respondió.

—El apellido de Calla —respondió, con la voz cargada de tensión de nuevo— es Thorp. Orion es su padre.

Apartando la mirada, Brady regresó a las estanterías y se agachó.

Pero siguió hablando.

—El año pasado, Knox se presentó sin previo aviso en mi casa. Llevábamos años sin vernos. Desde… Calla. Knox estaba decidido a participar en el Gran Juego y quería un compañero. Supongo que una parte de mí deseaba que ambos fuéramos un equipo de nuevo, así que…

Brady había dicho «ambos» del mismo modo que Knox.

—El juego del año pasado consistía en una carrera —continuó Brady—. Una pista tras otra. Al principio, esas pistas eran virtuales, pero, al final, se prolongaron al mundo real y la carrera se convirtió en una competición física, una por todo el mundo. Los creadores del juego proporcionaban medios de transporte, pero solo para los primeros jugadores o equipos que llegaran a una pista en concreto. Knox y yo íbamos en cabeza. Sin embargo, en la penúltima pista, perdimos la posición y la oportunidad del transporte. Eso nos dejaba fuera de la competición. —Brady hizo una pausa—. Entonces el padre de Calla contactó con Knox.

—Orion Thorp —susurró Gigi.

«El patrocinador de Knox».

—Knox sabe cómo es la familia de Calla. Incluso antes de desaparecer, Calla no los soportaba. Knox lo sabe tan bien como yo: si Calla aún está viva, la tienen ellos y, si no lo está, ellos son los responsables. —Brady respiraba de forma audible ahora—. Y, pese a saberlo, Knox me vendió a Orion Thorp a cambio de un viaje en jet privado. —Apretó la mandíbula—. Quedó segundo.

—Mirad. —La voz de Knox cortó el aire que los separaba.

—Parece que ha encontrado algo. —Brady seguía hablando en voz baja—. Ve tú, yo iré en un minuto.

—¿Estás…? —empezó a decir Gigi.

—Seguro —dijo Brady.

Mientras cruzaba la estancia, Gigi pensó en la primera respuesta de Knox al preguntarle qué le hacía feliz: «El dinero». Nunca había tratado de ocultar lo que era.

—Mirad —volvió a decir Knox, en esta ocasión con más impaciencia.

Había sacado todos los libros de una estantería y señalaba hacia un panel de madera con un hueco en el que había una lupa ornamentada. El mango estaba incrustado con joyas y presentaba elaborados detalles en plata y oro. Una hilera de pequeños diamantes marcaba el punto donde el mango se encontraba con el pie.

Gigi vio cómo Knox sacaba la lupa del hueco, como si fuera la espada de la roca. Se oyó un clic y las tablas del suelo en el centro de la habitación comenzaron a moverse. Una zona se dividió en dos y, desde las profundidades, algo emergió…, una nueva sección de suelo que, encajando a la perfección con otro clic, sustituyó el anterior.

Encima del nuevo suelo había una casa de muñecas.

Aunque en lo único que Gigi podía pensar era en que Knox nunca había negado que Orion Thorp siguiera siendo su patrocinador.

CAPÍTULO 53
ROHAN

Rohan y Savannah se encontraron en medio, justo en la última estantería que quedaba por revisar. Ella se encaramó a la parte superior. Él se acuclilló, pasando los dedos por las cajas y leyendo el nombre de los juegos en cada una de ellas.

—«Camelot» —leyó Savannah en voz alta.

—Un rey y sus caballeros —murmuró Rohan—. Espadas y una corona.

De repente, lo sintió. En ese lugar de su mente donde residían los misterios a la espera de ser clasificados, algo cobraba sentido.

—¿Y si no nos han dado instrucciones para esta sala, para este acertijo, porque ya las hemos recibido? —preguntó de repente—. «Para cada equipo, un reto…».

—«Una corona, un cetro, un trono desierto».

Savannah lo comprendió de inmediato.

Rohan retrocedió y empezó a sacar cajas de las estanterías.

—Reinos. Dominios.

En menos de un minuto, Savannah había sacado cinco juegos más. Rohan añadió su propia pila a la que ella había formado en el suelo y, acto seguido, se reencontraron en medio de nuevo. Ella se encargó de la parte superior; él, de la inferior.

—*Mente maestra*. Apropiado, pero no —anunció Savannah enérgicamente—. *Batalla naval*, no. *Risk*, no. ¿*Titan*?

—Sácalo —dijo Rohan.

Él subió un estante.

Ella bajó uno y sacó *Candy Land*.

—Sale un rey —señaló.

—Nunca he jugado —dijo Rohan.

Durante su niñez en el Piedad del Diablo, solo había jugado a la clase de juegos en los que se apostaba fuerte, a los que se jugaba en las mesas, a los que se jugaba para sobrevivir.

Rohan pasó al último estante.

—*Medici*.

—¿Y por qué no lo llamaron *Poderes dinásticos* y ya está? —replicó Savannah.

«Se acerca bastante», pensó Rohan. Añadió el juego a la pila y continuó buscando. Frunció el ceño.

—En uno salen… burritos y tacos —rio Savannah.

El silencio se cernió de nuevo entre ellos, pero entonces…

—Rohan.

Savannah no solía llamarlo por su nombre, pero, cuando lo hacía, valía la pena.

Rohan se acercó rápidamente. Hombro con hombro, observó el juego que sostenía. La caja era negra con letras doradas.

Una aguja en un pajar.

Debajo del título, había un símbolo: un diamante. Rohan recordó la primera prueba, el marcador. Su equipo era el diamante.

—La tipografía es igual que la de las cartas doradas —murmuró Savannah—. Este juego no existe. Lo han confeccionado ellos.

Con «ellos» se refería a los creadores del juego: Avery, Jameson y el resto.

—Ábrelo —ordenó Rohan, saltando hacia la zona rebajada en la que estaba la mesa—. Despliega el tablero.

Savannah aterrizó junto a él y, esta vez, su rostro no mostró ni un ápice de dolor, tanto si lo había sentido como si no. Depositó la caja sobre la mesa y la abrió. Rohan pasó la mano por la tapa, luego hizo lo mismo por los costados y, después, giró la tapa y la caja.

—A fondo —dijo Savannah, y algo en la manera de pronunciar aquellas palabras hizo que Rohan deseara que las repitiera.

Una sensación peligrosa.

Se centró en los contenidos de la caja. «Dos barajas de cartas blancas —contó—, un tablero blanco doblado por la mitad y ocho fichas metálicas». Savannah cogió una de ellas: una corona, una de las cinco que había, y, por lo que pudo comprobar, cada una de ellas era diferente.

—Cinco coronas.

La mente de Savannah funcionaba en tándem con la suya. Rohan inspeccionó la ficha que había cogido. Los detalles eran exquisitos. Unas diminutas perlas se alineaban en la base de la corona y acentuaban cada una de sus puntas, afiladas como un cuchillo.

Rohan tomó una ficha. La más grande de las coronas parecía sacada directamente de un oscuro cuento de hadas, con algo parecido a astas y espinas grabadas en el metal. Las tres coronas restantes eran más sencillas: una de bronce, otra de plata y otra de oro. Eso dejaba tres fichas más. Una rueca. Un arco y una flecha. Un corazón.

Mientras Rohan reflexionaba, Savannah cogió la caja, sacó el tablero y lo desplegó con cuidado sobre la mesa. El diseño era simple: unas casillas cuadradas recorrían todo el perímetro y unos rectángulos en el centro indicaban el lugar destinado a las cartas.

Savannah colocó las dos barajas en su lugar, y su ficha, en la casilla marcada como SALIDA. Con la caja vacía, Rohan pudo ver las reglas de juego, o más bien la regla, en singular, escrita en su interior.

Lo único que decía era TIRAD LOS DADOS.

—No hay dados —apuntó Savannah.

—¿Ah, no? —replicó Rohan.

Por debajo de la mesa, introdujo la mano en la chaqueta de su esmoquin y, acto seguido, colocó el puño cerrado hacia arriba sobre el tablero y abrió los dedos como si fueran los pétalos de una flor. En el centro de la palma de su mano había un par de dados rojos.

—Los he encontrado antes en mi habitación —dijo Rohan—. Cuando los cogí, apareció una pantalla, pero no creo que sean su única utilidad en el juego.

Savannah se llevó la mano hacia la trenza, gruesa y rubia, y sacó su propio par de dados.

—Exactamente igual. —Sus dados eran blancos, no rojos, como los de Rohan, pero, al igual que los suyos, parecían hechos de cristal—. Yo tiro primero.

Por supuesto. Rohan hizo una mueca al ver el resultado de su tirada.

—Un cinco y un tres.

—Ocho. —Savannah avanzó la corona de perlas ocho casillas. Cayó en una que ponía PAJA, como en casi todas las que había en el tablero.

Rohan lanzó los dados.

—Un seis y un dos. Ocho también. —Movió su ficha y la colocó junto a la de Savannah—. Te toca, Savvy. ¿Quieres mis dados o los tuyos?

Savannah tomó sus dados blancos y los lanzó de nuevo.

—Otro cinco y otro tres.

Rohan no esperó a que avanzara su ficha. Al igual que había ocurrido con Savannah, su tirada obtuvo exactamente el mismo resultado en los dados. Los lanzó de nuevo para asegurarse.

—Están descompensados para que caigan siempre del mismo modo.

Eso convertía los números en una pista. «¿Para esta sala? ¿O quizá para otra?».

Savannah avanzó la ficha ocho espacios, después ocho más, hasta que llegó a una casilla del tablero marcada con la palabra PAJAR. Las cartas de una de las barajas en el centro del tablero llevaban escrita esa palabra. Savannah, adelantándose a Rohan, tomó una.

—En blanco —dijo, entornando los ojos, y empezó a sacar más—. En blanco. En blanco.

Rohan tomó una carta de la baraja que quedaba más cerca de él y la utilizó para dar la vuelta a toda la baraja con ella. Acto seguido, extendió el brazo e hizo lo mismo con las cartas de Savannah, esparciéndolas en forma de línea recta encima del tablero.

Entre todas las cartas, solo había una que no estaba en blanco.

En ella habían garabateado cinco palabras con un rotulador negro:

Esta no es vuestra pista.

CAPÍTULO 54
LYRA

—**O**mega. —La voz de Lyra se había vuelto ronca, pero las sensaciones de su cuerpo, de repente, eran extrañamente calmadas. No tuvo que alzar la voz para asegurarse de que Grayson oía la siguiente pregunta—: ¿Te dice eso algo?

—No —respondió, alejándose un poco de ella, lo suficiente como para no soltarla. Su mirada se posó con una precisión militar en Odette—. ¿Le dice algo a usted, señora Morales?

De repente, la mente de Lyra volvió a las notas en los árboles, a los nombres de su padre, a lo reducida que era la lista de sospechosos.

«Thomas, Thomas, Tommaso, Tomás».

Llevaba quince años muerto. ¿Quién más en la isla, aparte de Odette, tenía la edad suficiente como para saber algo de él?

—Omega significa «el fin». —La anciana en cuestión levantó dos dedos hacia la frente, haciendo la señal de la cruz—. «Yo soy el alfa y el omega, principio y fin, el que es y el que ha de venir» —citó—. Es del libro del Apocalipsis, de la Biblia.

—¿Es usted católica? —preguntó Lyra.

Buscó alguna pista en los rasgos de Odette, cualquier cosa que pudiese indicarle si la anciana estaba fingiendo.

—La cuestión pertinente, sin embargo, es si tu padre era o no era un hombre devoto —replicó Odette.

—No lo sé.

Lyra sabía muy poco de aquella figura en las sombras responsable de la mitad de su ADN. «Sé que su sangre era cálida. Que la pisé. Que la usó para pintar ese símbolo en la pared».

—¿Y es ese el único significado que la palabra «omega» tiene para usted, señora Morales? —Soltando finalmente el cuello de Lyra, Grayson se giró y dio dos pasos hacia Odette—. ¿Es ese el único significado con el que asocia dicho símbolo?

—El único lugar donde lo he visto —respondió Odette sin alterarse— es detrás del altar de la iglesia a la que iba de pequeña y no he pisado esa iglesia, ni ninguna de México, de hecho, desde el día de mi decimoséptimo cumpleaños, que, por casualidad, fue también el día de mi boda con un hombre mucho más viejo que, nada más verme, me quiso hacer su esposa y convenció a mi padre músico de que podría convertirlo en una estrella.

Lyra sintió que decía la verdad, pero, aunque Odette probablemente no mentía respecto a la última vez que había visto aquel símbolo, eso no era lo que Grayson le había preguntado.

Le había preguntado si tenía otro significado para ella... Y Odette no había contestado.

—Señora Morales, durante sus muchos años como abogada reputada y cotizada —Grayson ladeó la cabeza ligeramente, como si fuera un tigre blanco que evaluaba a su presa—, ¿no trabajó usted por casualidad con el bufete McNamara, Ortega y Jones?

Odette guardó silencio.

—Y esa es mi respuesta —dijo Grayson, desviando la mirada hacia Lyra—. McNamara, Ortega y Jones era el bufete personal de mi abuelo. Era su único cliente.

«Odette trabajó para Tobias Hawthorne». Lyra dejó de respirar durante un par de segundos y después volvió a hacerlo. «¿Y quién conoce mejor los secretos de un hombre que su abogado?», se dijo despacio para sus adentros.

«Esto lo ha hecho un Hawthorne».

—Por favor, Odette —la apremió Lyra con insistencia—. Si sabes algo…

—Cuando era una adolescente, a la más joven de mis nietas le encantaba jugar a un juego. —Odette lo dijo de tal manera que no parecía en absoluto un completo y repentino cambio de tema—. Se llamaba «dos verdades y una mentira». Me portaré bien con vosotros y os concederé tres verdades, la primera de las cuales es esta: Lyra, no sé nada de tu padre.

Odette miró a Grayson.

—Mi segunda verdad: tu abuelo era el mejor y el peor hombre que he conocido.

A oídos de Lyra, eso no sonaba como algo que diría la abogada de Tobias Hawthorne. Recordó la manera en que Odette había mencionado (dos veces) que Grayson era todo un Hawthorne.

«¿Hasta qué punto conociste al multimillonario, Odette?».

—Y mi última verdad, completamente gratis, es la siguiente: he venido al Gran Juego dispuesta a ganarlo porque me estoy muriendo.

El tono de Odette fue casual, incluso molesto, como si la muerte fuera un mero inconveniente, como si la anciana fuera demasiado orgullosa para darle importancia.

De nuevo, Lyra no pudo desprenderse de la sensación: «Está diciendo la verdad».

—Diga, señor Hawthorne… —Odette miró fijamente a Grayson con aire de suficiencia—. ¿He mentido?

Los ojos de Grayson se volvieron hacia Lyra.

—No.

—Entonces, permitidme recordaros a ambos que ya sabéis mis condiciones: contestaré a la pregunta de cómo conocí a Tobias Hawthorne, de cómo acabé en esa Lista suya, si, y solo si, salimos del Gran Juego de Escape y llegamos al muelle al amanecer, el cual, debo recordar, se aproxima a cada minuto que pasa.

—No te fíes nunca de una frase en la que hay dos condicionales —advirtió Grayson a Lyra—. Y menos cuando la pronuncia un abogado.

—Vosotros queréis respuestas —dijo Odette—. Yo quiero legar una herencia a mi familia. Para conseguirlo, tenemos que jugar y yo voy a ganar aunque sea lo último que haga.

«Lo último». Lyra se preguntó cuánto tiempo le quedaba a Odette. Con la cabeza bien alta, la anciana se dirigió lenta, graciosa y majestuosamente hacia el proyector y rebobinó de forma manual la película que habían visto nada más entrar en la estancia.

Unos minutos después, el montaje (el código) empezó a reproducirse desde el principio. Lyra sintió que el torbellino de emociones la apisonaba de nuevo, revolviéndole las entrañas. Había vivido con el sofocante peso de la ignorancia durante años. Ahora necesitaba concentrarse en resolver ese rompecabezas y los que seguirían, y en llegar al muelle antes del amanecer.

Por Mile's End… y para obtener respuestas.

Lyra fue hacia el proyector, lo detuvo en el preciso instante en que la pregunta con respuesta múltiple aparecía en la pantalla y observó los símbolos de la respuesta «correcta», que ahora ya le resultaban familiares.

$$A \oplus r \; \square$$

Los comparó con los de las otras tres opciones, las cuales también contenían cuatro símbolos, una mezcla de letras y formas.

—Odette… —Sintió su propia voz gutural y rasposa—. Has dicho que había otra serie de símbolos al final de la película, ¿verdad?

—Así es —confirmó la anciana.

«Después de la pistola». Lyra sintió el miedo en la boca del estómago, en la garganta. «Después del cuerpo. Después de la sangre».

—Saltemos esa parte y vayamos al final de la película —ordenó Grayson.

Resultaba evidente que trataba de protegerla, que trataba de evitarle el mal trago de volver a pasar por aquel momento.

Fuera lo que fuese lo que había pasado o no entre ellos, Lyra no iba a permitir que Grayson Hawthorne le evitara nada.

—No. —No deseaba mostrar debilidad. Ante nada, y menos ante eso—. Necesitamos verla entera de nuevo. —En un juego Hawthorne, cualquier cosa podía ser importante—. No soy débil. Lo soportaré.

Los pálidos ojos de Grayson se clavaron en los suyos con una extraña expresión de reconocimiento, como si ambos fue-

283

ran desconocidos que se hubiesen mirado en una sala llena de gente y hubieran reparado en que se conocían.

Como si fueran iguales.

—Yo he tardado toda una vida en aprender a ser débil —dijo en voz baja Grayson.

«Algunas personas cometen errores, los corrigen y siguen adelante». Lyra deseaba alejar el recuerdo de sus palabras, pero no podía. «Y algunos de nosotros convivimos con ellos, con todos ellos. Han dejado unas marcas tan profundas que no sabemos cómo llenarlas».

—¿Y ahora? —Lyra sopesó el precio que pagaba por estar bien, corriendo sin parar para huir de cualquier persona que pudiese darse cuenta de que no lo estaba, manteniendo a todo el mundo a un brazo de distancia—. ¿Ahora puedes soportarlo, Grayson? ¿Puedes ser débil?

«Aparta la mirada —se imploró Lyra con desesperación—. Aparta la mirada».

Pero no lo hizo.

—¿Te permites cometer errores ahora? —añadió.

El silencio se hizo entre ellos, un silencio latente, que respiraba, que dolía.

—Solo los que merecen la pena —respondió Grayson.

Lyra quería darle la espalda, pero lo único en lo que podía pensar era en el poema que había destruido y que él había recompuesto.

Que se desvanece rápidamente
Y arde en la piel

Lo único en lo que podía pensar era en una heredera enmascarada y en su consejo: «A veces, en los juegos que más importan, la única manera de jugar de verdad es viviendo».

Odette se acercó a Lyra y pulsó la tecla de Play en el proyector, interrumpiendo, por suerte, el tenso momento entre ellos. Lyra se obligó a clasificar las escenas del montaje con total objetividad y a hacer todo lo posible por apartar de su mente a Grayson Hawthorne, a los errores, a ser débil, a huir y vivir.

«Un hombre fumando. Un martini robado. Vaqueros y una soga. Un pendiente con un diamante que cae por un desagüe. Un hombre con una pistola». Al ver la pistola en pantalla, Lyra respiró hondo.

Lyra respiró y Grayson hizo lo mismo junto a ella. Durante las escenas del cuerpo y la sangre. Inspiraba. Exhalaba. Y, aunque Grayson ni siquiera la tocó, Lyra sintió su mano en la parte posterior del cuello, cálida y firme.

La secuencia continuó.

«Un adolescente con una chaqueta de cuero».

«Una piloto quitándose las gafas y la gorra».

«Un largo beso de despedida».

Lyra contempló ese beso junto a Grayson Hawthorne, incapaz de sacarse de la cabeza la clase de errores que merecía la pena cometer.

Y, desde algún lugar en lo más profundo de su mente, el fantasma de su padre le susurró: «Esto lo ha hecho un Hawthorne».

En la pantalla aparecieron una serie de símbolos. Lyra se concentró en ellos. Nada de Grayson. Nada de fantasmas. Nada de todo aquello que no tenía que sentir. Solo los símbolos.

$$C \ 2 \ \oplus \ r$$

CAPÍTULO 55
LYRA

Finalmente, fue Grayson el que lo resolvió.

—No es una rueda, ni tampoco un círculo. Es un pastel. *Pie*, en inglés, que se pronuncia como la letra griega pi. Es indudable que todo esto lleva la firma de Xander.

—*Pie* —dijo Lyra en inglés—. La letra pi.

Todavía tardó unos segundos en comprenderlo.

—Claro —exclamó—. «A, pi, r, cuadrado, C, dos, pi, r». Son ecuaciones.

—El área y la circunferencia de un círculo —confirmó Grayson—. Sin embargo, en lo que nos concierne, y en lo que, sin duda, concierne a Xander, la parte importante es la letra griega pi.

«Letras griegas».

—Las latas de las películas. —Lyra salió disparada hacia allí—. ¿Quién ha revisado las que estaban marcadas con la letra pi?

—Yo. —Grayson la adelantó—. Aquí están. Cuarenta y dos bobinas marcadas con la pi. Ninguna contiene nada más que bobinas de películas.

—¿Y los años? —dijo Lyra—. La mayoría de las que salían en el montaje eran antiguas. Primero eran en blanco y negro y después pasaron a color.

—Busca todas las latas que sean de los sesenta —ordenó Odette con brusquedad.

Por su expresión, Lyra intuyó casi con total seguridad que Odette sabía algo que ellos ignoraban.

«Probablemente más de una cosa».

—Y, después, ¿qué? —la sondeó Lyra.

—Miraremos las películas —dijo Odette fríamente—. Al menos, una parte.

—Eso nos llevará un buen rato —señaló Grayson.

Sin embargo, Lyra no veía otra opción.

La vigesimosegunda película marcada con la letra pi que probaron tenía como título *Cambio de coronas*.

—Es esta —anunció Odette nada más ver el título en la pantalla.

—«Una corona, un cetro, un trono desierto» —citó Grayson al instante.

—Está eso... —coincidió Odette, mientras detenía la película y se quitaba los largos guantes de terciopelo— y hay algo más: esta es una de las mías.

—¿Una de las tuyas? —preguntó Lyra.

Odette se encogió de hombros con elegancia.

—El hombre con el que me casé a los diecisiete años no convirtió a mi padre en una estrella —dijo, con un extraño brillo en los ojos—. Pero conmigo fue diferente.

CAPÍTULO 56
GIGI

L o de «casa de muñecas» era quedarse corto. Gigi la contempló. En su totalidad, tenía una envergadura de tres metros de largo y uno de ancho. A un lado, había una mansión victoriana de cuatro pisos; al otro, un castillo que parecía sacado de un cuento de hadas. Entre los dos edificios, las calles estaban repletas de tiendas (algunas victorianas, otras medievales).

Una juguetería, un taller de costura, una tienda de magia, una herrería.

Ambos mundos se unían en el centro con un par de carruajes reales colocados ante un automóvil moderno.

El nivel de detalle de cada elemento era asombroso. Las plantas, por ejemplo, de las que había al menos ocho docenas en las jardineras de las ventanas de la mansión, estaban formadas por un tallo y seis flores desmontables. Había casi un centenar de muñequitos, cada uno con sus accesorios: un delantal de doncella, el peluche de un niño. Casi tres docenas de sombreros diferentes.

Frente a Gigi, Knox se dedicaba sistemáticamente a montar y desmontar piezas, una por una. Los ojos de Brady se paseaban de un elemento a otro, pero sin mover ni un músculo de su cuerpo.

Gigi puso a trabajar sus fortalezas. Con su alegría habitual, se dirigió hacia los estantes y empezó a trepar.

—¿Qué haces? —preguntó Knox, sacando la herrería.

—Reconocer el terreno —contestó Gigi.

Una vista panorámica siempre era útil. Siguió trepando, tres metros, tres metros y medio.

Knox se encaminó a grandes zancadas hacia ella con una vitrina en la mano en la que se exponían unas armas minúsculas.

—Te lo digo por última vez: no tienes los huesos de goma —soltó, encaramándose tras ella.

—Pienso mejor desde las alturas.

Gigi llegó hasta el último estante y miró hacia abajo, hacia el mundo en miniatura. «Fíjate en todo, Gigi. En todos los detalles. En todas esas diminutas ventanitas. En todas las salidas».

Knox la alcanzó con cara de pocos amigos.

—En una escala del uno al diez, ¿cuáles son tus intenciones de tirar a alguien por la ventana? —le preguntó Gigi.

Aunque, en realidad, lo que estaba pensando era: «¿Por qué trabajas con Orion Thorp?». Sabía que Knox se preocupaba por Brady. Que formaban un equipo. Habían elegido ser familia. Hermanos. Gigi pensó en el tono de voz de Knox al decir que Brady conocía todas las malditas constelaciones.

«¿Por qué lo vendiste a la familia de Calla?». Incluso si Knox creía que Calla se había marchado por voluntad propia, incluso si pensaba que no había habido juego sucio, sabía que Brady responsabilizaba a la familia.

«Lo sabías, pero aun así te aliaste con ellos».

—No hay ventanas —respondió Knox con rudeza—. Lo que, basándonos en la vista de la parte trasera de la casa, sugiere que en la quinta planta hay mucho más de lo que realmente se ve.

Gigi cambió el peso del cuerpo.

—Ve con cuidado —advirtió Knox de manera amenazante.

—Estoy bien —insistió Gigi.

—No, no lo estás.

Knox clavó sus ojos en los de Gigi y esta advirtió por primera vez que eran de un turbio color avellana, con reflejos dorados.

—Esto es una competición, señorita Alegre. Brady no es tu amigo. Nadie aquí dentro lo es.

La advertencia de Knox se parecía sorprendentemente a la de Savannah.

—¿Eso te incluye a ti? —dijo Gigi.

—Especialmente a mí. Si no vas con cuidado, se te van a comer viva.

Gigi pensó en los patrocinadores, en el dragón de la isla, en las veces, en plural, en que Brady la había advertido sobre Knox.

—No me importa —dijo Gigi con terquedad—. Quiero decir, no me importa que se me coman viva. Si consigues que te escupan, es casi como un masaje.

Knox entornó los ojos.

—Vas a hacerme enfadar.

Gigi se encogió de hombros y, con un ademán de la cabeza, señaló hacia el rompecabezas a sus pies.

—No hay dragones.

Knox frunció el ceño.

—La inscripción en la puerta.

—«Aquí hay dragones» —citó Gigi—. Pero ahí abajo no hay ninguno.

Descendió un par de estantes y, de un salto, aterrizó en el suelo. No lo hizo con elegancia, pero Gigi no permitió que eso la detuviera. Se acuclilló junto al castillo y marcó los puntos de entrada que había visto desde arriba. No había escalera, no se podía subir desde las plantas inferiores a las superiores. La actividad, como indicaban las muñecas, se producía básicamente en la sala de la corte, el salón de banquetes y el salón del trono.

«Trono». En el cerebro de Gigi estallaron unos fuegos artificiales. ¡Unos magníficos fuegos artificiales!

El muñeco que representaba al rey estaba sentado en el trono, pero la reina no.

Veinte minutos más tarde, Gigi encontró la reina debajo de una de las camas de la mansión victoriana. No fue muy delicada al revolver el lugar, así que, para cuando colocó bruscamente la reina en el trono vacío, Knox y Brady la miraban perplejos, preguntándose qué hacía.

—El poema. —Brady fue el primero en comprenderlo—. El de la cámara. «Un trono desierto». Eres brillante.

«Brillante». Gigi empezaba a acostumbrarse a sus halagos.

Prestó atención a los accesorios de la reina. Nada ocurrió cuando la despojó de la corona, pero, al estirar del diminuto cetro que sostenía entre el índice y el pulgar, vio que no cedía fácilmente.

La cabeza del cetro era un dragón.

Gigi insistió. Cuando consiguió sacar el cetro, se oyó un ruido seco.

—Silencio —ordenó Knox. Se tumbó boca abajo apoyando las palmas de las manos en el suelo a pocos centímetros de la mansión victoriana y alzó ligeramente la cabeza—. Hazlo otra vez, Gigi.

—Creo que ha venido de aquí.

Brady se agazapó e inspeccionó la estancia de la mansión victoriana que Gigi había denominado para sus adentros como el «salón». Había un elegante sofá rojo frente a dos sillones orejeros azules. Una doncella empujaba un carrito. Detrás de ella, había un reloj de pie y una vitrina llena de libros.

Gigi volvió a ponerle el cetro a la reina y volvió a quitárselo. Otro ruido seco. Al mismo tiempo, Knox y Brady alcanzaron la vitrina llena de libros. Knox retiró la mano y dejó que Brady la abriera. Unos diminutos libritos de plástico cayeron sobre el suelo de la casa de muñecas.

Garabateada en cada una de las cubiertas había una cifra.

CAPÍTULO 57
ROHAN

Según las estimaciones de Rohan, contaban con algo más de cuatro horas antes del amanecer. Él y Savannah habían estado buscando durante un buen rato y no habían avanzado nada.

«Una aguja en un pajar» no era la pista, sino que más bien parecía una descripción de la tarea que tenían entre manos. Habían perdido mucho tiempo buscando esa «aguja», una pista en una sala que, al parecer, contenía una cantidad indefinida de «paja» por inspeccionar. Habían regresado a las pilas de cajas que habían sacado de los estantes en busca de coronas, cetros y tronos. Habían examinado todas las piezas que coincidían con esa definición, incluidas las del juego Una aguja en un pajar.

A fondo.

Al no obtener resultados, Rohan y Savannah habían ampliado la búsqueda a cualquier juego que hubiese en la estancia. Habían abierto todas las cajas en busca de aquellos objetos en concreto. Habían vaciado los estantes y también los habían inspeccionado en busca de botones o clavijas, en vano.

Y, según el mapa mental de Rohan, casi seguro que aquella no era la última sala... ni el rompecabezas final.

—Savannah... —Rohan no utilizó el diminutivo esta vez—. Tenemos que pedir la pista.

Savannah se posicionó justo delante del botón de la pista.

—Jamás te habría juzgado como alguien que abandona tan fácilmente.

—Soy estratega. Algunos días, es lo único que soy: pura y dura estrategia. En mi trabajo tienes que saber cuándo hay que reducir las pérdidas, cuándo hay que cortar por lo sano.

—Ahí radica nuestra diferencia. —Savannah alzó el mentón—. Yo no pierdo, así no hay pérdidas que reducir.

—Me enfrentaré a ti si es necesario —comentó Rohan.

—No sería la primera vez —replicó Savannah maliciosamente.

Su tono lo evidenciaba: parte de ella quería pelear, igual que lo deseaba una parte de Rohan. Pero la estrategia no se sometía a los deseos.

Probó con otra táctica.

—No te gusta pedir ayuda, ¿verdad, Savvy?

—No se trata tanto de si me gusta como de si lo hago o no. —Le lanzó una de esas miradas tan propias de Savannah Grayson, fría y cargada de confianza—. Y no lo hago. La gente se equivoca. Si confías en otros, sus errores pasan a ser tuyos.

Parecía muy serena al hablar, pero, al pronunciar la palabra «errores», distinguió la rabia en los ojos plateados de Savannah Rohan, una rabia enterrada, como si fuera una hoguera en el interior de una cripta.

El laberinto cambió. Savannah estaba aquí por su padre y estaba enfadada por errores que no había cometido.

«¿Ha regresado Sheffield Grayson? ¿Te está obligando a hacer esto? ¿O esa rabia va dirigida a otra persona?». Rohan no lo sabía con certeza. Aún no.

—Estás furiosa, cariño.

A veces, en lugar de manipular las emociones de tu objetivo, lo único que tenías que hacer era sacarles provecho.

El cuerpo de Savannah reaccionó a su voz y a sus palabras: una respiración profunda, un ligero movimiento crispado en los dedos, tensión en la zona que podía ver de su cuello.

—No estoy furiosa —dijo, alto y claro—. ¿Por qué iba a estarlo?

—La sociedad no siempre se porta bien con las mujeres furiosas.

Las palabras de Rohan dieron de pleno en la diana.

—Yo no necesito que la gente se porte bien. Lo que necesito es que se aparten de mi camino.

—Y yo necesito que accedas a pedir la pista. Hemos llegado a un punto en que no creo que encontremos lo que nos falta. Nos movemos a ciegas. No tenemos plan. No tenemos nada. ¿Te gusta no tener nada, Savvy? —Hizo una pausa—. ¿Y a tu padre?, ¿le gusta?

Eso era una prueba, un experimento. No reaccionó en ningún modo que pudiera apreciar. Savannah puso una admirable cara de póquer y, cuando volvió a hablar, lo hizo con una voz completamente bajo control.

—Cuando termine esta parte del juego y tú y yo ya no seamos un equipo… —Por fin, asomaba la Savannah real: fuerza, resistencia y rabia—. Voy a acabar contigo. Y te prometo, Rohan, que pienso disfrutarlo.

—¿Es eso un sí? —soltó Rohan—. ¿Un sí a pedir la pista?

Savannah se dio la vuelta hacia el panel y colocó la mano sobre el botón rojo.

—Como acceder a pedir la pista es lo que se espera de mí, lo haré. —Hablaba en una voz más alta ahora, más clara y, definitivamente, más femenina y agradable—. Al fin y al cabo —continuó, con la mirada clavada en él como si fuera un puñal—, la sociedad se porta mejor con las mujeres que hacen lo que se espera de ellas.

CAPÍTULO 58
ROHAN

—Equipo Diamantes. —La voz de Jameson Hawthorne los envolvió—. Habéis decidido pedir vuestra única pista.

Por un instante, Rohan se preguntó dónde estaba el centro de operaciones de los creadores del juego y qué habían estado haciendo para matar el tiempo.

—Sin embargo, como ya sabéis, en este juego hay que ganarse las pistas —recordó Jameson.

«Los libros de cuentas tienen que cuadrar y hay que pagar los impuestos». Todo en la vida de Rohan había tenido un precio.

—¿Puerta número uno o dos? —preguntó Jameson Hawthorne.

—Tú eliges.

—Dos —dijo Savannah de inmediato.

Unos instantes después, se produjo un sonido de engranajes que empezaban a girar y la mesa de juego en el centro de la estancia empezó a dividirse justo por la veta que habían apreciado. Las dos mitades se separaron como si unas manos invisibles las empujaran. El juego *Una aguja en un pajar* y todas sus piezas cayeron al suelo mientras las dos mitades de la mesa rotaban hacia el exterior ciento ochenta grados y desaparecían por la parte inferior. Ante ellos quedó una segunda mesa, antes oculta. De madera noble y con un tapete verde.

—Una mesa de póquer —anunció Rohan.

En los bordes, habían tallado unos soportes para las fichas y las cartas. Las propias fichas, todas negras, estaban colocadas a intervalos equidistantes por todo el perímetro del tapete verde. En el centro de la mesa había dos pequeñas barajas de lo que parecían naipes, una blanca con detalles dorados y otra negra con detalles de bronce y plata. Junto a las cartas había tres objetos: un peine de plata, una daga con empuñadura de perlas y una rosa de cristal.

—Detrás de la puerta número dos hay un juego —les dijo James Hawthorne—. Para ganar vuestra pista, lo único que ambos tenéis que hacer es jugar.

—¿Póquer? —intuyó Savannah.

Dirigió la mirada hacia Rohan.

—No es póquer —contestó la voz de Avery Grambs—. Se trata de verdad o reto o, en cualquier caso, de una versión.

Algo en la voz de la heredera Hawthorne recordó a Rohan que les había prometido una experiencia única. Y después pensó en lo que había afirmado Nash: «Nuestros juegos tienen corazón».

—El trabajo en equipo, convertirse en un equipo, requiere cooperación —continuó Avery—. Requiere cierta apertura. En algunos casos, requiere incluso correr riesgos.

—Las fichas en la mesa ante vosotros tienen una palabra escrita en la parte inferior. —Era evidente que Jameson se lo estaba pasando la mar de bien—. En la mitad de ellas pone «verdad»; en la otra mitad, «reto». Para completar este desafío, debéis conseguir tres de cada categoría.

—Una vez que hayáis dado la vuelta a una ficha —continuó Avery, retomando la palabra—, debéis tomar una carta de la baraja correspondiente: la blanca para la verdad, la negra para el reto. La persona que toma la carta lee. La otra persona debe contestar a la pregunta o atreverse a llevar a cabo un reto. Si, por algún motivo, tomáis una carta de la pila marcada como «verdad», pero decidís que preferís formular una pregunta propia en lugar de la que está escrita, podéis hacerlo.

—Siempre y cuando, por supuesto —interrumpió Jameson—, esa pregunta sea igual de interesante que la que os hemos propuesto.

Vaya, eso no auguraba nada bueno.

—Habréis reparado en que hay tres objetos en la mesa. —Avery retomó de nuevo la palabra—. Las cartas «reto» no especifican un reto al que atreverse en sí, sino que indican un objeto. Debéis inventar un reto al que atreverse que incluya dicho objeto.

Rohan se preguntó a qué tipo de desafío se habrían enfrentado de haber elegido la puerta número uno. ¿A una adivinanza? ¿A algo… menos personal?

Sin embargo, formuló en voz alta una pregunta muy diferente.

—¿Y qué nos impide mentir?

—Me encanta que nos hagas esa pregunta —respondió Jameson—. Las fichas de póquer llevan una «cosita» incorporada. Colocaréis el pulgar en el centro de la ficha al responder o justo después de atreveros a llevar a cabo el reto. Nosotros supervisaremos vuestra frecuencia cardiaca, entre otras cosas. Podéis tratar de engañarnos, por supuesto, pero, si descubrimos que una de vuestras respuestas es falsa, la prueba no se considerará superada.

«Nada de pistas», tradujo Rohan.

—¿Y qué ocurre con los retos?

Aunque Savannah lo preguntó con un tono agudo y claro que aparentaba que todo iba bien, su cuerpo decía lo contrario.

Su cuerpo estaba listo para luchar.

«Pero ¿contra quién? —susurró el laberinto—. ¿Y por qué?». Rohan se resistió, obligándose a permanecer en el presente.

—Un reto adecuado —dijo Jameson— también afecta la frecuencia cardiaca. Si pensáis que podéis engañar a nuestros sensores, os invitamos a que lo intentéis y corráis el riesgo de perder vuestra pista. *Bonne chance.*

Con esas palabras, los creadores del juego regresaron a su silencio.

—«Buena suerte» —tradujo Rohan de manera inexpresiva—. James Hawthorne y yo tenemos una amistad en común a la que le encanta desear buena suerte en francés.

«La duquesa». Rohan comprendió la naturaleza de la jugada que acababa de hacer Jameson: demostraba, como un canalla, que él y Avery sabían exactamente lo que se jugaba. Dados sus antecedentes con el Piedad, no les debía de haber costado mucho imaginárselo.

«Ambos sabéis que no voy a hacer trampas», pensó Rohan astutamente. Comparado con convertirse en Propietario del Piedad del Diablo, ¿qué era un simple jueguecito de verdad o reto?

CAPÍTULO 59
ROHAN

Savannah tomó la primera ficha y le dio la vuelta.

—Verdad.

Extendió la mano hacia la baraja blanca y dorada, y cogió una carta. Rohan pensó que descartaría la pregunta que allí había escrita y que lo interrogaría por el Piedad, pero no lo hizo... Sin duda, un claro indicio de que no estaba concentrada.

En lugar de eso, Savannah Grayson leyó la pregunta de la carta en un tono casi aburrido mientras dejaba la ficha en la mesa y la deslizaba hacia él.

—¿Cuál es tu primer recuerdo?

Rohan situó el pulgar sobre la ficha, justo en el centro.

—Mi primer recuerdo...

La voz de Rohan sonó de repente muy grave, incluso para él. Mantenía sus recuerdos encerrados bajo llave en el laberinto por una razón en concreto. Y, en este juego, el pasado ya se había asomado a la superficie de su mente dos veces y eso era dos veces demasiado.

«Pero la necesidad obliga».

—Estoy en los brazos de mi madre —dijo Rohan con aire indiferente—. Ella tararea una melodía y después me encuentro en el agua. Estamos fuera. Y todo está oscuro. El agua es profunda. No sé nadar.

Lo pronunció sin un ápice de emoción. Para distanciarse aún más, Rohan pensó en el Piedad.

—Sé reconocer el autocontrol en cuanto lo veo —dijo Savannah.

Rohan la miró a los ojos.

—No fue la primera vez. —Pese a su control absoluto, Rohan notó que su corazón empezaba a latir desbocado—. Esa es la parte que mejor recuerdo. Estoy en el agua. No puedo nadar. No veo nada. Y no es la primera vez.

Lo habían hecho a propósito. Rohan no guardaba recuerdos de quiénes eran, excepto por la mujer. Puede que fuera el resto de su familia. En el Piedad del Diablo, no se admitían niños por una buena razón.

La ficha debajo del pulgar de Rohan se iluminó. Apartó el recuerdo de su mente y se serenó. «Quedan cinco». Cogió una ficha de la pila y le dio la vuelta.

—Reto. —Rohan tomó una carta negra. Vio una imagen, la del cepillo. Alzó la mirada hacia Savannah, hacia su trenza—. Suéltate el pelo.

Eso no tenía nada que ver con la estrategia. Rohan lo admitió, aunque solo para sus adentros.

Oyó como ahogaba un grito.

—¿Ese es el reto al que debo atreverme? —preguntó Savannah.

«Sé reconocer el autocontrol en cuanto lo veo», le había dicho.

—Te reto… —Rohan desterró el recuerdo del agua y la oscuridad— a que me dejes peinarte.

Se permitió disfrutar de la manera en que Savannah se soltó el pelo, deshaciendo rápidamente las trenzas a cada lado de su cabeza con sus ágiles dedos. Era eficaz.

Rohan tomó el cepillo.

—Listo. Ya está, péiname y desaparece —dijo Savannah, en un tono más que seco.

Ahí estaba de nuevo el muro. Se preguntó si, a diferencia de él, no pensaba en su tentadora pelea anterior.

—Puedo pensar en otro reto —dijo Rohan, haciendo girar el cepillo en la mano—. Si es eso lo que quieres.

Savannah le lanzó una mirada tan afilada que casi lo disecciona.

—Acabemos con esto.

—La ficha.

Rohan se inclinó sobre la mesa y la deslizó hasta ella. Savannah la cogió, cerrando la mano, y Rohan se fijó en que su pelo largo y rubio bailaba por su espalda con el más mínimo movimiento.

—No te tocaré si no quieres. —Rohan se aproximó, sin hacer esfuerzos por disimular el sonido de sus pisadas—. Puedo pensar en otro reto.

—Quiero ganar —dijo Savannah.

«Necesitas ganar», la corrigió Rohan para sus adentros. El laberinto ejercía de nuevo su atracción.

—Hazlo de una vez.

A Savannah le encantaba dar órdenes.

Rohan contó las veces que ella tomaba aliento y las veces que lo tomaba él, y, al llegar a siete, alzó el cepillo y empezó a peinar de forma experta los nudos que aún quedaban en las trenzas. Recordó haberle tirado del pelo, recordó cómo ella lo había agarrado y cómo le había dolido, pero ¿aquello?

Aquello era otra cosa. «Lentamente. Con cuidado. Suavemente». No era la primera vez que peinaba a alguien, ni siquiera con un pelo tan largo y suave como el suyo. Los nudos pronto desaparecieron.

Las habilidades de Rohan eran... eclécticas.

No se detuvo. Fue zona por zona, guiando el cepillo por el pelo y haciéndolo bajar por su espalda, contando sus respiraciones y las de Savannah.

Una.

Dos.

Tres.

La cuarta inhalación de Savannah fue un poco más marcada. ¿Sabes lo que me estás haciendo, chica de invierno? Rozó ligeramente su cuello con el pulgar y Savannah lo arqueó, ladeándose hacia su caricia.

Su pulso. El suyo. Suavidad y calidez. Respiración tras respiración, Rohan siguió peinando y contando.

Uno.

Dos.

Tres.

Cuatro.

Cinco.

Seis.

—Rohan.

La manera en la que pronunció su nombre fue como si le atravesaran las costillas con un puñal.

«Savannah.

»Savannah.

»Savannah».

La ficha en sus dedos se encendió.

—¿Hemos terminado?

Lo dijo en voz baja, en una voz más grave, rica y brutal; irrefutablemente suya.

—¿Hemos terminado, Savvy? —Rohan le devolvió la pregunta—. ¿Ya está?

Vio, oyó y sintió que tragaba saliva.

—Basta.

Rohan sabía que había una diferencia entre el deseo y la necesidad. Quedarse en el lado correcto de la línea que los separaba era un ejercicio de completo control. Puede que la deseara con toda su alma, pero no podía permitirse necesitar nada.

Rohan descendió el cepillo.

—Un reto menos.

—Y una verdad.

Savannah alargó con rapidez el brazo derecho y dio la vuelta a una tercera ficha. Reto. Tomó una carta de la baraja y acercó la daga hacia ella.

Como Factótum del Piedad del Diablo, Rohan tenía cierto dominio de las armas afiladas.

Savannah miró fijamente la daga sobre la mesa. Rohan esbozó una breve sonrisa y, entonces, Savannah Grayson hizo algo de lo más inesperado: se agarró el pelo.

—Córtalo.

Rohan no era una persona fácil de sorprender. Se obligó a adoptar una expresión neutral y agarró la daga con empuñadura de perlas y la hizo girar una sola vez con destreza.

—Quieres que te corte el pelo con esta daga.

—Te reto a que te atrevas a cortarme el pelo con esa daga.

Había sentido algo. Rohan pensó en aquella respiración aguda, en el modo en que había buscado su roce. Lo deseaba... y lo deseaba a él. Y esta era su respuesta.

—He hecho cosas mucho peores con dagas —la advirtió Rohan.

—En ese caso, ¿por qué me das largas?

Rohan empuñó la daga y se preguntó si no estaba castigándose por lo que había sentido... o castigándolo a él por habérselo hecho sentir. Posó la mano izquierda sobre la mano de Savannah y ella la apartó, permitiéndole agarrar la coleta justo en la base de su cuello.

Antes de que uno de los dos pudiera tomar aliento, Rohan colocó la daga justo por encima de su mano y empezó a cortar. Era una faena sucia, pero la hizo con rapidez.

Fuera lo que fuese lo que registraban las fichas, cuando Rohan presionó la tercera con el pulgar, esta se iluminó.

Savannah se puso en pie, alzándose por encima de los mechones desparramados por el suelo.

—Te toca.

«Despiadada chica de invierno». Rohan levantó la siguiente ficha.

—Verdad.

Tomó una carta blanca, pero ni siquiera se dignó a mirar la pregunta.

—¿Por qué me has retado a que te corte el pelo?

No era la pregunta que debería haber formulado. No sacaría nada de provecho con ella. Pero sin embargo...

Quería oírselo decir.

—¿Y por qué no? —Savannah rodeó la mesa y se colocó al otro lado.

Apoyando las manos, Rohan se inclinó hacia delante.

—Eso no es una respuesta, Savvy. Pon el pulgar sobre la ficha.

Inclinándose también hacia delante, Savannah no obedeció.

—A mi padre le gustaba que llevara el pelo largo. —Su voz sonaba indiferente, pero advirtió la tensión en los músculos de sus brazos en el lugar en que se encontraban con el hombro—. Ahora ya no importa lo que le guste o quiera o espere.

—¿Ah, no? —Rohan no llegaba a comprender por qué, cuando hablaba con Savannah Grayson, se sentía como si estuviera haciendo esgrima, por qué no podía resistirse a repeler todos sus movimientos—. Estás jugando por tu padre. De un modo u otro, importa, y mucho.

Rohan extendió el brazo, tomó una de las manos que Savannah había apoyado sobre la mesa y le dio la vuelta, depositando la ficha en la palma.

Un instante después, con la mandíbula contraída, Savannah presionó la ficha con el pulgar.

—Dime la verdadera razón por la que me retaste a cortarte el pelo, Savvy…, o explica exactamente a qué te refieres cuando dices que estás jugando por tu padre.

En el silencio que siguió a aquellas palabras, una cosa se hizo evidente: de haber podido, Savannah Grayson lo habría matado con la mirada.

—Te he retado a que me cortaras el pelo porque no puedes hacerme sentir así.

Rohan esperó a que la ficha se encendiera. No ocurrió nada.

—Es la verdad —dijo Savannah—. Debería haberse encendido.

—Puede que la ficha quiera que respondas a mi otra pregunta. La que se refiere a tu padre.

La mirada más glacial de Savannah amenazó con causar en Rohan el efecto contrario.

—¿Quieres una explicación, Rohan? A ver qué te parece esta: el dinero no es lo único que se consigue si ganas el Gran Juego.

Con eso, la ficha se encendió.

Savannah tomó otra.

—Verdad. ¿Quién es ese conocido común que tenéis tú y Jameson a quien le gusta tanto hablar en francés?

—Se llama Zella —dijo Rohan, presionando la ficha con el pulgar—. Es una duquesa, una que, por las razones que sea, cree que puede apropiarse de algo que es mío.

Eso no era una verdad sin más. Era la verdad de la vida de Rohan. El Piedad era suyo y él era el Piedad. Sin él, solo era un niño de cinco años que se ahogaba en el agua.

Nadie ni nada importaba tanto como eso.

Rohan esperó a que la ficha se iluminara y, a continuación, tomó otra. Reto. Sacó una carta. En la mesa solo quedaba un objeto y se sorprendió al ver que la carta contenía la imagen de una rosa de cristal.

«¿Qué hay en el resto de las cartas?». Rohan ahuyentó esa pregunta y cerró el puño alrededor de la rosa. Y, entonces, se la tendió a Savannah.

—Rómpela.

—¿Disculpa?

Se inclinó y depositó la rosa justo ante ella con delicadeza.

—Veo cómo eres, Savannah. Puedo ver cómo eres en realidad. Puedo ver lo furiosa que estás. —Rohan adoptó un tono de voz grave y áspero—. Eres fuego, no hielo. —Señaló la rosa con un ademán de la cabeza—. Te reto a que te atrevas a romperla.

—No estoy furiosa.

Menos mal que en la ficha que tenía en la palma de la mano no ponía «verdad».

—¿Tienes miedo a dejarte llevar? —preguntó Rohan, y después, con una voz grave y burlona, añadió—: No quieres admitir lo furiosa que estás porque, si lo haces, quizá alguien te pregunte el motivo.

Las razones de su pregunta iban más allá de sus deseos, de su casi necesidad de saber.

Todo guardaba relación. La razón por la que estaba aquí. Esa rabia. Su padre. «¿Qué recibe el ganador del Gran Juego además del dinero?».

—Apuesto a que nunca un desconocido, uno cualquiera, te ha pedido que sonrías —dijo Savannah, recogiendo tranquilamente la rosa. —Hizo una pausa—. Quizá estoy furiosa porque las mujeres como yo no pueden ponerse furiosas.

Rohan abrió la boca, pero, antes de que pudiera articular palabra, Savannah dio media vuelta y estampó la rosa de cristal con todas sus fuerzas.

Haciéndola añicos.

—Eso es, Savvy —murmuró Rohan. «Puedo verte».

CAPÍTULO 60
LYRA

—Oh, vamos, dejad de mirarme los dos así —exclamó Odette—. Era joven.

—Deje que adivine —respondió Grayson—. Eso fue hace una eternidad… y ¿hace cuántas vidas?

En lugar de responder, Odette pulsó un botón en el proyector y el título *Cambio de coronas* dio paso a la escena… de una mujer. Pelirroja. De una juventud evidente, con unos rasgos sorprendentes a la vez que familiares.

—¿Eres tú? —preguntó Lyra a Odette.

—Durante un tiempo fui Odette Mora, no Morales. —Odette pausó la película de nuevo—. Me cambiaron el apellido, igual que me tiñeron el pelo nada más pisar un estudio. Tenía diecinueve años y accedí a todo, al cambio de nombre, de color de pelo, a los términos de un contrato que distaban de ser ideales. El depredador de mi esposo me consiguió un papel en cuatro películas antes de que lo abandonara. Trató de destruirme. —Odette esbozó su sonrisa de abuelita que acaba de hornear galletas, aunque su mirada era de águila en plena cacería—. No lo logró. Sin su ayuda, me contrataron para una serie de películas que incluían varios papeles destacados, entre ellas, *Cambio de coronas*. —Hizo una pausa—. Y, después, lo dejé.

—¿Así, sin más? —preguntó Grayson.

—Me quedé embarazada —explicó Odette brevemente—. No estaba casada. Me negué a «arreglar el asunto» y ahí terminó todo. Esa fue mi última película.

Lyra estuvo a punto de preguntarle cómo había pasado de estrella de Hollywood a limpiar casas, después a convertirse en abogada y, al final, de algún modo, a Tobias Hawthorne. Pero, en lugar de eso, no pudo evitar comentar:

—Y ahora te tiñes las puntas del pelo de negro.

—Qué chica más perspicaz. Personalmente, me gustan las canas, pero ¿sabéis qué?, que les den por haberme obligado a teñirme de rojo. —Odette extendió la mano y rozó el mentón de Lyra—. Como mujer, creo que es bueno para el espíritu llevar un recuerdo físico de la gente a la que he enterrado.

—Metafóricamente, claro —dijo Grayson.

Odette no respondió a eso.

—Entré en el Gran Juego como invitada personal de la heredera Hawthorne.

«Pues ya somos dos», pensó Lyra. Y ambas tenían conexión con Tobias Hawthorne, con esa Lista suya. Lyra pensó que no era coincidencia.

—Cuando diseñaron los enigmas, los creadores del juego ya sabían que yo iba a participar —indicó Odette—. Al parecer, también tenían bastante claro que iba a acabar en esta sala. Eso hace que me pregunte: ¿qué más habrán preparado?

Lyra pensó en la maliciosa sonrisa de Jameson Hawthorne cuando estaban en el helipuerto. «Justo después de que su hermano oyera mi voz por primera vez».

—¿Les hablaste de mí? —Lyra no pretendía formularle esa pregunta a Grayson, pero no dio marcha atrás—. ¿Mencionaste nuestras llamadas? ¿Les dijiste a tus hermanos o a Avery que…?

—No —respondió Grayson de forma inmediata y con rotundidad.

Lyra sintió que cerraba esa vía de un portazo.

«De acuerdo —pensó—. Al fin y al cabo, no había nada que decirles».

Durante unos minutos, dio la sensación de que Grayson iba a añadir algo, pero, en lugar de eso, fue hacia el proyector y pulsó la tecla de Play.

—Apuesto que, sea lo que sea lo que buscamos, está en la primera mitad, quizá incluso en el primer cuarto de la película. Vamos contrarreloj y la única característica de los acertijos Hawthorne es que están hechos para que se resuelvan.

Lyra no tenía ni idea de cuánto tiempo faltaba para que amaneciera. Las horas y los minutos habían perdido todo el sentido. Daba la sensación de que llevaban encerrados días, pero, pronto, de un modo u otro, la noche terminaría. Pronto, Lyra ya no tendría que hablar con Grayson nunca más, ni siquiera tendría que dirigirle una mirada.

«Concéntrate en el acertijo. En la película. Concéntrate en salir de aquí antes del amanecer».

Con las primeras escenas ya se evidenció que *Cambio de coronas* era una película de suspense, un romance entre miembros de la realeza y la aristocracia, un producto cien por cien digno de su época.

—Usted, señor, es un estafador y un canalla. —La voz de la joven Odette era igual que la de su equivalente con más años, exactamente igual.

—También soy conde —replicó el protagonista masculino—. Y no soy asunto suyo.

«Odette es actriz». A medida que discurrían las escenas, Lyra reflexionó sobre lo que eso implicaba. A su lado, Grayson se acercó a ella.

—Es muy buena —le susurró, con los labios pegados al oído en voz muy baja.

Lyra mantuvo la mirada fija en la pantalla.

—¿Crees que ha mentido? —susurró a su vez, en una voz igual de baja.

—¿Sobre tu padre, mi abuelo o su estado de salud? No. Sin embargo…

«Sin embargo —pensó Lyra, reprimiendo el apremiante deseo de mirarlo—, reveló toda esa información justo después de que le preguntaras por omega».

La película dio un salto. Lyra se preguntó si no lo había imaginado, pero, entonces, ocurrió de nuevo.

—Parad la cinta —dijo Lyra, aunque Odette ya lo había hecho.

La anciana rebobinó con manos expertas la película y, a continuación, empezó a adelantarla de forma manual, plano por plano. Al cabo de un momento, una letra apareció en la pantalla, un único plano intercalado en la cinta.

A.

—Continúa —ordenó Lyra enérgicamente.

En el siguiente corte, había otra letra. La B. Un tercer plano les proporcionó la R. Y, después, una I.

—La próxima será una D —predijo Grayson.

Así fue. Plano por plano, corte tras corte, las letras aparecieron. L, O, S, C, A, J, O.

La mente de Lyra intuyó las letras restantes, pero esperó pacientemente hasta corroborarlo.

N, E, S.

—«Abrid los cajones». —La voz de Lyra resonó por todo el teatro—. ¿Qué cajones?

Como por arte de magia, una tela gruesa y aterciopelada que cubría una de las paredes se desplomó, revelando cuatro cajones y una puerta arqueada con un elaborado tirador de bronce. Cada cajón contenía un objeto:

Una piruleta.

Un taco de pósits.

Un interruptor.

Un pincel.

—Hay algo escrito en el pomo —señaló Grayson.

Lyra se acuclilló junto a él para examinar con más detenimiento el picaporte de bronce. En él solo había dos palabras grabadas.

Escena final.

CAPÍTULO 61
GIGI

Doce libritos. Doce números. Una clave. La mente de Gigi se aceleró como un sabueso hiperactivo. ¿Un código de sustitución? ¿Números por letras? Las cifras iban desde quince hasta ciento sesenta y dos, sin repeticiones. ¿Coordenadas? ¿Algún tipo de combinación?

—¿Sistema de clasificación decimal Dewey? —murmuró Brady junto a ella.

Knox se dirigió hacia las estanterías y empezó a inspeccionar las filas de libros.

—No están numerados. No hay manera de encontrarlos.

Gigi tomó uno de los libritos de plástico y lo examinó. Vio lo que podía ser una inscripción minúscula en el lomo. Sintió que la adrenalina corría por sus venas, como si se acabara de tomar ocho tazas de café o... una mimosa.

—¡La lupa! —Gigi salió disparada hacia ella.

El recargado mango de oro y plata estaba frío. Inclinó el cristal hacia el libro que sostenía en las manos y leyó el título en voz alta.

—*David Copperfield.*

Brady se acuclilló y recogió el resto de los libros. Después, fue junto a ella, con todos los diminutos ejemplares en la mano. Gigi tomó uno y sus dedos rozaron la palma de su mano.

—*Rebeca* —leyó Gigi.

Uno a uno, fue leyéndolos todos: *Coraline, Ana Karenina, Carrie, Peter Pan, Matilda, Jane Eyre* y *Robinson Crusoe.*

—*El rey Lear* —dijo Gigi, y se preguntó si no eran todo imaginaciones suyas: la manera en que Brady le miraba la cara, los labios.

—Todos los títulos son nombres propios —dijo Knox.

No miraba a Gigi, sino a Brady. Lo miraba fijamente.

Gigi volvió a prestar atención a los libros. El patrón se mantenía en los dos últimos: *Oliver Twist* y *Emma.*

Doce libros. Doce títulos. Todos ellos nombres propios. Y cifras. Gigi se balanceó ligeramente sobre los talones, reflexionando.

—¿Por qué nos han dado los títulos? —Miró hacia arriba, hacia los estantes sobre sus cabezas y a su alrededor—. Estamos en la biblioteca. —Abrió los ojos de par en par—. Libros y libros. Libros y libritos. —De un salto, fue hacia la estantería que había inspeccionado unos minutos antes—. Creo haber visto *Emma* por aquí.

—*Emma* —murmuró Brady—. Tiene el número quince en la contraportada.

El cerebro de Gigi despegó como un cohete y, en cuanto encontró el ejemplar, buscó rápidamente la página quince.

Allí estaba.

Knox cruzó la estancia y se colocó a sus espaldas, leyendo por encima del hombro.

—Hay unas palabras subrayadas —anunció—. Tres.

—«Agradable», «amigo» y «ausencia» —dijo Gigi, y señaló lo que era evidente—: todas empiezan por la letra A.

Tardó cinco minutos en encontrar el siguiente libro.

—*Jane Eyre.*

—Treinta y cuatro —dijo Brady, sin tan siquiera comprobarlo.

En la página treinta y cuatro, Gigi encontró cinco palabras subrayadas.

—«Reojo», «lágrimas», «reos», «sepultura», «dolor» —informó.

—La erre —dijo Brady con voz calmada y serena.

Gigi lo miró.

—La única letra que comparten todas esas palabras es la erre —dijo Brady Daniels, buscador de patrones.

—Tengo *Rebeca* —anunció Knox desde el extremo opuesto de la estancia—. ¿Qué página es?

Brady le respondió enseguida.

—Setenta y dos.

Y así, un libro tras otro, los encontraron todos. En el instante en que descifraron el último, Gigi cerró los ojos, visualizando toda la secuencia.

A, R, R, P, A, U, C, L, A, E, O, D.

—Empecemos por sacar la L y la A —dijo Gigi automáticamente.

Eso dejaba diez letras: A, R, R, P, A, U, C, E, O, D.

—¿«Cread»? —sugirió Knox—. ¿O «cepa»?

—«Cuerda» —dijo Brady.

—Cuerda —repitió Gigi, y, al abrir los ojos, descubrió que él la estaba observando—. Eso deja cuatro letras: A, R, P, O. «A por» —añadió.

Knox completó la frase, adelantándose a Brady.

—A por la cuerda.

En el preciso instante en que lo pronunció, un trozo del vitral del techo se abrió, descubriendo una trampilla sobre sus cabezas.

Y, de ahí, cayó una cuerda.

CAPÍTULO 62
ROHAN

Rohan se dirigió al panel en la pared y presionó el botón de la pista, asegurándose de que los creadores del juego lo oyeran.

—Nuestra pista —reclamó.

Según él, se la habían ganado. «Tres verdades. El cepillo. La daga. El pelo de Savannah. La rosa de cristal».

—¿Recordáis esa carta que decía «no es vuestra pista»? —La voz de Avery regresó—. Tomad cualquiera de las otras cartas del juego *Una aguja en un pajar* y sostenedla frente a una antorcha.

Los altavoces enmudecieron.

Savannah cogió una de las cartas que no tenía nada escrito. Rohan tomó otra. Se separaron y fueron hacia diferentes antorchas, y Rohan se preguntó si Savannah necesitaba distanciarse.

«¿Cómo que no puedo hacerte sentir así? ¿A qué te refieres exactamente, cariño?». La razón para desear la respuesta a esa pregunta era absolutamente estratégica.

Con el calor de la antorcha, una inscripción en tinta invisible apareció en la carta de Rohan: «Decid patata».

—¿Una cámara? —sugirió Savannah, lo que era una clara indicación de que en su carta había el mismo mensaje.

Rohan se decantó por otra táctica.

—Patata —dijo en voz alta.

La contraseña sonora activó un pitido y, a continuación, una de las paredes triangulares empezó a abrirse hacia el interior exactamente noventa grados y quedó encajada como parte de otra pared en una nueva sala.

«Más estanterías». Rohan se fijó en las dimensiones de la nueva estancia. «Más juegos». A cuatro metros de la mesa de póquer había otra zona rebajada, que albergaba una mesa de ping-pong. Se encaminó hacia allí y, con un salto, se acuclilló para examinarla, aunque, en lo más profundo de su mente, otro rompecabezas reclamaba su atención.

«¿Qué recibe la persona que gana del Gran Juego además del dinero?». Rohan recorrió con la mano la mesa de ping-pong, inspeccionando cada centímetro cuadrado de la superficie. «¿Notoriedad?».

Al paso que iba, Savannah Grayson acabaría con una sala propia en su laberinto personal.

«Cuidado, Rohan». Aún podía sentir el preciso momento en que la daga le había cortado el pelo. Sin embargo, en su plan (ese o cualquier otro) no había lugar para distracciones. Lo único que importaba era ganar.

Salió de la zona rebajada y examinó la pared posterior, la única que no tenía estanterías. En lugar de eso, estaba cubierta de pelotas de ping-pong. Cientos de ellas.

Rohan pasó la mano por la pared, acariciando la superficie de las pelotas.

—Savannah —exclamó—. Algunas se mueven. Giran.

—¿Y tienen algo escrito las que giran? —preguntó sin rodeos Savannah, aproximándose para unirse a la búsqueda.

—No que yo vea —respondió Rohan.

«Aunque tampoco vimos lo que había escrito en las cartas».

—¿Crees que es tinta invisible otra vez? —Savannah le leía la mente a la perfección—. He encontrado una que se mueve.

Continuaron, moviendo las pelotas que estaban sueltas hasta hacerlas encajar en su sitio con un clic. Rohan tenía cierta confianza en que algo sucediera al encajar la última pelota, pero no fue así.

—Solo queda inspeccionar los juegos de las nuevas estanterías. —Savannah, la viva imagen del control, parecía haberse desprendido por completo de los efectos de verdad o reto—. Yo me quedo con esta. Tú… —Se detuvo a media frase, quedándose inmóvil a medio camino—. Rohan.

La manera en que dijo su nombre lo fulminó.

«Recuerda quién juega con quién», advirtió para sus adentros.

—¿Qué sucede? —preguntó.

Se acercó a Savannah y vio lo que ella había visto: la estantería a la izquierda de las pelotas de ping-pong solo albergaba juegos de ajedrez.

—Reyes y reinas —susurró Savannah.

Sacó una de las cajas. Sin sus largos cabellos, sin la trenza, Rohan podía apreciar las líneas de su cuello, lo esbelto que era, lo tenso que estaba, todo.

Extendiendo el brazo, tomó una caja.

—Las pistas de la corona y el cetro se explican por sí mismas. En lo que respecta a tronos vacíos…

Savannah lo interrumpió.

—Al juego que buscamos le falta el rey o la reina.

Empezaron a trabajar. No había dos juegos iguales. Había piezas de mármol, de vidrio, de cristal, de roca y de madera; tableros que se plegaban y tableros con piedras preciosas incrustadas; juegos sencillos y obras de arte; juegos temáticos, infantiles y de coleccionista.

Y por fin, ¡por fin!, Rohan encontró uno al que le faltaba el rey.

—Savvy.

No necesitó decir nada más. Savannah llegó junto a él con dos zancadas de sus largas piernas.

Rohan sacó el juego de la caja. Las piezas eran de plástico, sin nada de especial. El tablero era exactamente lo que se podría esperar de un ajedrez barato, pero eso no impidió que Rohan lo desdoblara y pusiera cada pieza en su lugar correspondiente.

Savannah se unió y trabajaron juntos —las manos de Rohan, después las de Savannah, las de él de nuevo— hasta colocar todas las piezas en el tablero, excepto el rey.

—Ahí está nuestro trono —dijo Rohan, señalando con la barbilla hacia la casilla vacía—. Ese o el que hay igual al otro lado.

Savannah se inclinó, inspeccionó la casilla con la yema de un dedo y, acto seguido, la raspó con la uña. El cuadrado negro se desprendió como si fuera una tarjeta del rasca y gana.

Debajo, había una inscripción.

Usadme.

Rohan alzó el tablero, esparciendo todas las piezas. Apretó la casilla con los pulgares y esta saltó. Savannah se apresuró a atraparla al vuelo. Al sostener la casilla entre el dedo índice y el pulgar, esta se iluminó con un espeluznante resplandor violáceo.

—Luz ultravioleta —murmuró Rohan.

—Las pelotas de ping-pong —dijo Savannah junto a él—. Las que hemos girado.

«Ni la más mínima vacilación».

En un instante, ambos estaban de nuevo ante la pared del fondo.

—Protégelas de la luz con la mano y luego prueba con la luz ultravioleta —sugirió Rohan.

Savannah lo hizo así. Mejor dicho, lo hicieron juntos. Y en las pelotas que habían girado antes aparecieron unas letras que formaron una palabra latina.

—*Veritas* —leyó en voz alta Rohan.

Se oyó un pitido y una sección de la pared cubierta de pelotas se separó del resto. Un compartimento secreto. En el interior, había cuatro objetos.

Un rodillo atrapapelusas.

Una tarjeta de cumpleaños.

Una botellita de purpurina.

Un abanico de seda antiguo.

Tras sacar todos los objetos del compartimento, otra sección de la pared de pelotas, mucho más grande, se abrió hacia fuera como si fuera una puerta. En los tablones de madera que quedaron al descubierto, había dos palabras: ESCENA FINAL.

—Un último rompecabezas.

A su lado, Savannah observaba las palabras.

Aquella fase del juego, aquel momento, llegaba a su fin. Pronto, los dos dejarían de ser un equipo. Ella le había prometido que acabaría con él. Le había prometido que disfrutaría haciéndolo. Rohan le daba crédito, en ambas cosas, así que, si deseaba a Savannah Grayson (como recurso, como ventaja competitiva), había llegado la hora de mover ficha.

—Si piensas proponer otra apuesta, mi respuesta es no —atajó Savannah.

Con aquella irregular melena cortada a cuchillo, parecía aún más una guerrera envuelta en seda azul hielo. Seguía cargando con la cadena y, por mucho que pesara, no parecía importarle, al igual que a Rohan no le importaban sus nudillos ensangrentados.

—No más apuestas —afirmó Rohan—. No más juegos.

Hasta ahora, él era un jugador, y ella, una pieza del juego. Pero Rohan no había llegado hasta donde estaba subestimando a sus oponentes y Savannah era mucho más que una reina en su tablero.

Era también una jugadora.

—Creo que ha llegado el momento —dijo Rohan, mirándola fijamente— de que tú y yo hagamos un trato.

CAPÍTULO 63
LYRA

Lyra cruzó el umbral de la puerta de la escena final y penetró en la habitación más grande que había visto en su vida. Un mosaico cubría el suelo, el techo y las paredes. La mayoría de las teselas eran negras, aunque los elaborados remolinos del mosaico incluían todos los colores imaginables.

—Es un salón de baile —dijo Grayson a sus espaldas.

Lyra se encaminó hacia la pared más cercana y se pegó a ella, atraída como un imán. Con la mano, acarició el mosaico, sintiendo cada una de las teselas, tan pequeñas y perfectas. ¿Cuántos millones se habían necesitado para confeccionar aquella habitación? El techo. El suelo. Las paredes... Todas, excepto una.

La pared que estaba más al fondo era de cristal.

Lyra miró a través del ventanal y lo único que vio fue una envolvente oscuridad. ¿Cuánto tiempo faltaba para que apareciera el primer tenue resplandor del alba? ¿Cuánto para que el sol asomase por el horizonte y acabara aquella fase del juego?

«Escena final». Aquella sala, aquel rompecabezas, era el último.

Lyra fue hacia el centro de la estancia. El suelo a sus pies era liso; las teselas estaban unidas de tal manera que parecía que pisara madera. Justo encima de su cabeza, había una araña de cristal.

La memoria era algo físico. «Mi espalda que se curva. Sus dedos, mis muslos».

—En un salón de baile se baila —señaló Odette.

Lyra ahuyentó el recuerdo y bajó la mirada hacia su vestido, con sus cascadas de azul. «Hecho para bailar».

—Yo ya no bailo.

Una parte de ella lo deseaba.

Una parte de ella lo anhelaba.

Sin embargo, se lo dejó claro a Odette.

—Eso pertenece a otra vida —añadió.

Lyra centró su atención en el dibujo de las paredes y el suelo: unos remolinos en espiral oscuros y fascinantes, todos únicos. Recorrió el salón, fijándose en todo.

—Nunca has dejado de bailar —dijo Grayson a sus espaldas—. Cada vez que te mueves, bailas.

—No lo hago.

Era de lo más sencillo discutir con él.

—Sigues haciéndolo, en la manera en que sostienes la cabeza sobre los hombros, como si solo tú oyeras la música. —Grayson Hawthorne estaba hecho para debatir—. En cada paso que das, cada gesto, cada giro, cada vez que te vuelves de espaldas, enfadada.

Podría haberse detenido en ese punto y habría ganado. Pero no lo hizo.

—La pose que adoptas cuando te paras —continuó despiadadamente—, con un pie un poco más avanzado que el otro.

La manera en la que levantas los talones del suelo cuando estás enfrascada en tus pensamientos, como si quisieras ponerte de puntillas. La manera en la que tus dedos se estiran cuando dejas caer los brazos a los costados. Las líneas de tu cuerpo cuando estiras dichos brazos por encima de tu cabeza.

«La araña», pensó Lyra.

—Créeme, Lyra Kane. —La voz de Grayson adoptó un tono grave—. Jamás has dejado de bailar.

¿Cómo demonios se suponía que iba a discutírselo? ¿Cómo se suponía que debía compartir un mundo, por no decir un salón de baile cerrado a cal y canto, con Grayson Hawthorne diciendo esas cosas?

«No estarás mucho más tiempo encerrada con él». Lyra trató de buscar consuelo en esa afirmación, pero le dolió, y no fue una punzada, ni siquiera un dolor nuevo. La idea de que aquella noche terminara le dolía como si fuera una fractura del pasado, una de la que se había recuperado tiempo atrás, pero que se resentía cada vez que cambiaba el tiempo.

La clase de dolor que tal vez nunca dejaba de hacer daño.

Lyra posó la palma de su mano sobre las teselas de la pared y empezó a examinarla igual que Grayson había hecho con la chimenea en la Gran Sala.

—Podría haber algo en el dibujo.

Grayson depositó la espada en el suelo, a sus pies, y se unió a ella.

Lyra retrocedió un paso, alejándose de la pared, de la espada, de él.

—¿Y qué hay de los objetos?

Se volvió bruscamente hacia Odette, que empezó a sacar los objetos y colocarlos sobre el suelo de mosaico.

La piruleta.

El taco de pósits.

El pincel.

El interruptor.

—Empezamos este juego con una serie de objetos —señaló Odette—. Y, si no recuerdo mal, nuestro señor Hawthorne parecía bastante seguro de que uno de esos objetos era una pista que nos diría por dónde empezar.

—Sí, bueno, lo de dudar nunca se me ha dado bien. —Los ojos de Grayson buscaron los de Lyra—. Pero si, a diferencia del primero, estamos ante un típico rompecabezas Hawthorne, debemos encontrar la manera de utilizar dichos objetos de forma poco convencional. —Señaló con la cabeza hacia la piruleta—. Por ejemplo, ese.

La piruleta era plana, circular, con un diámetro más grande que el puño de Lyra. El palo era largo y sólido.

—Podría haber un código en los remolinos que forma el caramelo —continuó Grayson—, algo que concuerde con una sección en concreto del mosaico. O quizá debamos olvidarnos de la piruleta y utilizar solo el envoltorio de plástico.

Lyra se movió hacia los objetos, alejándose un poco de él, absolutamente consciente de la manera en que se movía y de cómo él la observaba.

Se arrodilló para examinar el envoltorio.

—La información nutricional…

—… podría contener un mensaje oculto o un código —concluyó Grayson, arrodillándose junto a ella—. O tal vez lo importante es el palo de la piruleta y, en algún momento, tendremos que pulsar un botón con una hendidura demasiado pequeña para que quepan nuestros dedos.

—¿Y el resto?

Extendiendo el brazo, Lyra señaló hacia los tres objetos restantes.

El interruptor constaba de un panel, dos tornillos y un interruptor, todo unido a un bloque de metal con más tornillos. En conjunto, parecía como si lo hubiesen arrancado de la pared.

Los pósits eran cuadrados, y sus dimensiones, estándares. El color cambiaba gradualmente de violeta a rojo: un arcoíris a la inversa.

—¿Qué otros usos pueden tener los pósits? —preguntó Lyra.

—Te sorprendería.

Se podría escribir un libro con todas las maneras que tenía Grayson para sonreír sin hacerlo realmente.

—¿Y por casualidad no tendrá que ver alguno de ellos con un estuche de violonchelo, una espada, un arco y un gatito? —preguntó Lyra secamente.

Grayson esbozó una auténtica sonrisa y Lyra deseó con todas sus fuerzas que no lo hubiera hecho.

—¿Qué quieres que diga? —soltó Grayson—. Tuve una niñez poco convencional.

«Una niñez Hawthorne», se recordó Lyra. Incluso olvidando todo lo demás («sangre, muerte, omega»; «esto lo ha hecho un Hawthorne»; «deja de llamar»), la pura verdad es que Lyra y Grayson Hawthorne pertenecían a mundos diferentes.

Clavó la mirada en el último objeto. El pincel parecía sacado de un set de acuarelas infantil. El mango era verde; las cerdas, negras. Grayson se inclinó, lo cogió y trató de sacar el mango, pero fue en vano.

—Podríamos tratar de pintar el papel —dijo Lyra, con una concentración que rozaba lo legendario—. O las paredes.

—Un propósito muy loable —dijo Grayson—. Pero, primero, encendamos el interruptor.

Lyra así lo hizo. No ocurrió nada. Probó con el pincel en los pósits y, a continuación, se dirigió con paso seguro hacia las paredes. Grayson la siguió. A sus espaldas, Lyra oyó que Odette cogía uno de los objetos.

«Lo estará examinando con sus gemelos». Lyra no se dio la vuelta. Continuó pasando el pincel por la pared, incapaz de desviar sus ojos de las manos de Grayson.

Tenía dedos largos y hábiles; nudillos marcados. La piel era tersa y los músculos hasta la muñeca estaban bien definidos. Tenía una única cicatriz, una sutil luna creciente debajo de la lúnula de su pulgar derecho.

Lyra se concentró en el pincel y en la pared.

—Yo tuve una niñez muy convencional. —Clavó la mirada en el mosaico con tanta intensidad que empezó a ver borroso—. Danza, fútbol, correr por los bosques, bañarme en el arroyo. —Lyra frunció los labios—. Por eso estoy aquí.

¿Se lo estaba diciendo a Grayson o se lo recordaba a sí misma?

—¿Por tu niñez convencional?

Grayson dio un par de golpecitos con el dedo índice y corazón derechos en una sección azul oscuro a cierta altura que ella no alcanzaba.

Lyra se puso de puntillas y pasó el pincel por la zona indicada. Nada.

—Mi padre, mi verdadero padre, el que me educó, es dueño de algunos terrenos —dijo Lyra—. Y de una casa. Mile's End. —Cerró durante unos segundos los ojos—. No hay lugar en el mundo como Mile's End y tal vez tenga que venderla.

—Estás haciendo esto por tu familia —dijo Grayson.

No lo preguntó.

Lyra cerró la mano sobre el mango del pincel.

—No estamos avanzando.

—Lyra.

Al principio, por la manera en que había pronunciado su nombre, Lyra pensó que Grayson había visto algo en el mosaico, pero, cuando se dio la vuelta, advirtió que no estaba mirando las teselas.

—Estaba equivocado.

Grayson sonó tan seguro como siempre que hablaba.

Lyra trató de apartar la mirada, sin éxito.

—¿Sobre los objetos?

—No. —Grayson Hawthorne y sus noes—. Hace diecisiete meses, acudiste a mí para pedirme ayuda.

Lyra no podía permitir que continuara. Si no hubiese enterrado sus manos en su pelo, si no la hubiera sacado del flashback, anclándola al presente, todo podría haber sido diferente. Pero no podía.

Ahora no. No cuando todo estaba a punto de terminar. No después de que le hubiera dicho que bailaba con cada uno de sus movimientos.

—Olvídalo —espetó Lyra—. No importa. Concéntrate en el juego.

—Soy muy bueno haciendo varias cosas a la vez. —Grayson se dejó caer contra la pared y pasó la mano por la junta que la unía al suelo. Desde allí, alzó los ojos, como si no pudiera apartar la mirada—. Y el año pasado, cuando te dije que dejaras de llamar, no lo decía en serio.

CAPÍTULO 64
GIGI

Gigi se balanceó y trepó por la cuerda como si tuviera bíceps de verdad.

No era una gesta atlética, sino más bien una ardiente necesidad de descubrir lo que venía a continuación. En cuanto apoyó la mano en un cristal grueso y sólido, advirtió que alguien empezaba a trepar tras ella, pero no miró hacia Brady y Knox.

Con un último impulso, franqueó el agujero y se puso en pie. El desván, si podía denominarse así, era una pirámide de dos metros y medio de altura en su punto más alto. Todas las aristas estaban iluminadas y las cuatro paredes eran de cristal. «La parte más alta de la casa». Gigi recordó la forma del tejado… y después contempló la noche.

—Qué oscuro está ahí fuera.

—No por mucho tiempo.

Sin apenas esfuerzo, Knox salió del agujero y entró en la sala. Brady, con la espada atada de algún modo a su espalda, apareció tras él.

—Tenemos, como máximo, dos horas y media antes de que amanezca —anunció Brady.

«Dos horas y media —pensó Gigi— hasta que esto, con los tres, acabe».

Apoyó la mano en el ventanal que daba al océano y, con los dedos, recorrió las palabras que allí había grabadas: Escena final.

—Mirad. —Brady se puso en cuclillas—. Hay un panel suelto en el suelo.

Levantó un enorme cuadrado de cristal tintado y empezó a sacar objetos del compartimento que había quedado al descubierto.

Un par de gafas de sol.

Un rollo de papel de envolver.

Un ovillo.

Una botellita de quitaesmalte.

—Uno de estos objetos tiene que darnos la pista de lo que se supone que tenemos que hacer a continuación —dijo Gigi con convicción.

El papel de envolver estaba lleno de unicornios y arcoíris. Las gafas de sol eran de color negro con estrás. El ovillo era de hilos de muchos colores, un arcoíris, igual que el papel.

Brady abrió el frasco de quitaesmalte y lo olió.

—Huele a acetona —confirmó—. O a algo con una composición química similar.

—Ahora viene la parte en la que suelta de un tirón la fórmula química —dijo Knox, poniéndose las gafas.

—Te queda bien el estrás —contraatacó Brady, sin inmutarse.

Gigi desenrolló el papel de envolver y lo examinó a fondo en busca de una pista: un unicornio que no cuadrara con los demás, un arcoíris al que le faltara un color, letras o cifras ocultas, alguna variación en el dibujo.

Cuando hubo terminado, le dio la vuelta.

La parte trasera era toda de color rojo.

Knox se quitó las gafas.

—Nada en la parte interior —informó brevemente—. Parecen gafas de sol normales y corrientes.

Gigi tomó el ovillo y empezó a deshacerlo, por si cabía la remota posibilidad de que hubiera algo escondido en el centro. Nada.

Prestó de nuevo atención al desván. El suelo estaba hecho de cristal tintado. Las paredes y el techo eran transparentes. No había nada más en la sala, excepto los objetos que ya habían encontrado.

Gigi se arrodilló e inspeccionó el suelo. No había más paneles sueltos, pero la trampilla por la que habían accedido seguía abierta.

—En las otras salas, cuando entrábamos en la nueva, el acceso a la anterior se cerraba —dijo en voz alta y, acto seguido, tomando una decisión apresurada, añadió—: ¡Bombas fuera!

Agarrando la cuerda, Gigi se deslizó hacia la biblioteca. Knox soltó una maldición, pero la siguió, y Brady hizo lo mismo.

Gigi miró a su alrededor.

—Ya no está —susurró.

«La casa victoriana y el castillo. Las muñecas. Los accesorios. Nada». Pero eso no era todo.

Las estanterías estaban vacías.

—Pero ¿cómo es posible? —preguntó Brady—. No hemos estado ahí arriba ni dos minutos.

—Esta me la sé —dijo Gigi, levantando la mano—. En realidad, hay dos estanterías, colocadas una contra la otra y hechas para que roten. —Gigi unió sus manos, palma contra palma, a modo de demostración—. Nosotros subimos, ellos giran las estanterías y las cambian por las vacías. Y hay algo más: esas estanterías vacías vienen con un regalito.

«Símbolos, tallados en la madera».

Los tres pasaron la siguiente hora tratando de descifrar esos símbolos, buscando un patrón. Había con facilidad cincuenta emblemas diferentes. Algunas formas se repetían. Otras no. Gigi las examinó una a una.

«Una estrella, un heptágono, el signo de desigual, la letra G, el número 9, un sol...».

—¿Qué pasa por esa cabecita tuya?

Brady se colocó hombro contra hombro junto a Gigi y observó los símbolos que ella había estado tratando de comprender durante los últimos cinco minutos.

—El caos —respondió con honestidad—. Casi siempre.

Brady esbozó una sonrisa.

—Recuérdame que luego te explique la teoría del caos.

—Explícamela brevemente ahora. —Gigi fue avanzando hacia el siguiente símbolo: unas líneas en zigzag superpuestas. ¿Una ola?

—¿Quieres que te explique brevemente la teoría del caos? —Brady se lo pensó... y pensó en ella—. Bien, veamos... Condiciones iniciales. Extrañas atracciones. Geometría fractal.

—Déjalo ya —soltó Knox desde el otro lado de la sala.

—¿O qué? —respondió Brady—. Aquí no hay ninguna jerarquía, Knox. Ya no tengo quince años y no somos hermanos.

La sala se sumió en un repentino silencio. Brady ni siquiera se fijó en la reacción de Knox, pero Gigi sí lo hizo. «Cejas Heridas».

—De acuerdo. —El tono de Knox era firme—. Podéis seguir hablando de la teoría del caos y ligando. Yo vuelvo arriba.

Knox se dirigió hacia la cuerda. Por razones que ni siquiera adivinaba, Gigi lo siguió. En cuanto llegó a la trampilla y accedió a la sala, advirtió que Knox se había adueñado de los cuatro objetos.

—Pero a ti ¿qué te pasa? —preguntó Gigi.

—¿Que qué me pasa? —Knox ni siquiera se volvió—. Lo que me pasa es este equipo. Brady. Tú.

—Gruñe todo lo que quieras, hurón —le respondió Gigi—. No me asustas.

—¿Y por qué querría asustarte? —replicó Knox—. El movimiento más estratégico sería ganarme tu confianza y sacar provecho. Has tenido suerte de que sea tan amable, ¿no crees, señorita Alegre?

Fue el apodo lo que molestó a Gigi.

—¿Por qué lo hiciste? —preguntó.

—¿Hacer el qué? —preguntó Knox escuetamente.

—El año pasado. —Gigi bajó la mirada—. ¿Por qué hiciste un trato con Orion Thorp? —Knox no respondió, así que Gigi añadió una aclaración—: Con el padre de Calla.

—Brady te ha contado… algo.

—Me lo ha contado todo —confesó Gigi.

Knox miró hacia los objetos que había venido a buscar: el rollo de papel de envolver, el quitaesmalte, las gafas de sol, el ovillo.

—A Calla no se la llevaron. Huyó.

—Brady dijo que…

—Calla se fue. —La voz de Knox se volvió gutural, pero, al retomar la palabra, lo hizo sin emoción alguna—. No la secuestraron. Su familia no la retiene en ningún lado. No ha desaparecido. No fue víctima de una jugada sucia ni de un crimen. Y lo sé porque, la noche antes de irse, Calla vino a despedirse.

Gigi lo miró fijamente.

—¿Y por qué no se lo has dicho a Brady? —Hizo una pausa—. ¿Por qué me lo dices a mí?

—Quizá no solo te lo digo a ti. —Knox se volvió y señaló con la cabeza la parte frontal de su vestido. «El micro»—. Los Thorp no son la única opción y Orion Thorp no es el único miembro de su familia al que le gusta jugar. No sé quién está escuchando, pero puede que diga algo que despierte su interés y me hagan una oferta más competitiva.

Dinero. Knox trataba de hacerle creer que todo era por eso, por dinero. Pero su instinto le decía que lo que en realidad trataba de hacerle creer era que no era tan malo.

«No deja que nadie se acerque a él», había dicho Brady.

—¿Y por qué no le has dicho a Brady que Calla se despidió de ti? —dijo Gigi, repitiendo su pregunta con calma—. ¿Por qué a mí sí?

—Quizá te lo diga a ti porque a él no puedo decírselo. —Knox agarró todos los objetos con una mano, mientras que se llevaba la otra al cuello de su camisa—. No se lo he dicho y nunca se lo diré porque Brady no entendería un adiós de Calla Thorp.

Knox tiró bruscamente de la camisa, dejando al descubierto una cicatriz blanca, fruncida y triangular en la base de su cuello.

—¿Y qué trato propones? —Savannah lanzó la pregunta.

«Eso era buena señal».

—Has dado a entender que estás jugando por una razón diferente a la económica —señaló Rohan—, mientras que a mí solo me interesa el dinero.

—No hay trato.

Savannah intentó pasar junto a él, camino a la siguiente sala. La última.

Rohan le bloqueó el paso, con lo que quedaron uno al lado del otro, casi pegados.

—No has escuchado mis condiciones.

—¿Estás diciendo que me ayudarás a ganar y luego, por voluntad propia, dejarás que me alce con la victoria únicamente bajo la promesa de que después te entregue el dinero? —Savannah llevaba su escepticismo como si fuera una preciada corona—. No confías tanto en mí, Rohan, o, mejor dicho, no confías en absoluto.

Ahí estaba el problema.

—Entonces, quizá sea mejor este trato —contraatacó Rohan—. Trabajamos en equipo durante la segunda fase del juego... hasta cierto punto. —Rohan había cerrado su primer trato con el Propietario, con el Piedad, a la tierna edad de cinco años. Si algo sabía hacer era regatear con el diablo—. Sea cual sea la siguiente fase, una vez que hayamos eliminado a los rivales juntos, una vez que estemos a punto de ganar el Gran Juego... —Sonrió enseñando los dientes, confiando en que Savannah recordara el tirón de pelo, esos agarrones que solo dolían un poco—. Llegado ese momento, somos libres para derrotar al otro con todo lo que tenemos a nuestro alcance.

Al final, él ganaría, sin importar qué límites debiese cruzar para lograrlo.

—Dijiste que disfrutarías acabando conmigo, cariño —añadió Rohan, sonriendo—. El sentimiento es mutuo.

—Una alianza en la que el objetivo final es la traición. —Savannah se quedó mirándolo un buen rato—. Qué original.

—No sería traición —la corrigió Rohan, completamente consciente de las partes del cuerpo de Savannah que tocaban el suyo— si ambos sabemos a qué atenernos.

—Créeme, inglés. —Savannah se inclinó hacia delante—. Sé a qué atenerme.

Savannah pasó junto a él y se dirigió hacia el umbral de la escena final. Rohan la siguió, doblando la esquina de lo que, según descubrió enseguida, era un pasillo flanqueado de espejos.

Podía ver cualquier ángulo de Savannah. «Curvas. Rasgos. Fuerza».

El pasillo de espejos los condujo a otra sala aún más grande. Lo primero que vio fueron unas alfombrillas en el suelo perfectamente delimitadas. En la pared más cercana a ellos había apoyados dos sables, dos máscaras y dos chaquetas blancas con revestimiento metálico.

—Esgrima —anunció Rohan.

«Qué apropiado».

—El arte de la espada.

Savannah paseó la mirada de los sables a la espada en la mano de Rohan y a su rostro, y luego se dirigió al otro extremo de la sala, a un muro de escalada. Sin pronunciar palabra, y pese a su delicado vestido de seda, se encaramó a él.

Rohan reparó, no sin cierto aprecio, en que aún conservaba los tres objetos de la estancia anterior: el abanico de seda, el frasco de purpurina y el rodillo quitapelusas. Conseguía trepar pese a que los sujetaba con las manos.

Eso dejaba a Rohan con la tarjeta de cumpleaños y la espada.

—Ya han salido tres espadas en total en el juego —dijo—. Podría significar algo.

Examinó las hojas de los sables. A diferencia de su espada, no tenían nada escrito. Rohan los levantó para comprobar su peso, luego se probó las dos máscaras y después inspeccionó las chaquetas.

—Si de verdad pretendías hacer un trato conmigo —le gritó Savannah desde la parte más alta en la pared—, me habrías ofrecido la espada a cambio. No te creas que no he visto cómo la custodias. Tu cuerpo siempre está convenientemente entre ella y yo.

Rohan pensaba haber sido mucho más discreto.

—Y tú sigues cargando con el candado y la cadena —replicó—. Ya ha servido a un propósito en el Gran Juego al presagiar su naturaleza, pero no puedes saber a ciencia cierta si ya ha cumplido su cometido. ¿Me culpas por hacer lo mismo y conservar la espada?

—Soy plenamente capaz de culparte de todo —dijo Savannah—. ¿Qué opinas del muro a tus espaldas?

«¿Es una prueba, Savvy?». Rohan se volvió. La pared en cuestión parecía ser una enorme pizarra blanca. Sobre ella se apreciaba el dibujo de un intrincado laberinto que llevaba a tres salidas:

Un tablero de damas.

Un lazo del ahorcado.

Y otro juego, uno muy sencillo.

—Tres en raya.

Savannah descendió y se unió a él.

Rohan observó el tablero, dispuesto para una partida, con equis y oes magnéticas.

—Juegos en la pared. Escalada. Espadas.

Savannah hizo un breve resumen de lo que los rodeaba.

—Un rodillo quitapelusas —añadió Rohan—. Una tarjeta de cumpleaños. Un frasco de purpurina. Y un abanico de seda.

Abrió la tarjeta y una melodía instrumental empezó a sonar. La canción le resultaba familiar.

Frente a él, Savannah abrió el abanico. La rígida tela de seda era de un color azul oscuro, azul noche, y tenía una palabra bordada en un brillante hilo plateado. SURRENDER.

Rohan leyó la palabra en voz alta y, después, la tradujo:

—«Ríndete».

Savannah miró el abanico y, después, alzó los ojos hacia él.

—Nunca.

Rohan recordó el momento en la base del mástil. Ahora, como entonces, sus palabras eran tentadoras, desafiantes.

—Algunos de nosotros no pensamos que rendirse sea algo bueno. —Rohan se inclinó hacia delante, acercándose a ella, y luego se acercó un poco más—. Algunos preferimos pelear. No te estoy pidiendo que te rindas, Savannah Grayson. Y, si crees que el resto de los equipos no forjará alianzas en esta fase del juego... —Rohan jugó su baza—, es porque no has pasado mucho tiempo observando a tu hermano y a Lyra Kane.

«Hermanastro». Rohan anticipó la corrección.

—Hermanastro. —Ahí estaba.

Rohan esperó. La capacidad de esperar (ya fuera durante una negociación o en las sombras) era una de sus mejores cualidades.

Savannah fue a decir algo, pero, antes de poder hacerlo, la oscuridad lo invadió todo. Una oscuridad absoluta, total. «Las luces en la sala. Las líneas de lucecitas en los laterales. Se han apagado de golpe».

Se oyó un sonido... La calefacción dejó de funcionar.

—La trama se complica. —Rohan la envolvió con su voz—. Al parecer, los creadores del juego acaban de cortar la corriente.

CAPÍTULO 66
LYRA

La súbita ausencia de luz sorprendió a Lyra casi tanto como las palabras a las que no dejaba de dar vueltas y que le revolvían las entrañas. «El año pasado, cuando te dije que dejaras de llamar, no lo decía en serio». Pues claro que lo decía en serio. Él era Grayson Hawthorne y ella no era nadie. ¿Qué le importaba a él su tragedia? ¿Qué importancia tenía ella?

Y aun así…

Y aun así…

Y aun así…

—Lyra. —En la oscuridad, la voz de Grayson sonó casi a su lado—. ¿Estás bien?

Hizo que aquella pregunta sonara como una orden: estaría bien porque él no permitiría que ocurriera de otro modo.

—No tengo miedo a la oscuridad —respondió Lyra—. Estoy… —Iba a decir «bien», pero ahora esa palabra implicaba muchas otras cosas—. Estoy genial.

—Yo no —dijo Odette, casi al límite—. No estoy genial.

Lyra recordó el dolor que había sentido la anciana, recordó que estaba muriéndose.

—¿Qué ocurre? Descríbanos sus síntomas —ordenó Grayson.

—Mis síntomas incluyen cierta rigidez de mandíbula y un aumento en la frecuencia cardiaca, así como un deseo de soltar maldiciones creativas.

—Estás enfadada —declaró Lyra.

«No le duele nada o, al menos, nada diferente a lo que ya está acostumbrada».

—Nos han concedido un periodo de tiempo determinado para completar este desafío —replicó Odette— y, ahora, de repente, está claro que el tiempo que creíamos que nos quedaba antes del amanecer era una ilusión, un giro propio de un juego Hawthorne, ¿no? Engaños e ilusiones en lugar de la verdad.

Lyra pensó de repente en Odette diciendo que Tobias Hawthorne era el mejor y el peor hombre que había conocido.

—Si hubiesen planeado el apagón, nos habrían dado una pista que lo anunciara, en la sala metálica o directamente al principio —dijo Grayson lentamente—. Nos habríamos devanado los sesos ante una frase o alguna pista enigmática que habría cobrado sentido nada más apagarse las luces. Sin embargo, ¿esto? No tiene sentido, y os aseguro a ambas que es precisamente lo contrario de un juego Hawthorne.

Al oírlo, a Lyra le resultó imposible no creer a Grayson... en lo que acababa de decir sobre el juego y en todo lo demás. «El año pasado, cuando te dije que dejaras de llamar, no lo decía en serio».

—Los botones de emergencia y pista —dijo Lyra, con un tono de voz más grave del que pretendía—. ¿Siguen funcionando?

—Los probaré —contestó Grayson, pero Lyra se le adelantó, moviéndose en la oscuridad como si nada.

Encontró los botones y los pulsó.

No hubo respuesta.

—La radio no funciona —anunció Grayson—. Ya os lo he dicho: esto no estaba planeado.

—Quizá no por tus hermanos ni por la señorita Grambs —replicó Odette.

Lo dijo en voz baja, en un tono comedido y profundamente preocupante.

—Hable claro, señora Morales —ordenó Grayson en la oscuridad.

—Una capa tras otra. —La voz de Odette no cambió, ni en volumen, ni en tono, ni en énfasis o ritmo—. En el juego más grande, no hay coincidencias.

No había dicho el Gran Juego, sino «el juego más grande», como si se estuviera refiriendo a cosas diferentes.

—La casa —prosiguió Odette—. Esta sala. Los mecanismos de cierre, las elaboradas reacciones en cadena... No son del todo manuales, ¿verdad? Requieren energía.

—Sí —respondió Grayson.

Lyra tradujo lo que quería decir aquel «sí» de Grayson Hawthorne.

Esta vez estaban encerrados de verdad... y aquello no formaba parte del plan maestro del juego.

CAPÍTULO 67
GIGI

—Quédate donde estás —ordenó Knox a Gigi—. Quieto, no te muevas y trata de no matarte.

Lo siguiente que Gigi oyó en la oscuridad fue el sonido de Knox bajando por la trampilla. Unos segundos más tarde, Gigi oyó un intercambio acalorado en el piso inferior, pero no distinguió lo que decían. Su cerebro superpuso lo que Knox había dicho antes en la discusión que él y Brady estaban teniendo ahora.

«No se lo he dicho y nunca se lo diré porque Brady no entendería un adiós de Calla Thorp». Gigi pensó en la cicatriz en el cuello de Knox. Pensó en Brady afirmando que nadie disparaba un arco como Calla. Y luego pensó en Brady diciéndole a Knox que no eran hermanos.

Allí de pie, sola y rodeada de oscuridad, Gigi pensó en el micrófono y en el hecho de que, si alguien los escuchaba, menudo espectáculo estaban dando. Miró hacia la noche.

No había señales de tormenta, nada que pudiese haber causado el apagón. Quizá fuera parte del juego. Quizá estuviera planeado, aunque, en lo más profundo de su ser, Gigi no lo creía.

Lo que creía era que alguien más estaba en la isla. «Los Thorp no son la única opción —había dicho Knox, después de señalar el micro con la cabeza—. Y Orion Thorp no es el único miembro de su familia al que le gusta jugar».

Gigi se llevó la mano al muslo. El vestido era tan grueso que no notó la navaja que allí había escondida. «¿Y qué si se ha ido la luz?».

Rebuscó en la parte delantera del vestido y sacó el micro. Tomó aliento tres veces y, después, habló.

—Sé que estás ahí.

Silencio.

—Sé que estás ahí —repitió.

De nuevo el silencio…, pero, entonces, una voz electrónica pero familiar dijo:

—No, preciosa, no lo sabes.

CAPÍTULO 68
ROHAN

La ausencia de luz no impidió que Rohan inspeccionara la sala, en concreto, el suelo de madera y las paredes. En un juego diseñado por él mismo, si se hubieran apagado las luces, especialmente a estas alturas, sería porque habría una linterna escondida y los jugadores deberían encontrarla.

Un desafío.

Un giro de guion.

Una manera de aumentar la tensión.

Pero aun así... Savannah no estaba buscando. Rohan trató de intuir sus movimientos con el oído. Eran pocos y dirigidos. Estaba examinando minuciosamente los objetos. Aguzó el oído. El abanico se abrió y se volvió a cerrar.

«No estás buscando un botón o un interruptor, ¿verdad, cariño? No estás buscando una fuente de luz en absoluto».

A Rohan le habían enseñado desde pequeño a dudar de cualquier suposición, a enfrentarse a los problemas desde todas las perspectivas.

—¿Sabes lo que me parece fascinante, Savvy? Los indicios. —Le dio exactamente un segundo para que lo considerara—.

Una ausencia repentina de movimiento. Demasiado contacto visual. Demasiado poco. Cierta rigidez en el cuello o en los hombros. Un ligero cambio de tono. La mínima contracción de un músculo concreto de la mejilla. Incluso la manera en que la persona apila las fichas puede decirme todo lo que necesito saber.

Rohan hizo de nuevo una pausa y aguzó el oído ante la respiración de Savannah en la oscuridad.

—El hecho de que no estés buscando una fuente de luz, ni siquiera un botón o un interruptor en esos objetos, es un indicio.

—¿De qué?

—Una respuesta con el tono perfecto —murmuró Rohan—. Desafiante, aunque en su justa medida. Pero el cuerpo no engaña, cariño.

—No puedes verme. Y no me llames «cariño».

—Has tardado un cuarto de segundo de más, Savvy. No crees que el apagón forme parte del juego.

Silencio.

—Dime que me equivoco —la desafió Rohan.

Casi podía oír cómo movía la ceja en la oscuridad.

—Si tuviese que avisarte cada vez que te equivocas, apenas nos quedaría tiempo para nada más.

Rohan reconocía cuando alguien intentaba desviar la conversación nada más oírlo. Ató cabos mentalmente, uno tras otro.

—¿Sabes que algunos jugadores tienen patrocinadores? —preguntó, poniéndola a prueba.

No hubo respuesta.

—Quizá tu patrocinador lo llame de otro modo.

Silencio.

—Fuiste una de las elecciones personales de la heredera Hawthorne —continuó Rohan—, así que, fuera quien fuese el que contactó contigo, tuvo muy poco tiempo para hacerlo.

—No tengo ni la más remota idea de lo que dices.

Tomó el hecho de que hubiera contestado, y que lo hubiera hecho con un farol tan débil, como una señal de que podía apretar un poco más.

—Bien, entonces ¿por qué tu patrocinador cortaría la luz? Seguro que no es para distraer a los otros equipos mientras tú sigues concentrada. ¿Quizá para distraer a los creadores del juego? Pero ¿de qué, exactamente? ¿Y cómo?

Enlazar preguntas era algo que a la mente de Rohan le encantaba. Cuando resolvías una, el resto de las respuestas surgían, una tras otra.

Savannah estaba en el juego por su padre.

Rohan no había llegado hasta ese asunto…, aún no. Pero, a cada segundo que pasaba, sentía que se acercaba. Mientras tanto…

—Puede que, ahora mismo, una persona con menos escrúpulos que yo —le dijo a Savannah— se plantearía un pequeño soborno, pero yo no tengo intención de ganarme tu sumisión. —Rohan dio un paso hacia ella, cerciorándose de que lo oyera—. No estoy buscando un peón obediente que pueda mover por el tablero a mi antojo, Savvy.

«Ya no».

—Estoy buscando una aliada. Una compañera —dijo, dando otro paso perfectamente audible.

—No tienes nada con lo que sobornarme. —Ahora era el turno de Savannah, quien también dio un paso, uno solo y amenazador, hacia él—. Soy la hermana de Grayson Hawthorne. Se me concederá el beneficio de toda duda. Y no hace falta que te recuerde que le rompiste las costillas a Jameson. ¿De verdad crees que Avery Grambs lo ha olvidado?, ¿que te escuchará o te creerá a ti antes que a mí? ¿En qué te basas? ¿En el hecho de que no juegue como tú esperas que lo haga desde que estamos a oscuras?

—Hermanastra —dijo.

—¿Disculpa?

—Eres la hermanastra de Grayson Hawthorne —murmuró Rohan—, como tú siempre sueles precisar.

Podría haber apretado un poco más, pero no lo hizo. Tal como le acababa de decir, no tenía ningún interés en coaccionarla.

—Ya que no hay necesidad de buscar una linterna... —Rohan lo dio por hecho—, quizá deberíamos concentrarnos en otra cosa, ¿no crees?

Ocupó el espacio que quedaba entre ellos y tomó la mano izquierda de Savannah, así como el objeto que sostenía en ella. «El frasco de purpurina».

Envolviendo suavemente los dedos de Savannah con los suyos, dijo:

—Tienes el abanico en la otra mano y el quitapelusas remetido en la cadena que llevas a la cintura, ¿verdad?

—¿Para qué preguntas si ya estás convencido de que lo sabes todo?

—Deja el abanico en el suelo un momento.

Se preparó para que lo enviara al infierno, pero debió de despertar la curiosidad de la joven porque, un momento después, Rohan oyó que sujetaba el abanico en un eslabón de la cadena.

Extendió su mano hacia la de Savannah y después guio sus dedos para que explorara el frasco con el tacto mientras él hacía lo mismo.

—Está hecho de cristal. —En la oscuridad, Savannah no hizo ningún intento de evitar el roce de su piel.

—El tapón es de corcho —señaló Rohan.

—Hay un emblema en relieve.

—Una estrella.

—El corcho podría funcionar como sello si encontráramos algo que nos sirviera de tampón de tinta —murmuró Rohan—. O podría ser la llave de una cerradura en concreto.

—Puede que haya algo escondido en el interior, entre la purpurina.

A Savannah no le gustaba que otra persona llevara las riendas.

—O quizá —repuso Rohan, con voz grave y embriagadora— lo que de verdad necesitamos es el frasco. El vidrio se rompe. Las esquirlas son afiladas.

Recordó la rosa de cristal, el reloj de arena, y se preguntó si las mismas imágenes no habían acudido también a la mente de Savannah.

«Puedo verte, Savannah Grayson, incluso en la oscuridad».

—El quitapelusas es de los desechables, de los que tienen hojas que se pegan y después se despegan.

Savannah lo dijo en un tono extraordinariamente sereno, pero Rohan lo intuía: ya casi la tenía.

«Estamos mejor juntos, cariño. Y, sobre todo, quiero que ganes. Necesitas ganar».

—¿Qué crees que ocurriría si desenrolláramos las hojas? —preguntó Rohan.

—¿Qué ponía en el interior de la tarjeta? —replicó ella. «Siempre exigente».

—«Feliz cumpleaños» —informó Rohan.

Con la mano que le quedaba libre, sacó la tarjeta de la chaqueta del esmoquin y la abrió, permitiendo que la música llenara la sala.

—*Clair de lune* —añadió y, acto seguido, lo tradujo—: «Luz de luna».

Savannah cambió de posición y Rohan sintió que el aire se movía. El abanico. Lo sacó de la cadena y lo abrió de nuevo. Rohan trató de recordar el aspecto del abanico, con aquel hilo plateado sobre la seda azul marino y solo una palabra: SURRENDER. «Rendíos».

—Cierra el abanico —le ordenó—. Parcialmente. Con movimientos lentos. —Savannah empezó a hacerlo y él envolvió sus manos con las suyas una vez más y añadió—: Poco a poco.

Rohan conocía a la perfección sus propias respuestas corporales y el efecto que su cercanía podía tener en otros. Había hecho muchas más cosas, y mucho más creativas que esta, en la oscuridad. Desafiaba cualquier lógica que con solo acariciar las manos de Savannah Grayson sintiera tal terremoto interno, como si la estuviera explorando, poco a poco.

—Para —ordenó Rohan.

Savannah se detuvo. Rohan recorrió con los dedos las letras bordadas en el abanico, algunas de las cuales habían quedado ahora ocultas.

—Y, así, *surrender* se convierte en *sunder*.

—*Sunder*. Dividir. —Savannah no se perdía nada—. Cortar. Hender. Rasgar. Es nuestra pista. Desde ahí empezamos. Cortamos el abanico.

Savannah guardó silencio y Rohan lo interpretó no como un momento de duda, sino como uno de reflexión.

Permitió que sus dedos rozaran el dorso de su mano, desde los nudillos hasta la muñeca, diciéndose que tenía pleno control. La estrategia y el deseo, al fin y al cabo, no tenían por qué ser excluyentes.

—Tú quieres una alianza... —Las palabras de Savannah parecían habitar el espacio entre ellos. Las sentía, la sentía a ella—. Yo quiero la espada.

—¿Para cortar el abanico? —preguntó Rohan de inmediato—. ¿O para después?

—¿Y qué importancia tiene?

Rohan se permitió inclinarse hacia ella.

—Todo tiene importancia, Savvy —le susurró al oído—, hasta que nada la tiene.

Era verdad. También era una advertencia. Y una promesa. «Te traicionaré. Tú me traicionarás». Ganar es lo único que importaba al final.

—Yo me quedo con la espada —anunció Rohan—. Y tú colaborarás conmigo de todos modos.

Contó tres segundos de silencio antes de que Savannah respondiera.

—Levanta la espada —ordenó ella—. Ahora.

«Otro indicio». Rohan desenvainó la espada y, con un giro de muñeca en sentido contrario a las agujas del reloj, la colocó de repente en posición vertical. Sintió el momento exacto en que Savannah presionaba el abanico de seda contra el filo.

La tela empezó a desgarrarse.

—¿Rohan? —Savannah cortó el abanico—. Trato hecho.

CAPÍTULO 69

LYRA

—Esto no me gusta —dijo Grayson en tono sombrío—. La luz ya debería haber vuelto.

—¿Está planteando romper una ventana, señor Hawthorne? La voz de Odette era mordaz.

«No —reflexionó Lyra—. No se lo está planteando».

—En el caso de una amenaza exterior, aquí dentro estamos más a salvo —dijo Grayson—. Esta casa es muy segura.

«Segura». El corazón de Lyra empezó a latir desbocado. «Una amenaza».

Odette guardó silencio durante unos instantes.

—No estamos a salvo aquí dentro si hay un incendio —dijo finalmente.

«Otro fuego». Lyra pensó en la primera impresión que había tenido al llegar a la Isla Hawthorne: los árboles carbonizados, los fantasmas del pasado.

—¿Tiene usted alguna razón en concreto para pensar en un incendio? —preguntó Grayson.

—Quizá los años me estén volviendo paranoica. —Odette hizo una pausa—. O quizá es lo que veo cuando os miro. Una bomba de relojería. Un desastre inminente. Un Hawthorne y una chica con los suficientes motivos para mantenerse alejada de los Hawthorne.

«Estás hablando de omega. —Lyra lo sintió en la boca del estómago—. De la muerte de mi padre. De Tobias Hawthorne».

—Estoy convencido de que no le importará explicarse —soltó Grayson, frío como el acero.

Sin embargo, Odette decidió mantenerse en completo silencio.

—«Esto lo ha hecho un Hawthorne» —dijo Lyra con voz ronca—. Es a eso a lo que se refiere. Es lo que dijo mi padre, justo antes de la frase con la clave, justo antes de suicidarse. Esa es la razón de que tenga suficientes motivos para mantenerme alejada de los Hawthorne.

—«Esto lo ha hecho un Hawthorne» —repitió Odette—. Lyra, tu padre… ¿pronunció exactamente esas palabras?

—Así es. —Lyra cerró los ojos y entonces las oyó, diferentes, en inglés—. *A Hawthorne did this.*

—Reconozco que mi abuelo podía pasar de ver a la gente como engranajes de una máquina a considerarlos un medio para obtener sus propios fines.

—Ninguno de los dos sabe lo que creéis saber —interrumpió Odette secamente—. El verd…

La frase quedó incompleta. Se oyó un golpe sordo, uno fuerte. «Su cuerpo, acaba de desplomarse».

Lyra se apresuró a ir hacia ella, sin tener en cuenta la oscuridad, pero, de algún modo, Grayson llegó antes.

—Está sufriendo un ataque. —La voz de Grayson cortó la oscuridad—. Voy a ponerla de lado. Estamos con usted, señora Morales, tranquila.

El sonido del cuerpo de la anciana sacudiéndose contra el suelo cesó de repente. Un silencio, total y horrible, lo sustituyó. Lyra ahogó un grito.

—Tranquila, estoy con usted —repitió Grayson.

—Eso es lo que a usted le gustaría, señor Hawthorne.

La voz de Odette era áspera. Lyra sintió alivio.

Y, un instante después, la luz regresó.

—Lo siento mucho, amigos. —El deje texano de Nash Hawthorne llegó a través de unos altavoces ocultos—. Una pequeña complicación técnica por nuestra parte, pero ya estamos de vuelta. Aún os quedan sesenta y tres minutos para el amanecer. Siempre que uno de los equipos llegue al muelle para entonces, las reglas se mantienen.

«Llegad antes del amanecer o estáis eliminados».

—Lyra —llamó Grayson—. El botón de emergencia. Necesitamos…

—No necesitamos nada. —Odette se incorporó con dificultad y clavó una mirada llena de resistencia y obstinación en él—. Ya has oído a tu hermano. El espectáculo continúa.

Fuera lo que fuese lo que Odette había empezado a decir antes de su ataque, no daba señales de querer confesarlo ahora. Al parecer, estaba de nuevo decidida a jugar y ganar, y nada más.

«Ninguno de los dos sabe lo que creéis saber». Lyra cerró los ojos y trató de calmarse. «Una bomba de relojería. Un desastre inminente».

Lyra abrió los ojos, empapándose mentalmente del momento e identificando la manera más lógica de seguir adelante. «Hacia el muelle. Hacia las respuestas».

—Sugiero que pidamos la pista.

CAPÍTULO 70
GIGI

Gigi parpadeó un par de veces, deslumbrada por la repentina avalancha de luz, incapaz de dejar de reproducir el momento que no dejaba de repetirse una y otra vez en su cabeza.

«Sé que estás ahí».

«No, preciosa, no lo sabes».

Gigi había tratado de que la voz siguiera hablando, que dijera algo, lo que fuera, pero en vano. En su vida, solo una persona la había llamado «preciosa» y era alguien que traía problemas. «Muchos Problemas». De esos en los que a Gigi le gustaba pensar cuando se sentaba en el tejado ante la ventana de su dormitorio a altas horas de la noche.

Un centinela. Un mercenario. Un espía.

Le había dicho que trabajaba para una persona muy peligrosa, pero eso había ocurrido hacía un año y Gigi no lo había visto desde entonces.

«Está aquí. La navaja es suya». Gigi la sintió, pegada a su muslo. Pensó en las marcas de garras que tenía la vaina de cuero y el recuerdo de su único encuentro la asaltó.

—Eres la hermanastra de Grayson Hawthorne.

El señor Muchos Problemas, Nombre en Clave: Mimosa, medio sonríe medio resopla hacia Gigi.

«¿Es posible combinar ambas expresiones? Desde luego que no», piensa Gigi, con aprobación.

—¡Y tú eres un completo desconocido que posee secretos familiares que yo acabo de descubrir! ¡Me encanta! —Gigi hace una reverencia—. Me llamo Gigi y hoy seré yo quien te desconcierte. No te preocupes, es normal. Desconcierto a todo el mundo. ¿Eres amigo de Grayson?

El señor Alto de Ojos Negros y Ligeramente Siniestro la mira fijamente. Tiene el pelo rubio oscuro que le cubre unos ojos de un marrón tan profundo que parecen casi negros. Una cicatriz cruza una de sus cejas, una cicatriz inquietante pero atractiva.

En la piel de sus brazos se aprecian unos tatuajes que parecen marcas de garras.

—Sí. —Habla en un tono peculiarmente severo, sin énfasis ni adornos—. Soy amigo de Grayson. ¿Por qué no le dices que estoy aquí?

El recuerdo de Gigi salta a otra escena: la reacción de Grayson al saber que había conocido a Mimosa.

—No. No y no, Juliet. Si lo ves, te marchas a toda prisa y me llamas.

—¿Gigi? —La voz de Brady hizo que el recuerdo se desvaneciera—. ¿Estás bien?

«¡Actúa con naturalidad!», pensó Gigi. Al oír que Brady subía por la cuerda, escondió de nuevo el micro en el vestido.

—Knox ha decidido pedir la pista sin consultarlo —dijo Brady, apoyando los codos en el suelo de vidriera—. Ha elegido la puerta número uno, sea lo que sea. No acepta discusión.

—Es la final —gritó Knox desde abajo—. Solo tenemos una hora y, en este juego, las pistas hay que ganarlas. He tomado una decisión ejecutiva. Demandadme.

—¿Vienes? —le preguntó Brady a Gigi.

Inmediatamente, se deslizó cuerda abajo.

Gigi se preguntó si Muchos Problemas había oído su conversación, si había estado escuchándolos... a ella y a Brady, la confesión de Knox.

Eso hacía surgir otra pregunta: ¿quién creía Knox que estaba al otro lado para desnudar así su alma? Porque Gigi se arriesgaba a suponer que no era Nombre en Clave: Mimosa.

Con la cabeza hecha un lío y el corazón a punto de estallar en el interior de la caja torácica, Gigi se deslizó por la cuerda. Su mirada se detuvo en una sección cuadrada de las tablas del suelo que se había levantado.

Knox metió la mano en el espacio que había debajo y sacó lo que parecía ser una caja de madera maciza. Frunció el ceño.

—¿Qué demonios es esto?

—La manera de ganarnos la pista —respondió Brady.

—Una caja de secretos.

Gigi se obligó a no pensar en otra cosa que no fuera el juego porque se dio cuenta de que, si llegaba a concentrarse, podía lograrlo, podía ganar la pista, salir de esa sala, hacerlos llegar a la siguiente fase del juego.

Y, entonces, se sinceraría. Se lo contaría todo a Avery o quizá a Xander.

Por ahora, Nombre en Clave: Mimosa podía esperar. Al fin y al cabo, ¿qué suponía un SECRETO más o menos para ella?

—No sé si recordáis —dijo Gigi a sus compañeros de equipo y al desconocido que muy probablemente los estaba escuchando— que las cajas de secretos son mi especialidad.

CAPÍTULO 71
ROHAN

Cortar el abanico —minuciosa y repetidamente, primero en la oscuridad y después con luz— no dio resultado alguno.

—Vamos a necesitar ese abanico para algo y ahora está hecho jirones.

Rohan se encogió un poco de hombros.

—La improvisación es una habilidad. Cuando llegue el momento, improvisaremos. Hasta entonces… —Rohan observó lo que quedaba de abanico—. Las cosas rotas siempre me han fascinado.

—¿Porque te gusta repararlas? —preguntó Savannah con mordacidad.

—Porque me gusta recoger los trozos. —Rohan alzó la mirada hacia ella—. No creo en reparar cosas ni personas a no ser que las necesite enteras.

—Pues a mí no trates de repararme —dijo Savannah.

—Dudo que necesites una reparación.

Recurriendo a su yo carterista, Rohan le arrebató el frasco de purpurina.

—¿Qué estás haciendo? —soltó Savannah al darse cuenta.

Rohan destapó el frasco.

—Vaciar la purpurina.

Volcó el contenido sobre la palma de la mano.

—Cuidado —dijo Savannah con ese tono de «zapatos con barro, sangre en los nudillos»—. La purpurina se pega a todo.

«Se pega —pensó Rohan—. La purpurina se pega a todo».

—Qué astuto, Savvy —exclamó—. El quitapelusas.

Las pupilas de Savannah se dilataron, dos ascuas de carbón que contrastaban con el pálido azul plateado de sus iris.

—Desenróllalo —ordenó Rohan.

Siempre llegaba un momento en cada partida en el que Rohan veía exactamente cómo se iba a desarrollar el juego, cómo iba a terminar. Él y Savannah Grayson iban a salir de aquí. Llegarían al muelle mucho antes del amanecer. Diezmarían a los rivales en la siguiente fase del juego.

Él se aprovecharía de ella. Ella se aprovecharía de él.

«Y uno de los dos lo ganará todo».

Savannah arrancó hoja tras hoja del quitapelusas, tan rápida y furiosamente que Rohan apenas llegaba a saborear la adrenalina que bombeaba por sus venas.

A Savannah le sentaban bien ese tipo de momentos. Al igual que a él.

—No hay suficiente purpurina —observó Rohan.

Savannah pasó sus largos y hábiles dedos por las hojas.

—Esta —dijo, en un tono casi descarnado—. El adhesivo es irregular. Algunas partes están pegajosas y otras no.

Rohan no lo cuestionó, ni a eso ni a ella. Se agachó y esparció la purpurina. Cuando terminó, Savannah dio la vuelta a la hoja, dejando caer el exceso de purpurina.

Rohan trató de entender lo que decía, pero, si había un mensaje, era ilegible.

—La purpurina se pega a todo —dijo Savannah, entornando los ojos—. El abanico. —El que habían destrozado—. Es hora de improvisar.

Rohan levantó la espada. Sosteniéndola con ambas manos y con movimientos rápidos y controlados, usó la hoja a modo de abanico. Pero no fue suficiente. Rohan se acuclilló y comenzó a soplar.

Lentamente, un mensaje tomó forma. CORÓNAME.

—«Coróname» —leyó Savannah a su espalda—. Rohan... —pronunció su nombre con cierta urgencia—. «Coronar», como en las damas.

Mientras corrían hacia la pared, hacia el juego, Savannah esbozó una sonrisa, no una para fiestas y eventos, ni tampoco una lobuna o pícara. No, era de éxtasis y victoria, con las comisuras hacia arriba. Rohan se empapó de ella como si fuera vino.

—¿Crees que tenemos que coronar una pieza en concreto o todas ellas?

Savannah lo dijo de tal modo que, intencionadamente o no, sonó más a invitación que a pregunta.

—También está la cuestión de cómo hay que coronar las piezas —respondió Rohan—. En el juego, puedes deslizar una segunda picza debajo de la primera o...

—Darle la vuelta.

Savannah lo hizo así con una de las fichas. Sin perder tiempo, colocó metódicamente las piezas negras en la fila inferior y les dio la vuelta.

Rohan hizo lo mismo con las piezas rojas. Ella terminó, ganándolo justo antes de que él girara su última ficha. En cuanto lo hizo, el juego se dividió en dos y la pared, al separarse, reveló una puerta. Rohan intentó abrirla. «Cerrada». No había cerradura, solo una pantalla negra junto a ella.

—Introduzca el código de audio —indicó una voz robótica.

El mundo alrededor de Rohan se detuvo y quedó en silencio, y todo, hasta el más mínimo detalle, encajó en su lugar.

—La tarjeta de cumpleaños —exclamó.

Era el único de los cuatro objetos que no habían utilizado.

Cuando Rohan la abrió, la suave melodía de *Clair de lune* inundó el ambiente.

«Luz de luna».

La puerta se abrió directamente a la costa rocosa.

CAPÍTULO 72
LYRA

—¿**L**a puerta número uno o la puerta número dos? —preguntó Jameson Hawthorne.

Lyra observó a Grayson. Su expresión lo decía todo: él se encargaba, Hawthorne contra Hawthorne.

Grayson entornó levemente los ojos.

—La dos.

—Excelente elección —respondió Jameson en un tono que sugería precisamente lo contrario.

Una sección circular del suelo de mosaico se levantó y giró, revelando un compartimento. En su interior, Lyra encontró un escáner plano, un cuaderno de bocetos en blanco y un lápiz de carboncillo para dibujar.

—La puerta número uno era una caja de secretos, os lo digo solo para que lo sepáis —informó Jameson por los altavoces—. La puerta número dos os brinda un reto de otra clase. ¿Qué sería un juego Hawthorne sin un poco de diversión?

Grayson entornó los ojos de nuevo.

—Jamie…

—Todo lo que tenéis que hacer para ganaros la pista —continuó Jameson con cierta maldad— es dibujaros entre vosotros.

«Dibujar». Lyra trataba de asimilarlo.

—No tienen por qué ser dibujos de gran calidad. —Era evidente que Avery Grambs había estado escuchando la interacción entre los hermanos—. Simplemente miraos el uno al otro y dibujad lo que veis. Cuando hayáis escaneado un dibujo de cada persona de vuestro equipo, tendréis vuestra pista.

—Sé lo que estás haciendo, Avery.

Grayson pronunció el nombre de la heredera como si hubiera pensado en él diez mil veces o más. Lyra recordó aquel beso… y luego en el consejo que le había dado la heredera Hawthorne…

«Vive».

—Avery —repitió Grayson—. ¿Jamie?

No hubo respuesta. Se habían marchado. Tras unos segundos, Grayson cogió el cuaderno de dibujo y el carboncillo. Fijó su mirada en Odette.

La anciana resopló.

—A mí no. A ella.

—Usted y yo pronto hablaremos largo y tendido —prometió Grayson a Odette—. Una charla informativa.

Y, a continuación, desvió sus ojos plateados lentamente hacia Lyra. Tras unos instantes que se hicieron eternos, empezó a dibujar. El sonido del carboncillo al rozar el papel impedía que Lyra respirara con normalidad. Cada vez que Grayson bajaba la vista hacia la página, ella se sentía aliviada. Y, cada vez que la alzaba, Lyra notaba su mirada en cada poro de su piel. Ardiente. Pensó en bailar, en correr, en estar bien y en no estarlo, en cometer errores.

Y, entonces, Grayson cerró el puño en torno al carboncillo, se dirigió hacia el escáner y depositó el bloc. El aparato escaneó el dibujo y sonó un pitido.

—Uno menos —dijo Grayson, con la voz casi ronca—. Faltan dos.

Odette arqueó una ceja hacia Lyra.

—Te toca.

Grayson arrancó su dibujo del cuaderno, lo dobló en cuatro y se lo guardó en la chaqueta del esmoquin. Luego le tendió el cuaderno a Lyra. Ella se lo arrebató y, acto seguido, Grayson abrió el puño, extendiendo la palma con el carboncillo.

Lyra cerró los dedos en torno al carboncillo y supo una cosa: no pensaba por nada del mundo dibujar a Grayson Hawthorne. Por suerte, si hubiera dibujado a Grayson, Odette habría quedado desparejada y hubiese tenido que hacer un dibujo de sí misma. Nadie la cuestionó cuando orientó su cuerpo hacia la anciana.

Odette, la abogada. Odette, la actriz. Odette, la de los secretos.

Lyra hizo lo que le había ordenado Avery y miró con atención al tema de su dibujo. En sus rasgos intuyó a la joven de *Cambio de coronas*. En sus ojos, Lyra vio vidas.

Y dolor.

Lyra empezó a dibujar.

—¿De qué te estás muriendo?

No se anduvo por las ramas. Odette ni siquiera parpadeó.

—Glioblastoma. Con diagnóstico precoz, por suerte.

—¿Inoperable? —insistió Grayson.

—No necesariamente. —Odette alzó el mentón—. Pero creo que no estoy dispuesta a dejar que un médico con la mitad de los años que yo me abra la cabeza con la esperanza de robarle unos meses más a esta vida.

—Podría ser un año más —dijo Grayson—. O dos.

—La enfermedad es mortal en cualquier caso —replicó Odette—. ¿Y qué suponen un año o dos más? Me he casado tres veces. Me he divorciado una y me he quedado viuda dos. Y ha habido otros, al menos tres, por los que habría ido y vuelto del infierno, y dos por los que podría decirse que lo hice.

Lyra levantó la vista sin dejar de dibujar. Los ojos de Odette se clavaron en los suyos.

—El amor es una bestia extraña y salvaje —dijo la anciana—. Es un regalo, un consuelo y una maldición. Recuérdalo. —Miró hacia Grayson—. Recordadlo los dos.

No respondieron. El silencio invadió la sala mientras Lyra completaba su dibujo. Cuando lo hubo terminado, le dolía todo el cuerpo. Lyra escaneó el dibujo. No se parecía mucho a Odette. No era muy buena artista.

Pero el ding sonó de todos modos.

—Solo queda uno.

Lyra pasó página y le tendió el bloc de dibujo a Odette. La anciana lo cogió junto con el carboncillo y se quedó mirando a Lyra, como si tratara de adivinar qué mensaje se escondía tras sus ojos. Finalmente, Odette se volvió hacia Grayson, el verdadero tema de su esbozo.

Cuando Odette empezó a dibujar, las manos de Lyra imaginaron cómo sería dibujar a Grayson Hawthorne. «Todo ángulos agudos, excepto los labios».

Por suerte, Odette terminó en menos de un minuto.

Le tendió el cuaderno a Lyra, que lo tomó y bajó la mirada, esperando ver la cara de Grayson.

Pero Odette no había dibujado a Grayson. La imagen en la página hizo que su corazón se encogiera y que se le formara un nudo en la garganta.

Una cala.

CAPÍTULO 73
GIGI

Había una veta en la parte inferior de la caja de secretos, una circular y tan fina que apenas se distinguía a simple vista. Gigi puso los dedos encima y presionó. Apareció un disco... y se desprendió.

«Primer paso completado». Una caja de secretos podía tener cinco pasos o cincuenta. Por ahora, todo lo que Gigi tenía que hacer era concentrarse en el paso número dos. No en Brady, ni en Knox, ni en navajas, cicatrices, secretos, el amanecer o mimosas.

«Paso número dos». El disco de madera que acababa de quitar Gigi no tenía más de un centímetro de espesor. El área que había quedado despejada era circular y en el centro había dos flechas metálicas, una más corta que la otra. La madera en los bordes presentaba muescas a intervalos regulares. «Doce».

Una de las muescas estaba etiquetada con el número tres.

Gigi alejó una docena de recuerdos diferentes de su mente y extendió el dedo hacia la punta de una de las flechas metálicas. Nada más rozarla, se movió y Gigi recordó la primera vez que había conseguido abrir una caja de secretos.

La de su padre.

Junto a ella, Brady dijo:

—Las manecillas de un reloj.

Gigi regresó al presente justo a tiempo para oír la respuesta de Knox.

—¿Y qué demonios se supone que tenemos que hacer con eso?

Gigi lanzó un suspiro.

—Fijaos en los detalles. —Dio la vuelta al disco que acababa de sacar de la caja. Con un ligero estremecimiento de victoria, encontró unas palabras garabateadas en la parte posterior:

JUSTO DESPUÉS DE QUE YA HAYA DESPUNTADO EL DÍA,

LA MITAD DE LA NOCHE PARA LA CACERÍA,

EL MEJOR MOMENTO PARA LAS CORTESÍAS,

NOVIEMBRE, ABRIL, SEPTIEMBRE, JUNIO, ¿QUIÉN LO DIRÍA?

—Otro acertijo. —Knox lo dijo en un tono que sonó mínimamente homicida, lo que Gigi interpretó como una señal de crecimiento personal.

—Otro acertijo —confirmó—. El amanecer llega demasiado pronto. Hay animales nocturnos por la noche.

—Día, cacería, cortesías, diría —murmuró un concentrado Brady mientras extendía la mano hacia el disco que sostenía Gigi—. Riman.

—Mediodía. —La voz de Knox era afilada como una esquirla—. Es la mitad de la noche para un animal nocturno y rima. La respuesta es «mediodía».

Gigi movió las manecillas hasta que señalaron hacia arriba, utilizando el tres como punto de partida. No ocurrió nada.

—Noviembre, abril, septiembre y junio —dijo Gigi decidida. «Cuatro meses, y no elegidos al azar»—. Son los únicos que tienen treinta días. Mediodía más treinta…

Movió la manecilla de los minutos y se oyó un ruido sordo. «Puedo hacerlo. De verdad».

Gigi puso la caja cabeza abajo y el reloj cayó, junto con las manecillas. Debajo había otra sección circular, dividida como si fuera un pastel. Gigi probó a apretar y a sacar cada uno de los trozos por separado, sin éxito.

—Y, ahora, ¿qué? —preguntó Knox.

No tenían todo el tiempo del mundo. El amanecer se acercaba… y, con él, los ajustes de cuentas, de un modo u otro.

—Cuando en una caja de secretos se llega a un punto muerto, hay que regresar al principio y buscar aquello que se ha pasado por alto —dijo Gigi.

«Algo que hubiese desencadenado otra cosa. Un truco. Una pista». En el pasado año y medio, había comprado docenas de cajas de secretos y las había resuelto todas. No era una obsesión. Al igual que no lo era el Gran Juego ni los golpes a la inversa. Al igual que no se había obsesionado con una persona que, según le habían dicho, traería Muchos Problemas.

Una persona que trabajaba para alguien mucho peor.

«¿Un patrocinador?». Gigi rechazó la idea (de momento) y examinó de nuevo la caja y los trozos. Después, desvió su atención hacia las piezas que ya había desechado: el disco de madera y el reloj. Sus ojos se posaron en las manecillas.

«Están hechas de metal».

—¿Y si no son solo metal? —dijo Gigi.

Sintiendo una oleada de adrenalina, Gigi arrancó las manecillas del reloj. Agarró el minutero por el lado más delgado y deslizó el otro extremo, el que tenía la flecha, por la superficie de los trozos. Al ver que no funcionaba, probó con la manecilla de las horas.

Bingo.

—¡Es un imán! —exclamó Gigi. En otras circunstancias, habría esbozado una sonrisa de oreja a oreja, pero, en ese momento, había cosas más importantes—. Debe de haber algo metálico integrado en la madera.

Y así, un paso tras otro, siguió adelante. Al final, ¡al final!, consiguieron llegar al centro de la caja, a un compartimento que contenía una serie de objetos.

«Algodón. Dos bolitas». Gigi acarició con las yemas de los dedos la palabra grabada al fondo del compartimento... Su pista.

USADLAS.

CAPÍTULO 74
ROHAN

El camino hacia la orilla era rocoso e irregular. La luz de la luna apenas lo iluminaba. Pero la victoria siempre tenía un sabor dulce.

Más abajo, en el muelle, se encendió una luz.

—No hay nadie —dijo Savannah, deteniéndose. Aún no se habían alejado de la casa y estaban en el camino hacia el muelle, iluminado por unas frágiles lucecitas—. Ni los Hawthorne. Ni la heredera.

—Apuesto que los creadores del juego aparecerán justo después del amanecer.

Según los cálculos de Rohan, la aurora se acercaba.

—Ya veremos si alguno de los otros equipos consigue llegar a tiempo. De momento, solo estamos nosotros.

Solo Rohan y Savannah Grayson.

Ella se detuvo y se volvió hacia él.

—Verdad o reto.

Rohan no se lo esperaba.

—¿Disculpa?

—¿Verdad o reto, Rohan?

Algo en la voz de Savannah hizo que volviera al momento en que el cepillo le acarició el pelo, al cuchillo cortándolo, a la rosa hecha añicos, a sus manos envolviendo las suyas, poco a poco.

Pero, enseguida, se recordó que a Savannah Grayson le gustaba jugar sucio.

—Si elijo reto, vas a retarme a que te dé la espada, ¿verdad, Savvy?

«Buen intento, cariño».

Savannah ni se inmutó.

—¿Verdad o reto, inglés?

—Verdad.

Rohan sabía a qué jugaba. Sabía exactamente qué le iba a preguntar Savannah.

—¿Cómo se llama la organización para la que trabajas?

—Técnicamente, en este momento, no trabajo para nadie. Digamos que me he tomado un año sabático. —Rohan podría haberlo dejado ahí. El Piedad del Diablo no era un nombre que se pronunciara a la ligera, ni por su parte, ni por la de nadie que apreciara su vida o su sustento. Ni siquiera allí, en la quietud de la noche, solo. Y, pese a ello…, Rohan no había llegado hasta allí sin correr riesgos.

Cuando ganara el Gran Juego, cuando se apropiara de lo que era suyo por derecho, cuando se convirtiera en el Propietario y se ciñese la corona… «Yo seré el Piedad del Diablo». Eso significaba que sería él el encargado de decidir si ocultaba o revelaba sus secretos.

Rohan contestó a Savannah Grayson… con una verdad a medias.

—El Piedad.

Sintió el peso de las palabras del mismo modo que advertía la presencia de Savannah en la oscuridad... aunque ya no estaba tan oscuro.

«Hola, aurora».

—¿Verdad o reto, Savannah?

Era demasiado orgullosa como para echarse atrás.

—Verdad.

Rohan se preguntó qué había pensado que le plantearía como reto. Dio un paso hacia ella.

—¿Qué pretendes conseguir, Savvy?

Ya se lo había formulado antes, de diferentes maneras, pero su instinto le decía que quizá obtendría la verdad esta vez, que resolvería el misterio de Savannah Grayson.

—Si no juegas por dinero, ¿por qué juegas? —murmuró Rohan.

Savannah se aproximó lentamente y se detuvo. Inclinándose hacia él, pegando tanto sus labios a los de Rohan que este casi pudo saborear el beso, le dio lo que se merecía.

Contestó a su pregunta con dos únicas palabras que eran una verdad a medias.

—Por venganza.

CAPÍTULO 75
LYRA

—No lo entiendo —susurró Lyra, casi sin poder pronunciar las palabras mientras contemplaba fijamente el dibujo de Odette. «La cala». El sueño siempre empezaba con la flor.

—Lo sé —respondió Odette en voz baja. Sostuvo la mirada de Lyra y, después, señaló con el mentón a Grayson—. Dibújalo, Lyra. Ha llegado el momento de que los tres nos dejemos de juegos.

—Dijiste que no sabías nada de mi padre.

—Y no sé nada. —Odette era implacable—. Ahora dibuja a tu Hawthorne, igual que yo dibujé una vez al mío.

«Igual que yo dibujé una vez al mío». Eso constituía una confesión, un anuncio y una bomba, que acababa de detonar, y Lyra no encontró el valor de decirle a Odette que Grayson no era y jamás sería su Hawthorne.

Acallando la letanía de preguntas que salían de su garganta, Lyra hizo lo que Odette le había ordenado y empezó a dibujar. Primero la mandíbula, luego las cejas y después los pómulos. La sensación no tuvo nada que ver con lo que había imaginado porque en lo único en que Lyra pensaba era en que tenía cuatro años.

En lo único en que pensaba era en que sostenía una cala y un collar de caramelos.

En lo único en que pensaba era en que había sangre y en «esto lo ha hecho un Hawthorne» y en «omega».

Lyra terminó el dibujo y lo escaneó, moviéndose como si estuviera sonámbula. Cuando aceptaron el dibujo y obtuvieron su pista, Lyra apenas podía escuchar.

—«Añicos». —Odette repitió la pista, pero lo único que oía Lyra era a la anciana pronunciando otras palabras.

«Ninguno de los dos sabe lo que creéis saber».

«Una bomba de relojería. Un desastre inminente».

«Un Hawthorne y una chica con motivos suficientes para mantenerse alejada de los Hawthorne».

—Lyra… —Grayson la llamó, pero, al ver que no surtía efecto, repitió su nombre, pronunciándolo incorrectamente—. Lyra.

«Lai-ra».

—No me llamo así —replicó Lyra.

—Lo sé. —Grayson envolvió su rostro con las manos, posando las palmas en sus mejillas mientras acunaba su mandíbula con los dedos—. «Añicos» —insistió—. Esa es nuestra pista. «Añicos».

No había manera de ignorarlo.

Lyra luchó contra la niebla que enturbiaba su cerebro.

—La piruleta —susurró.

Cualquiera de los objetos podía romperse, pero la piruleta era el único de los cuatro que se haría añicos. Arrancó la cubierta de plástico y golpeó la piruleta contra el suelo tan fuerte como pudo, enfadada, desesperada, esperando tener razón.

La piruleta se hizo añicos.

Lyra soltó el palo y cayó de rodillas, buscando algo, lo que fuera, entre los trozos resultantes.

Grayson recogió el palo.

—Hay un corcho en el extremo.

El palo era grueso y enseguida descubrieron que estaba hueco. Dentro del palo había líquido.

Odette se hizo con el pincel antes que Lyra, pero acabó dándoselo y lo sumergió en el líquido del palito de la piruleta. Grayson le tendió las notas adhesivas. Lyra aplicó el líquido sobre el papel y se formó una imagen, o parte de ella.

Grayson arrancó la primera nota y Lyra comenzó a pintar otra. Y así sucesivamente. Grayson y Odette comenzaron a colocar las imágenes juntas, como si fuera un rompecabezas. Como resultado, obtuvieron una espiral y Lyra recordó que los remolinos y espirales en el mosaico del salón de baile eran todos diferentes.

—Encontradlo.

Grayson Hawthorne y sus órdenes.

Inspeccionaron las paredes, el suelo y, finalmente, encontraron el dibujo que coincidía. Grayson posó las manos, con las palmas planas, en el centro de la espiral y presionó. Con fuerza. Algo hizo clic y, sin previo aviso, todas las teselas que formaban la espiral se desprendieron de la pared. Cayeron al suelo como si fueran gotas de lluvia.

Como metralla.

En el centro, en el espacio donde habían estado las teselas, Lyra distinguió los extremos de unos cables eléctricos.

—El interruptor.

Grayson se apresuró a cogerlo y, de inmediato, empezaron a empalmar los cables y a atornillar el interruptor con las manos.

—Listo.

Grayson alzó la mirada. Lyra accionó el interruptor y, así, sin más, una sección de la pared se convirtió en una puerta.

Estaban fuera.

—«**U**sadlas», ¿cómo? —preguntó Brady, mirando las palabras que había en el compartimento de la caja de secretos.

Gigi reflexionó. Revisaba una y otra vez el contenido de la caja sin parpadear siquiera.

Dos bolitas de algodón.

—Quitaesmalte —dijo Knox de repente—. El algodón se utiliza con el quitaesmalte.

Por la manera en que lo dijo, Gigi se preguntó si Knox no le habría aplicado quitaesmalte a Calla Thorp en algún momento antes de que le provocara esa cicatriz.

«¡Concéntrate! —dijo para sus adentros—. Concéntrate como si fueras una cometa al viento».

—No hay laca de uñas que quitar —dijo Gigi, pensando en voz alta.

Su mirada se desvió hacia los otros objetos.

El hilo.

El papel de regalo.

Las gafas de sol.

—Puede que el líquido no sea quitaesmalte —dijo Brady—. Su composición química es similar, sí, pero…

—¿Tinta invisible? —sugirió Gigi.

Cogió el papel de envolver, pero lo dejó. Algo le inquietaba. Tardó un momento en darse cuenta de qué se trataba.

—Hay dos.

Dos bolitas de algodón. La mirada de Gigi regresó a los objetos. «Dos cristales». Empapó un algodón en el quitaesmalte y frotó los cristales de las gafas.

—Funciona —exclamó Brady—. Está sacando algo.

Gigi no tenía ni idea de qué era ese algo. Evidentemente, no era esmalte de uñas, porque se habían puesto las gafas de sol y habían visto bien. Pero, mientras vertía el resto del contenido del quitaesmalte sobre los cristales, la capa oscura que los cubría, fuera lo que fuese, se desprendió por completo. Las lentes cambiaron de color.

En lugar de negras, ahora eran rojas.

—El papel de regalo.

Knox lo desenrolló y le dio la vuelta.

El reverso era rojo. Gigi se puso las gafas de sol modificadas. Los cristales alterados filtraron las ondas de luz del mismo color y revelaron unos…

—¡Símbolos! Hay tres.

Gigi les fue pasando las gafas de sol para que ambos pudieran ver y luego, juntos, los tres buscaron (y encontraron) esos símbolos entre las docenas que había tallados en la madera de las estanterías.

—¿Los pulsamos? —sugirió Gigi.

—Antes lo hemos probado y no ha funcionado —señaló Knox.

—Antes no hemos intentado presionar estos tres símbolos a la vez —apuntó Gigi.

Alcanzó dos de ellos por sí misma. Brady se encargó del tercero. Presionaron... y los símbolos se deslizaron hacia el interior. Se oyó un ruido sordo y una de las estanterías giró hacia adentro.

«Una puerta oculta». Gigi fue la primera en cruzarla y penetró en una pequeña habitación de suelo embaldosado y paredes de corcho, en las que había clavadas unas chinchetas.

—El hilo —exclamó Gigi—. ¡Conecta las chinchetas con el hilo!

No tenía idea de cuánto tiempo les quedaba antes de que amaneciera, pero no podía ser mucho.

«Sal. Llega al muelle. Y, luego, te ocupas del resto».

—¿Qué orden seguimos? —preguntó Knox.

—Son de diferentes colores —dijo Brady—. Son arcoíris.

Como el papel de regalo.

Como el hilo.

—«Roy G. Vib». Utiliza ese acrónimo para los colores del arcoíris. —Gigi sintió que su cuerpo era una batería, y su corazón, la baterista que la golpeaba—. ¡Empieza con el rojo, luego el naranja!

«¿Cuánto tiempo nos queda?».

El suficiente para que acabaran de pasar el hilo por las chinchetas. El suficiente para que la luz del techo proyectara una verdadera telaraña de sombras sobre el suelo embaldosado.

Y, en el centro de esa telaraña, una baldosa solitaria.

Knox apoyó la palma de la mano sobre ella y presionó. El suelo a sus pies reveló... otra trampilla que conducía a otra escalera, que llevaba a la parte trasera de la casa y a la orilla rocosa.

Empezaba a clarear, pero el sol aún no asomaba por el horizonte... Aún no. Tenían tiempo; minutos, quizá segundos, pero tiempo al fin y al cabo.

Knox se precipitó hacia las rocas, hacia el muelle, con Brady pisándole los talones. Gigi se obligó a seguirlos y corrió con todas sus fuerzas por aquel terreno rocoso...

Y, entonces, tropezó.

Y, entonces, Gigi se cayó.

CAPÍTULO 77
GIGI

Dolor. Gigi apenas era consciente del mundo a su alrededor, que trataba de fundirse en negro, pero de lo que sí era consciente era de que su equipo aún no había logrado llegar al muelle. Ella no lo había logrado. Gigi se puso en pie o, en cualquier caso, lo intentó, pero se tambaleó y cayó de nuevo.

De repente, Knox apareció a su lado y se arrodilló.

—¿Estás bien, señorita Alegre?

«Knox». Gigi buscó a Brady, pero no pudo verlo. Parpadeó.

—Solo ha sido una roca. Es solo una pequeña herida en la cabeza. ¡Estoy bien!

Knox Borroso (solo un poco) no pareció creerla. Aupándola por debajo del brazo, cargó a Gigi y se dirigió lentamente hacia el muelle.

«Knox. No Brady». Brady no había retrocedido para ayudarla. Gigi pensó en lo que le había dicho Savannah, en que en esta competición no tenía amigos, en que no podía fiarse de nadie.

Knox había dicho exactamente lo mismo.

Fue entonces cuando Gigi lo comprendió, demasiado tarde: «¿Lentamente?». Knox iba hacia el muelle a paso lento. Hacia los otros equipos. Hacia Avery, Jameson, Xander y Nash, que esperaban en fila al final del muelle.

«Lentamente». Gigi volvió la mirada hacia el oeste, hacia el horizonte, y vio el sol. El amanecer. Se le hizo un nudo en la garganta. «No lo hemos conseguido». Habían estado tan cerca...

Si hubiese resuelto la caja de secretos antes...

Si no se hubiese caído...

Si fuera más lista y mejor, si no fuera tan torpe, si fuera más como Savannah...

Si, si, si...

—Lo siento —le dijo a Knox.

«No lo sientas», le había dicho Brady la última vez que se había disculpado por ser ella misma. Por ser intensa. «A mi cerebro le encantan las cosas intensas».

—Bueno, señorita Alegre... —dijo Knox al llegar ante los creadores del juego—. Yo también.

Gigi vio a Brady en ese momento. Sostenía la espada. Había olvidado la espada.

—Brady —dijo Gigi, recordando lo que se jugaba su compañero y regañándose a sí misma por haber sido tan egoísta como para preguntarse por qué había corrido hacia el muelle en lugar de retroceder y ayudarla—. Tu madre. Te prometo...

—No pasa nada —le dijo Brady—. Mi madre se encuentra perfectamente.

Y allí, en los brazos de Knox, Gigi se quedó helada.

—¿Qué quieres decir con que se encuentra perfectamente? —No llegaba a comprenderlo—. ¿No estaba enferma de cáncer?

«¿Nos ha mentido? Brady nos ha mentido».

—Bájala, Knox —ordenó Brady.

—No nos has mentido del todo. —Knox no bajó a Gigi—. Me habría dado cuenta. Así que... ¿quién tiene cáncer?

—Severin —dijo Brady, después de unos instantes en silencio—. Severin tenía cáncer.

Knox clavó la mirada en él.

—¿Tenía?

—De páncreas. Fue rápido. Y, como he dicho, envía recuerdos.

«Su mentor... ¿está muerto?». Gigi trató de comprenderlo, pero, de repente, Grayson encaró a Knox y repitió la sugerencia de Brady, excepto que, en labios de Grayson, no sonaba en absoluto a sugerencia.

—Bájala.

Esta vez, un Knox con cara de pocos amigos obedeció.

—Gigi, estás herida.

El tono de Grayson lo dejaba claro: aquello era inaceptable.

—¿Quién de nosotros no ha sufrido una contusión alguna vez en su vida? —replicó Gigi, esbozando una sonrisa automática que, al igual que la respuesta, nada tenía que ver con los pensamientos que asaltaban su mente.

«Brady nos ha mentido. Severin ha muerto. Knox no está bien».

—Nuestro equipo está eliminado. —Knox se volvió hacia Avery Grambs—. Venga, decidlo. Estamos eliminados.

Avery lo ignoró y se acercó a Grayson.

—¿Estás bien, Gigi? —dijo, cogiéndole la mano.

Gigi tuvo la clara impresión de que Avery preguntaba por algo más que por su cabeza herida.

«No. No lo estoy. En absoluto». Gigi no podía ahuyentar aquella desagradable sensación, por mucho que sonriera.

Avery había tratado de darle un pase para el juego, pero Gigi se lo había ganado por méritos propios. Quería demostrar algo. Quería ser lista, hábil y fuerte.

Gigi llevó la mirada hacia el fondo, a espaldas de Avery y Grayson, de Brady y Knox, hacia Savannah. Al ver el pelo trasquilado de su hermana melliza, ahogó un grito.

Savannah ya no parecía la Savannah de siempre.

Avery apretó la mano de Gigi y retrocedió un paso, y Xander, Nash y Jameson la arroparon. Grayson no se movió y rodeó los hombros de Gigi con el brazo.

—Diamantes y Corazones pasáis a la siguiente fase del juego —anunció Avery—. Tréboles…, siempre podéis intentarlo de nuevo el año que viene.

—Un jugador siempre será un jugador —dijo Jameson, dirigiéndose en especial a Gigi.

No se atrevía a mirar a Brady ni a Knox. En cambio, desvió los ojos hacia el horizonte. «Debería decirles a Avery y al resto lo del micro. Debería decirles que Nombre en Clave: Mimosa está aquí.

»Voy a decírselo.

»Ahora mismo».

Ya no había motivo alguno para seguir ocultándolo. Sin embargo, lo que salió de labios de Gigi fue:

—¿Tenemos que abandonar la isla de inmediato?

Gigi solo pensaba en la maleza espinosa en la que había encontrado aquella mochila.

—Puedes tomarte el tiempo que desees para despedirte —le dijo Avery—. Descansa si lo necesitas. El barco de regreso a tierra firme zarpa a mediodía.

—Yo te curaré, niña —le dijo Nash a Gigi, algo que sonaba tanto a oferta como a orden, y apartó a Grayson de su lado como solo el hermano mayor de Grayson se atrevería a hacer.

Gigi se llevó la mano hacia la frente, a la herida abultada a punto de estallar.

Solo era un poco de sangre.

—¿Y qué sucede con el resto de nosotros?

La voz de Savannah cortó el aire matutino y Gigi no pudo evitar pensar que, en el pasado, cuando se hacía daño, era su hermana la que la cuidaba, la que la habría curado.

Pero ahora no.

Ahora, Savannah se había puesto su careta de jugadora.

—¿Qué sucede con los que hemos llegado al muelle antes del amanecer?

CAPÍTULO 78
ROHAN

Si había una habilidad —una legal y perfectamente moral, al menos— que Rohan dominaba, era analizar el entorno, darse cuenta de lo que sucedía. Y, si había una habilidad que había cultivado hasta la perfección en las pasadas doce horas, esta era interpretar a Savannah Grayson.

Oyó el grito ahogado de Savannah cuando la cabeza de su hermana golpeó contra esa roca. Había sentido cómo su mundo se paraba en seco, se congelaba durante los segundos que Gigi tardó en ponerse en pie.

Había sentido el cambio en Savannah al ver que Gigi estaba bien.

«Por venganza». Rohan se imaginó de nuevo en el laberinto, a punto de abrir la habitación llena de incógnitas: cosas que importaban, rompecabezas que no encajaban.

«Grayson Hawthorne. Gigi. Su padre ausente. Venganza». Una idea empezaba a formarse. Desviando mínimamente su atención al mundo real, paseó la mirada de Savannah a los creadores del juego mientras James Hawthorne daba un paso adelante para responder a la pregunta de la joven.

—Los que seguís en el juego tendréis doce horas para descansar. Después, llegará una entrega especial. Mientras tanto...

Jameson miró a Xander.

El más joven de los Hawthorne alzó su brazo derecho y se arremangó con gesto teatral. Rohan vio que llevaba ocho relojes inteligentes. No con poca ceremonia, Xander se desprendió de cinco de los relojes y los tendió hacia los jugadores de la siguiente etapa.

Rohan aceptó el suyo y, a continuación, observó que Savannah hacía lo propio. No miraba a Xander Hawthorne. No miraba a su hermana gemela ni tampoco a su hermanastro Hawthorne.

Savannah tenía los ojos clavados en Avery Grambs.

CAPÍTULO 79
LYRA

Lyra contempló el reloj que Xander Hawthorne acababa de colocarle en la muñeca. Las palabras desfilaron por la pantalla: JUGADORA N.º 4, LYRA KANE.

Lyra había sido la número cuatro de ocho jugadores, pero ahora era la número cuatro de cinco. Su mirada se posó primero en Grayson, que aún estaba en pie junto a su hermana herida, y después en Odette.

Ahora, los tres ya no eran un equipo.

—Una pregunta —dijo Odette. Pellizcó la correa del reloj con el dedo índice y el pulgar—. ¿Estos relojes son intercambiables?

El cerebro de Lyra tardó un segundo en comprender adónde quería llegar la anciana.

—Según las normas del juego —aclaró Odette—, puedo ceder mi puesto en la segunda fase a otro jugador, ¿es así?

«¿Qué? No. —Lyra miró fijamente a Odette—. Te estás muriendo. Este juego… Vas a ganarlo, aunque sea la última cosa que hagas». Lyra miró a Grayson, quien le devolvió la mirada, en un intercambio silencioso que le dijo a Lyra que sus mentes habían pensado lo mismo.

Odette no podía irse. No hasta que les dijera lo que sabía.

—¿Y por qué querrías hacer eso?

La expresión de James Hawthorne lo dejaba claro: estaba intrigado. Sin duda, seguro que la expresión «intrigada» le favorecía, pero Lyra apenas le dirigió una mirada. En ese muelle, solo había un Hawthorne que le importaba, un Hawthorne que sabía lo que se estaba jugando realmente. Uno solo.

—No me encuentro tan bien como pensaba que me encontraría antes de empezar el juego.

Odette pronunció aquella frase como la actriz que era, alzando ligeramente el mentón con orgullo, como si le costara admitirlo.

«No te marchas por eso». Lyra lo sabía. Y sabía que Grayson también.

Era por el símbolo de la letra omega, por la cala, por el apagón. Era por Lyra y Grayson. «Una bomba de relojería. Un desastre inminente».

Desde su lugar en el muelle, Avery Grambs intercambió una mirada en silencio con Jameson y, después, con Xander y Nash. Acto seguido, volvió a mirar a Odette.

—Accedemos a ello —anunció Avery en nombre de todo el grupo.

Odette deslizó el pulgar por la pulsera del reloj y, a continuación, se volvió hacia Gigi Grayson.

—No lo quiero. —La repentina fiereza en la voz de Gigi sorprendió a Lyra—. Nunca he querido que nadie me regale nada en este juego.

Odette asintió con la cabeza brevemente y, pasando por alto a Knox, posó su mirada en Brady Daniels.

—¿Le importaría extender el brazo, joven? —pidió Odette.

Brady así lo hizo. Lyra no estaba del todo convencida de que Odette fuera a hacerlo, pero, en pocos segundos, Brady tenía el reloj en su muñeca.

Odette acababa de ceder su puesto en el Gran Juego.

«¿Por qué?», no dejaba de preguntarse Lyra.

—Es la segunda vez que me dan un puesto en este juego sin ganármelo. —Brady bajó la mirada y, después, alzó los ojos de nuevo—. Gracias, señora Morales.

Su agradecimiento fue recibido por un silencio solo perturbado por el sonido de las olas, que rompían contra el muelle.

—Así que ya está. —Knox fue el primero en recobrar la facultad del habla y lo hizo con un tono intenso, pero sorprendentemente desprovisto de emoción—. Estoy fuera del juego, Daniels, y tú no. Debe de parecerte justo. No podrías haberlo planeado mejor.

A oídos de Lyra, aquello sonó a acusación. ¿Pensaba Knox que Brady lo había planeado? ¿Cómo era eso posible?

—Quizá solo he tenido un poco de fe —respondió Brady, con la mirada perdida en el horizonte.

Mientras los creadores del juego y otros jugadores empezaban a abandonar el muelle, Lyra mantuvo la mirada fija en Odette, telegrafiándole un mensaje que confiaba en que fuera muy muy claro: «Tú no te vas a ninguna parte, no hasta que nos digas lo que sabes».

Odette no hizo ademán de seguir a los otros hasta la casa.

Grayson tampoco se movió y, pronto, los tres se quedaron solos en el muelle.

—¿Estás fuera? —preguntó Lyra secamente. De todas las cuestiones que martilleaban su cerebro, no tenía ni idea de por qué había decidido empezar por aquella—. ¿Y qué pasa con la herencia para tus hijos y nietos?

Odette se encaminó despacio hasta el extremo del muelle y contempló el océano.

—Hay herencias que es preferible no legar.

—¿Qué demonios significa eso? —exclamó Lyra.

Un escalofrío le recorrió la columna vertebral.

Una ligera brisa llegó del océano, haciendo ondear la melena de Odette y acentuando el silencio de la anciana.

—Puesto que parece reacia a responder a la pregunta de Lyra, puede probar con la mía. —Grayson lo dijo con aire de tirador de precisión apuntando a su objetivo—. ¿Cuánto hace que sabía que iba a abandonar el Gran Juego?

—Desde el apagón. —Odette ladeó la cabeza hacia el cielo—. O quizá desde el momento en que viste mi dibujo, Lyra.

La cala.

—¿Cómo lo sabías? —susurró Lyra entre dientes.

El sueño siempre empezaba con la flor.

—¿Qué es lo que sabe? —Grayson pidió una explicación más detallada.

Silencio.

—Por favor.

Aunque le costara, Lyra también sabía rogar.

Odette se volvió lentamente hasta encararlos.

—«Esto lo ha hecho un Hawthorne». —La anciana cerró los ojos y, cuando los abrió, lo repitió en inglés—: A Hawthorne did this. Es lo que te dijo tu padre, Lyra, antes de su dramático final. A Hawthorne —repitió de nuevo, haciendo hincapié en las palabras—. ¿Y los dos supusisteis que era Tobias? A Hawthorne, ¿nunca se os ocurrió que la A en esa frase podría ser una inicial?

«¿Una inicial?». Lyra clavó los ojos en Odette, tratando de comprender lo que decía la anciana.

El multimillonario, Tobias. Sus hijos, Zara, Skye y Tobias II. Los nietos, Nash, Grayson, Jameson y Xander.

Alexander. No tenía ningún sentido. Xander tenía su edad.

—Alice. —Grayson guardó silencio y buscó con la mirada a Lyra sin mover ni un músculo de su cuerpo—. Mi abuela. Alice Hawthorne. Murió antes de que yo naciera. —Volvió la cabeza hacia Odette—. Explíquese.

Odette no los miraba.

—Siempre hay tres.

Había algo enigmático en la forma en que la anciana había dicho aquellas palabras, como si no fuera la primera en pronunciarlas.

Como si se hubieran pronunciado muchas veces en el pasado.

—¿Tres qué? —insistió Grayson.

Lyra pensó en el sueño, en los regalos de su padre: una cala y un collar de caramelos. «Con solo tres caramelos».

—Le prometí solo una respuesta, señor Hawthorne —dijo Odette, enfundada en su traje de abogada—. El resto, me permito recordarle, estaba envuelto en condicionales.

—Nos prometiste que nos dirías cómo conociste a Tobias Hawthorne. —Lyra no iba a dejar ninguna pregunta por resolver. No podía hacerlo—. Cómo acabaste en su Lista.

Odette miró fijamente a Lyra durante unos instantes y, a continuación, se volvió hacia Grayson.

—Como bien ha supuesto antes, señor Hawthorne, trabajaba en el bufete McNamara, Ortega y Jones. Allí es donde nos conocimos su abuelo y yo. Nuestros caminos se separaron aproximadamente quince años atrás, cuando no llevaba más de nueve meses en el empleo.

«Quince años». El padre de Lyra había muerto el día de su cuarto cumpleaños. Ahora tenía diecinueve años y pico. Aproximadamente quince años atrás.

—Como también probablemente haya supuesto —continuó Odette—, la naturaleza de mi relación con Tobias era... complicada.

Lyra pensó en todo lo que había dicho Odette sobre la vida y el amor. Sobre Tobias Hawthorne siendo el mejor y el peor hombre que había conocido. Sobre las personas a las que había querido y por las que habría ido al infierno, y por las que lo había hecho.

«Ahora dibuja a tu Hawthorne, igual que yo dibujé una vez al mío».

—No se atreva a insinuar que mantuvo una relación romántica con mi abuelo. —La voz de Grayson era tan afilada como un cuchillo—. El anciano no tenía reparos en afirmar que no había habido nadie más después de su querida Alice. «Los hombres Hawthorne solo aman una vez», eso es lo que nos dijo mi abuelo a mi hermano Jameson y a mí años antes de que muriera y años después de que, supuestamente, usted, señora Morales, y él tomaran caminos diferentes. Recuerdo cada una de sus palabras: «En todos estos años sin tu abuela nunca ha habido nadie más. No puede haber nadie y no lo habrá». —Grayson tomó aliento y exhaló—. No mentía.

—Una conclusión lógica sería que, a ojos de Tobias, yo no era «nadie» —respondió Odette con tono de abogada. Apretó los labios y después los separó un poco—. Al fin y al cabo, me trató como si así lo fuera.

397

«Ahora dibuja a tu Hawthorne, igual que yo dibujé una vez al mío».

Las entrañas de Lyra, cada poro de su piel, le decían que Odette no estaba mintiendo y que esta vez, a diferencia de las anteriores, no trataba de distraerlos.

—Asimismo —continuó Odette sin perder la calma—, debo señalar que tu abuelo decía que su esposa se había ido.

La mente de Lyra se disparó. Tenía la boca seca.

—No que había muerto, sino que se había ido.

—Ya basta. —Estaba claro que Grayson había llegado al límite—. Enterramos a mi abuela. Le dimos sepultura. Tuvo un funeral, uno muy concurrido. Mi madre ha guardado luto por ella desde que tengo memoria. ¿Y quiere hacerme creer que está viva? ¿Que fingió su muerte? ¿Que mi abuelo lo sabía... y lo permitió?

—Ten por seguro que no lo sabía... al principio. —Odette contempló el océano una vez más—. Cuando nos conocimos, Tobias aún lloraba por el amor de su vida. Nadie lo hubiese pasado por alto: llevaba grabado en el rostro el dolor que le había causado enterrar a Alice. Y, entonces, llegué yo. Lo nuestro.

Quince años antes, Odette debía de tener sesenta y seis años, y Tobias Hawthorne, unos pocos menos.

—Y, entonces..., regresó.

La voz de Odette casi se perdió, arrastrada por la brisa que se había levantado, pero Lyra oyó mucho más de lo que acababa de decir solo con palabras.

«Ella. Alice. *A Hawthorne*».

—La esposa muerta de Tobias regresó y le pidió que hiciera algo por ella. Como si jamás se hubieran separado. Como si no le hubiera dado sepultura. Hizo lo que Alice le pidió. Tobias me utilizó para llevar a cabo ese favor, me utilizó en aras de los objetivos de su amor verdadero y, después, se deshizo de mí y movió cielo y tierra para que me inhabilitaran.

Ahí estaba. La respuesta, la única respuesta, que les había prometido: cómo Odette había conocido a Tobias Hawthorne y por qué aparecía en su Lista.

—¿Y en qué consistía ese favor? —preguntó Lyra.

No hubo respuesta.

—Y, una vez hecho el favor, ¿se supone que debo creer que mi abuela, fallecida tiempo atrás, desapareció de nuevo? —Era imposible interpretar el tono de voz de Grayson—. ¿Que mi abuelo nunca dijo nada a nadie? ¿De tal palo, tal astilla?

En aquel momento, Lyra no era capaz de imaginar qué quería decir eso.

—Toma. —Odette depositó algo en las manos de Lyra. Los gemelos—. Seguro que te servirán en las siguientes fases del juego —le dijo—. En un juego que ya no es el mío.

«Abandona de verdad».

—Si piensa que ya hemos terminado, señora Morales —dijo Grayson en tono siniestro—, permítame que le haga ver lo equivocada que está.

Odette miró a Grayson como si fuera un niño pequeño.

—He pagado mis deudas con creces, señor Hawthorne, y he hablado más de lo que debía. La única respuesta correcta a ciertos enigmas es el silencio.

Lyra era incapaz de acallar su mente. Las voces resonaban en su recuerdo: la de su padre, la de Odette. *A Hawthorne did this.*

«En el juego más grande, no hay coincidencias».

«Hay herencias que es preferible no legar».

—Ha dicho que siempre hay tres. —Grayson no se rendía tan fácilmente—. ¿Tres qué, en concreto? —No hubo respuesta—. ¿Por qué abandona el juego, señora Morales? ¿Por qué abandona la oportunidad de ganar veintiséis millones de dólares? ¿De qué tiene miedo?

Lyra pensó en su padre, agradecida por no poder convocar ni un solo recuerdo de su cuerpo ni de su aspecto. *A Hawthorne did this.* Pensó en el collar de caramelos, en la cala, en la letra omega pintada con sangre. Sin embargo, de algún modo, una pregunta se imponía sobre todo aquello, la única pregunta que confiaba en que Odette respondería.

—Las notas —dijo Lyra—. Con los nombres de mi padre. —Apretó los puños—. ¿Las escribiste tú?

Odette suspiró, de repente y, por poco natural que pareciera, totalmente calmada.

—No, no fui yo.

CAPÍTULO 80
GIGI

—Todo arreglado, querida.

Gigi había pasado cada segundo desde que había abandonado el muelle diciéndose que iba a confesarlo todo. Quizá no a Nash, el cual, como Grayson, tenía una vena protectora de un kilómetro de ancho. Y, probablemente, tampoco a Jameson, que era impredecible, pero a Avery... o quizá a Xander.

—Gracias —respondió a Nash en tono alegre.

Quizá demasiado alegre.

Pero, antes de que este pudiera empezar a interrogarla, alguien llamó a la puerta de su habitación.

«Habitación que pronto ya no será la mía». Una ola de emoción embargó a Gigi y sintió un nudo en la garganta mientras Nash abría la puerta.

Era Brady. Se había cambiado de ropa y ahora iba ataviado con sus prendas habituales, pero seguía sosteniendo la espada. Echando la vista atrás, Gigi reparó en que, probablemente, la había estado custodiando toda la noche con aquella manera sutil tan suya. Sin lugar a dudas, sería de utilidad en la siguiente fase del juego, eso si seguía después de que Gigi descubriera el pastel.

«Sé que estás ahí».

«No, preciosa, no lo sabes».

—Grita si necesitas algo —le dijo Nash a Gigi.

Recuperó su sombrero de vaquero y miró a Brady durante un buen rato con aire inquietantemente neutral antes de dar media vuelta y salir sin prisa de la habitación.

A solas con Brady, Gigi desarrolló una fascinación por sus cutículas. Sintió que el colchón se hundía cuando él se sentó junto a ella sobre la cama.

—Sigues en el juego.

Gigi aún no se atrevía a mirarlo. Alzó el brazo, se sacó la goma de pelo que le había dado y se la devolvió. Sintió que se le hacía de nuevo un nudo en la garganta.

—¿Dónde está Knox?

—¿Por qué me preguntas por Knox? —dijo Brady.

Gigi pensó en aquella cicatriz…, aunque no le correspondía a ella contar esa historia.

—Me mentiste, Brady.

—Técnicamente, le mentí a él y tú lo oíste por casualidad. Gigi negó con la cabeza.

—No hagas eso.

—Mentiría un millón de veces si eso la trajese de vuelta —confesó Brady, con una vehemencia que no había visto antes en él.

Ella. Knox tenía razón. Con Brady, siempre era Calla.

—Ganar este juego no hará que Calla Thorp regrese —dijo Gigi.

Brady guardó silencio durante unos instantes.

—¿Y si te dijera que sí?

«¿Cómo?». Gigi lo escrutó.

—¿A qué te refieres?

Brady no respondió.

—Podrías haberle dicho a Nash lo del micro ahora mismo, pero no creo que lo hayas hecho. Podrías haber hecho que suspendieran todo el juego. Pero no ha sido así.

—No se lo he dicho a nadie. Todavía —matizó Gigi.

Brady ni siquiera sospechaba la magnitud del secreto que guardaba.

«Sé que estás ahí».

«No, preciosa, no lo sabes».

Brady extendió las manos y envolvió con ellas las de Gigi.

—Te estoy pidiendo que dejes que todo siga su curso.

Gigi sintió la calidez de las manos de Brady. Él quería que la sintiera. Retiró la mano.

—¿Ha habido algo de verdad en todo esto? —preguntó, mientras se le quebraba la voz.

La manera en que la había tocado. La manera en que la había mirado. La teoría del caos.

—Todo puede pasar en un sistema cerrado —comentó Brady con total tranquilidad.

—Nada dentro, nada fuera —dijo Gigi.

«Una estancia cerrada. Una isla».

—No mentía cuando te dije que a mi cerebro le encantan las cosas intensas —dijo con voz entrecortada.

Gigi trató por todos los medios de desviar la mirada y sus ojos se posaron en la espada.

—Si te pidiera que me dieras eso, ¿lo harías?

Su respuesta fue dócil.

—¿Y qué utilidad le darías ahora, Gigi?

Estaba fuera y él no.

—Me lo imaginaba. —Gigi recurrió a la mejor de sus sonrisas porque aquello dolía de verdad—. Querías que sintiera algo por ti. Querías que confiara en ti y que me gustaras. Quizá pensaste en utilizarme en la siguiente fase del juego si nuestro equipo conseguía llegar antes del amanecer. —Gigi seguía sonriendo. No podía parar. No podía permitirse parar—. Has jugado conmigo, Brady.

—Juego como si la vida de Calla dependiera de ello —Brady se inclinó y, de repente, todo lo que Gigi pudo ver fue su rostro—. ¿Juliet? Necesito que continúe el juego.

Era la segunda vez que la llamaba Juliet.

—Nunca te lo he preguntado... —Gigi reparó en ello—. ¿Cómo sabes mi nombre?

Brady no respondió.

«¿Ha habido algo de verdad en todo esto?», le había preguntado.

«Todo puede pasar en un sistema cerrado».

Sin embargo, ese sistema no era realmente cerrado, ¿verdad? Y, por primera vez, a Gigi se le ocurrió una posibilidad... No solo una posibilidad. Una probabilidad.

—¿Sabes? Es curioso... —Gigi lo miró fijamente—. Me hablaste del patrocinador de Knox, pero no mencionaste nada del tuyo.

Brady no lo negó.

Gigi pensó en lo que había dicho Knox de que los Thorp no eran la única opción y de que Orion Thorp no era el único miembro de la familia al que le gustaba jugar. Pensó en Brady, participando en el Gran Juego como si la vida de Calla dependiera de ello. En Knox y su cicatriz y en la manera en que había dicho que Calla se había marchado.

Al salir de su ensimismamiento, Gigi se encontró con Brady en pie, a punto de irse, y con Xander en el umbral de la puerta.

—Debo señalar que, en los últimos seis años, nadie me ha hecho olvidar a Calla —le dijo Brady—. Ni siquiera por un momento. —Y, casi sonriendo, añadió—: Excepto en alguno contigo.

Xander esperó hasta que Brady se hubo ido, cerró la puerta a sus espaldas y se volvió hacia Gigi con una ceja alzada a una altura absurda.

—Me huele a romance.

Gigi sabía que debía contárselo a Xander… Lo del micro, la navaja, lo de Nombre en Clave: Mimosa, todo. Iba a decírselo. Pero, por alguna razón, en lugar de eso, dijo:

—He perdido. No habrá poemas vikingos.

—¿Y eso quién lo dice? —Xander cruzó la habitación y se sentó junto a ella—. Acabo de comprar por internet un casco vikingo bastante elegante que me pondré para recitarlos.

—Claro, como si no tuvieras ya un casco vikingo —replicó Gigi.

—Si quieres que entremos en tecnicismos, acabo de comprar por internet una copia de casco vikingo para mi copia de casco vikingo —admitió Xander—. El que tengo me va grande.

Gigi ni siquiera tenía que forzar la sonrisa con Xander.

Le dio un golpecito en el hombro.

—El hecho de que no hayas ganado no significa que el viaje no haya sido épico —dijo Xander, sacando un bollo como por arte de magia y tendiéndoselo a Gigi—. He escrito sagas vikingas con mucho menos material.

«Díselo», pensó Gigi, y sintió las palabras en la punta de la lengua: «He encontrado una mochila oculta en un arbusto y, en su interior, había un traje de neopreno, una botella de oxígeno, un collar que no era solo un collar y una navaja».

—Una vez construí una máquina de Rube Goldberg cuyo propósito era azotarme el magnífico trasero que tengo. —Xander buscó los ojos de Gigi—. Te lo digo para que sepas que soy un hombre con muchos dones y uno de esos dones es el de escuchar. Sé escuchar muy bien.

«Lo más razonable ahora mismo es contárselo».

¿Qué más daba que Brady le hubiese pedido que no lo hiciera?

¿Qué más daba que hubiese pasado más noches de las que le cabían en los dedos escudriñando la oscuridad por si el señor Muchos Problemas reaparecía?

¿Qué más daba que la llamara «preciosa»?

—Tengo hasta mediodía, ¿verdad? —preguntó Gigi.

Xander esbozó una sonrisa.

—Para no complicar mis composiciones futuras, por favor, dime que, sea lo que sea lo que tienes en mente, rima con Valhalla o filete.

Gigi miró de reojo a Xander.

—¿No vas a preguntarme qué estoy tramando?

—Como ya te he dicho, soy un hombre con muchos talentos. —Xander la rodeó con el brazo—. Entre ellos: doy unos excelentes achuchones platónicos y sé cuándo es mejor no preguntar.

CAPÍTULO 81
ROHAN

Rohan no planeaba pasar durmiendo más que cuatro de las doce horas entre fase y fase del juego. A diferencia de otras personas, no necesitaba dormir mucho y los años en el Piedad habían pulido su cuerpo y su mente para funcionar incluso con menos.

Se le ocurrían mejores maneras de utilizar su tiempo, como decidir cuál sería su próximo movimiento. «Quedan cinco jugadores. Nuevo reto a la vista». Con Savannah de su lado, al menos de momento, Rohan prácticamente ya saboreaba la victoria.

Entró en la ducha y dejó que el agua le cayera sobre el rostro. Después, empezó a dibujar en el cristal empañado, aunque en esta ocasión no utilizó una navaja, sino su dedo.

Knox Landry, el caballo, eliminado. Igual con Odette Morales, el alfil, y Gigi Grayson, un peón. Sin embargo, había un jugador que añadir: Grayson Hawthorne.

Su instinto le decía que Grayson no era una pieza con la que jugar, sino un auténtico jugador. Una amenaza. Rohan decidió representar al Hawthorne del juego con el símbolo del infinito y, a continuación, reflexionó sobre Lyra Kane y sobre lo que sabía de ella.

Además de la manera en que miraba a Grayson y de cómo Grayson le devolvía la mirada, allí había algo, algo potente, algo incluso desesperado. Algo que podría ser de utilidad una vez que Rohan identificara qué era exactamente. «¿Su padre? Esas notas que había encontrado».

Con eso, solo quedaba Brady Daniels. «¿Cuál es su juego?». Rohan se paró a reflexionar durante unos instantes. «¿Cómo va a jugar?».

Brady Daniels.

Grayson Hawthorne.

Lyra Kane.

Finalmente, pensó en Savannah. La alianza que había forjado con ella era, sin duda, su mejor alternativa para neutralizar a Grayson y, por consiguiente, a Lyra.

Aunque antes quedaba un asunto por solucionar entre Savannah Grayson y Rohan.

—Sé que estás ahí, inglés —dijo Savannah al otro lado de la gruesa puerta de madera.

Rohan acarició la elaborada cerradura de bronce, la que abría la habitación de Savannah en aquel disparatado rompecabezas de cristal que era la casa.

—No me he molestado en disimular que me acercaba. Por eso sabes que estoy aquí.

La puerta se abrió. Ahí estaba. Ahora ya no llevaba el vestido de color azul hielo. Tenía el pelo mojado e iba envuelta en una toalla del mismo tono glacial que el vestido.

«Cuidado, muchacho». Aunque Rohan no solía oír la voz del Propietario en su cabeza, en aquel momento sí lo hizo. «Sabes reconocer a la perfección una trampa».

—La heredera Hawthorne... Avery Grambs —dijo Rohan, ignorando la toalla.

—Crees que has descubierto algo, ¿verdad?

Savannah, envuelta en la toalla y con el pelo mojado, no pareció impresionarse.

—Casi todo —murmuró Rohan.

Savannah retrocedió y lo dejó entrar. Rohan pasó a su lado, completamente consciente de que, con o sin alianza, estaba en territorio enemigo.

—Casi te traiciono en el muelle —dijo Savannah a sus espaldas—. Habría sido muy fácil. —Rohan percibió que levantaba la mano, probablemente hacia el cabello de puntas irregulares.

«Fue un reto —había dicho Savannah, sin especificar que había sido ella la que lo había formulado—. Lo hizo... con un cuchillo».

—No mentiste —apuntó Rohan secamente.

—Grayson se cree mi paladín —dijo Savannah—. Habría acabado contigo en un santiamén.

Rohan se encogió de hombros.

—Ya me hubiese gustado verlo.

—Los otros Hawthorne os habrían separado, o se habrían unido, y entonces también te habría acusado del corte de corriente.

—Pero no lo hiciste —señaló Rohan fríamente.

—A diferencia de otras personas, tengo sentido del honor.

—Savannah Grayson era una mujer de palabra y ese «otras personas» no se refería a él.

—No ha llegado el momento de acabar conmigo —dijo Rohan, esbozando una sonrisa con calma y enseñando un poco los dientes—. Aún no.

Savannah se acercó a él y, por encima del hombro, susurró:

—Aún no.

Rohan se dio la vuelta y la encaró.

—Avery Grambs. —Tras pronunciarlo, miró la mandíbula de Savannah—. Y ahí está tu reacción, Savvy. Mi indicio.

Llevó una mano hacia el músculo de su mandíbula y acarició la piel.

—He estado pensando y he recordado que se corona al ganador del Gran Juego en una retransmisión que ve medio mundo.

Savannah ni siquiera pestañeó.

Rohan se inclinó hacia ella, acercando su rostro al suyo.

—¿Es eso lo que necesitas para vengarte?

Sin previo aviso, Savannah le peinó el pelo con los dedos y meció con ellos los mechones de su cabello, tirando de él hacia atrás, y, aunque en esta ocasión no era un ataque, tampoco lo hizo con suavidad.

—Lo que necesito —susurró, con sus labios muy cerca de los de Rohan— no es asunto tuyo.

Darle la vuelta a la situación era juego limpio. Rohan hizo lo mismo con su pelo. ¿Podía sentir Savannah su aliento en el cuello, justo debajo del lugar en que su mandíbula se encontraba con el lóbulo de la oreja?

—Dime, Savvy, ¿qué hizo la heredera Hawthorne? ¿Qué estás tramando?

Ella se acercó a él aún más y apresó sus labios. Algunos besos eran solo besos. Otros eran una tortura. Algunos eran necesarios, igual que respirar.

Algunos besos demostraban algo.

Savannah Grayson era brutal. «Y no es de confianza». Rohan lo sabía. Saboreó el beso, retirándose, refrenando el deseo de devorarla y de permitir que ella lo devorara.

—Savvy. Estás tramando algo.

—¿Y qué si lo hago? Tú vas a aprovecharte de mí. Yo voy a aprovecharme de ti. Ese es el trato.

Lo acarició y el poder de esa caricia explotó por todo el cuerpo de Rohan como si fueran fuegos artificiales, como una hoguera, como el chasquido de un hueso.

—Se te olvida la parte en que acabamos el uno con el otro —susurró Rohan—. Ya tengo ganas.

—¿Te parezco una persona a la que se le olvidan las cosas, inglés?

—Dime —murmuró Rohan en sus labios—. ¿Qué vas a hacer si ganas?

—Cuando gane —corrigió Savannah.

—Cuando ganes.

«No vas a ganar, cariño. Más tarde o más temprano, me veré obligado a cambiar el chip».

Savannah clavó sus ojos en él, escrutándolo, escrutando su interior, como si pudiera ver la oscuridad, como si deseara verla.

—Cuando gane, voy a utilizar el momento de la entrega del premio para decirle a todo el mundo quién es Avery Grambs. Quiénes son exactamente.

—Los Hawthorne —dijo Rohan.

—Sin que su ejército de abogados pueda defenderlos. Sin una máquina de relaciones públicas. Sin que puedan redactar el desmentido perfecto. —Savannah agarró la camisa de seda de Rohan—. No saben lo que yo sé.

411

—¿Y qué sabes, Savvy?

Savannah esbozó una sonrisa, una de labios apretados, completamente bajo control. Rohan sintió como si unas uñas se le clavaran en la espalda.

—Que Avery Grambs mató a mi padre.

CAPÍTULO 82
LYRA

Lyra trató de conciliar el sueño y, cuando no lo consiguió, salió a correr para cansarse y poder dormir un rato antes de la siguiente fase del juego, para acallar las voces en su mente.

«En el juego más grande, no hay coincidencias».

«Esto lo ha hecho un Hawthorne».

A Hawthorne did this. A Hawthorne.

«Siempre hay tres».

Lyra siguió corriendo. Decidió ir más allá de su resistencia y, cuando le empezó a doler todo el cuerpo, cuando este amenazó con dejarla tirada, se obligó a seguir hasta la extenuación. Hasta llegar a las ruinas.

Casi sin aliento y con todos sus músculos ardiendo, Lyra cerró los ojos y atravesó los restos chamuscados y esqueléticos de la vieja mansión hasta llegar al desolado jardín, justo al borde del acantilado.

Y allí, de la nada, apareció Grayson. Esta vez Lyra sintió que se acercaba. Se volvió y abrió los ojos.

—Tenemos un punto de partida con lo que nos ha dicho Odette —le dijo Grayson.

Lyra sintió una punzada en cierto músculo del pecho.

—Grayson, ese «tenemos», ese nosotros, no existe. —Lyra bajó la mirada y después la desvió para posarla en cualquier lugar, excepto en él—. No necesitas seguir en el juego. Logramos salir. Has cumplido tu parte del trato.

—Te aseguro, Lyra, que voy a jugar hasta el final.

No había discusión posible. No se discutía con Grayson Hawthorne. Solo se podía preguntar y eso hizo Lyra.

—¿Por qué?

—Me temo que tendrás que desarrollar la pregunta.

Lyra no pudo evitar mirarlo, desgarrarlo con la mirada para tratar de ver más allá de la superficie.

—¿Por qué estás tan interesado?

«En el Gran Juego.

»En mi padre y en omega.

»En esto.

»En mí».

—Creo que es evidente —le dijo Grayson—. El misterio que nos ocupa también concierne a mi familia.

—De acuerdo. —Lyra sentía los labios secos y también la boca y la garganta—. Por supuesto.

¿Y qué esperaba como respuesta? ¿Qué otra respuesta había?

—Lyra.

Fue una orden, un «mírame», una súplica.

Ella obedeció. Lo miró.

—Siempre he tenido interés. Siempre me has importado. —Grayson pronunció aquellas palabras con crudeza, en un tono áspero—. Desde que no eras más que una voz al otro extremo de la línea telefónica llamándome imbécil. Colgándome. Desnudando tu alma hasta el punto de demostrar lo perdida que estabas. Y tu voz…, solo con oírte, Lyra… —Grayson desvió la mirada, como si mirarla le hiciera daño—. Siempre me has importado.

Lyra negó con la cabeza, sacudiendo su negra melena.

—Claro, y, cuando me dijiste que dejara de llamar, no lo decías en serio —replicó, con más mordacidad de la que pretendía. Antes, en el Gran Juego de Escape, hubo un momento en que lo había creído. ¿Por qué le resultaba tan difícil ahora?

—Ese día, cuando llamaste, no estaba en uno de mis mejores momentos. —Grayson alzó la mirada hacia ella—. Por razones que nada tienen que ver contigo, estaba desquiciado y no es algo que me ocurra a menudo. Por norma general, cuando no puedo negar que no me siento bien, alejo a la gente. Busco la manera de que duela más.

—Para demostrar que puedes —dijo Lyra, pensando en todas las veces que había corrido hasta el límite de sus fuerzas y que había seguido corriendo hasta la extenuación—. Para demostrar que, por mucho que duela, sobrevivirás.

—Sí. —Era el Grayson de antes el que había respondido, el de antes de toda esa práctica de cometer errores—. Me arrepentí de haberte dicho que dejaras de llamar. Inmensamente. Seguí esperando a que llamaras. No sabes la de horas que pasé con el informe de tu padre, las múltiples maneras en que traté de encontrarte…

—¡No lo hiciste! —Lyra no se reprimió esta vez—. Eres Grayson Hawthorne. Tú no tratas de hacer las cosas. Tú mueves la cabeza medio centímetro y se hace. —Las palabras salían de ella sin control—. Fueron ellos los que me encontraron,

415

tus hermanos y Avery. Me encontraron para el Gran Juego, así que no me digas que me buscaste, Grayson. Eres Grayson Hawthorne. Podrías haber...

—No podía. —Grayson dio un paso adelante—. Y mis hermanos y Avery... No fueron ellos.

Lyra clavó de nuevo sus ojos en él.

—Nadie te encontró, Lyra. Fuiste tú la que vino aquí —dijo Grayson, en voz baja y marcando las palabras «tú» y «aquí».

—¡Porque me invitaron!

Lyra ya había estado a punto de pronunciar esas mismas palabras en el pasado.

Grayson prefirió no llevarle la contraria, al menos, no en aquel momento. No tenía por qué hacerlo. Era Grayson Hawthorne. Su mirada lo decía todo.

Y ella no podía apartar los ojos de él.

Finalmente, Grayson habló, con la misma intensidad que llevaba impresa en los rasgos de su rostro esculpido.

—Yo mismo le entregué la carta a Savannah. Se la ofrecí primero a Gigi, como me habían dicho que hiciera, pero Gigi la rechazó. Quería ganársela ella misma... Quería una de las cuatro cartas de pase libre. Savannah era la siguiente de la lista.

—Savannah recibió una invitación directa al juego —dijo Lyra—. ¿Y qué?

Sin embargo, nada más pronunciarlo, Lyra de pronto recordó que Brady, en el muelle, después de que Odette le hubiese dado el reloj, había dicho que aquella era la segunda ocasión en que le ofrecían un puesto en el Gran Juego.

Y Odette también había sido elección de Avery.

—Savannah. Brady. Odette... —Lyra tragó saliva—. Tres jugadores elegidos por Avery.

Regresó mentalmente al baile de máscaras, al baile con Grayson, al momento en que había estado a punto de decir que estaba allí porque la habían invitado y acabó diciendo que estaba allí porque lo merecía.

Le habían dado su carta. Y venía con un mensaje.

—Después de oír tu voz por primera vez, pedí explicaciones a Avery y a mis hermanos. —Grayson clavó su mirada en ella—. Fui a ver qué demonios estaba ocurriendo y los cuatro me lo dejaron muy claro: eras tú la que había venido a nosotros.

«Tú. Nosotros».

—Una carta de pase libre —dijo Grayson.

Pero Lyra no había venido a ellos. No había competido para ganar su carta. Alguien se la había enviado. Alguien había escrito las palabras TE LO MERECES en una hoja que se deshizo en sus manos, convirtiéndose en polvo. Lyra no lograba recordar la caligrafía, pero sí que se acordaba de algo.

La tinta era azul oscuro.

—Los mensajes en los árboles. —Lyra deseó que Grayson lo comprendiera sin tener que expresar en voz alta todos sus pensamientos—. La tinta era azul oscuro.

—¿Lyra?

Grayson pronunció su nombre como si fuera una pregunta.

Alguien quería que estuviera allí.

Alguien sabía los nombres de su padre.

Y Grayson la había buscado. Un torrente de emociones la invadió. «Una bomba de relojería. Un desastre inminente. Un Hawthorne y una chica con suficientes motivos para mantenerse alejada de los Hawthorne».

Pese a ello, Lyra se acercó a Grayson. Por una sola vez, se permitió llevar la mano a su nuca.

—Alguien me envió esa carta, Grayson. Pensé que había sido Avery, pero si no fue ella...

—Entonces ¿quién demonios fue? —terminó Grayson, acariciándole la mejilla.

Lyra no se apartó. Era un Hawthorne. Ese Hawthorne. «Tu Hawthorne», había dicho Odette.

Lyra pensó en los peligros de aquella caricia. Pensó en todas las razones que tenía para no continuar con aquello. Sin embargo, cuando Grayson acercó sus labios a los suyos, Lyra se puso de puntillas y echó la cabeza hacia atrás; moviéndose como una bailarina, deseando su caricia, deseándole a él.

Su recuerdo de aquel beso fue sustituido por este beso. Y este beso lo fue todo.

CAPÍTULO 83
GIGI

—**S**é que estás ahí.

Gigi había regresado al lugar en el que había encontrado la mochila. No importaba cuántas veces repetía aquellas palabras o si las gritaba al océano. No hallaba la respuesta.

—Sé que puedes oírme. Sé que estás ahí. —El tiempo corría en su contra. El barco zarpaba a mediodía—. Voy a decirle a Grayson que estás en la isla —amenazó, alzando la voz—. Porque…, si estás aquí, seguro que es porque te ha enviado Eve, ¿verdad?

Gigi ni siquiera sabía quién era Eve en realidad, excepto que era una joven rica con unos retorcidos lazos con la familia Hawthorne. Grayson también había advertido a Gigi de que debía alejarse de ella.

—Y, si Eve te envía, no puede ser bueno, ¿verdad? Y yo me veo con la obligación moral de decir algo. No sé por qué no lo he hecho ya. No es que sea muy buena guardando secretos. No soporto los secretos. —Gigi tragó saliva—. No soporto este secreto.

No se había permitido pensar en esas palabras ni siquiera una vez en los últimos diecisiete meses.

—¡Y no te soporto a ti! —añadió Gigi, a voz en grito—. No te soporto de verdad, que conste.

Rebuscó en el bolsillo y sacó lo que quedaba del collar. Casi entero, excepto el micro. Lo lanzó al océano.

—El micro se lo daré a Xander —advirtió.

No hubo respuesta. El viento azotó el pelo de Gigi. Iba a dar media vuelta cuando, por la espalda, una mano se posó sobre su boca.

La mano sostenía un trapo. El trapo tenía un aroma dulzón, enfermizo y terriblemente dulzón. Gigi luchó, pero otro brazo la inmovilizó.

—Tranquila, preciosa.

EPÍLOGO
EL OBSERVADOR

Algunas situaciones merecían ser observadas. El Gran Juego. Jameson Hawthorne y Avery Grambs. La chica Kane, el chico del Piedad del Diablo y el resto.

Quizá observar era lo único que merecía la situación.

Quizá no hubiera problemas reales que resolver.

Quizá.

AGRADECIMIENTOS

Estoy muy agradecida a todo mi equipo editorial de Little, Brown Books for Young Readers. No puedo imaginar un equipo más increíblemente brillante, creativo y dedicado, y no dejo de asombrarme de lo que han hecho por la serie Una Herencia en Juego. Gracias a mi editora, Lisa Yoskowitz, que me acompañó durante los tres borradores de este libro y dos de las revisiones más importantes de mi vida. Como autora, no hay mayor regalo que saber que puedo apuntar a lo más alto porque, incluso cuando empiezo a dudar de mí misma, puedo confiar en su habilidad para ayudarme a llegar adonde quiero. Lisa, gracias por no pestañear cuando entrego un nuevo borrador y digo: «La trama es casi la misma, pero la mayoría de las palabras son nuevas». Gracias por tus sugerencias, tu ayuda y tu apoyo. Valoro mucho nuestra colaboración. Gracias también a Alex Houdeshell, por sus comentarios sobre el primer borrador. Alex, he utilizado todos y cada uno de los comentarios que me diste, ¡y fueron brillantes!

Gracias a Karina Granda por otra portada increíble y al

artista Katt Phatt por una de mis portadas favoritas de todos los tiempos. Me asombra su visión y talento artístico, y estoy muy agradecida de que estos artistas me inviten a participar en el proceso, y por su entrega y colaboración para que cada portada sea un rompecabezas que refleje el libro con fidelidad.

También estoy totalmente agradecida a los increíbles equipos comerciales y de marketing que han ayudado a que toda la saga Una Herencia en Juego llegue a tantas manos. Savannah Kennelly, Bill Grace y Emilie Polster, todos sois maravillosos, creativos y apasionados, y resulta increíblemente divertido trabajar con vosotros. Podría sentarme a hacer lluvias de ideas con vosotros todo el día y siempre me sorprende la forma en que lleváis a cabo cualquier idea y le dais vida más allá de lo que podría haber imaginado. Gracias a las diseñadoras de campañas Becky Munich y Jess Mercado, por su hermoso trabajo, y a mi equipo de marketing de School & Library, formado por Victoria Stapleton, Christie Michel y Margaret Hansen, por hacer llegar estos libros a los jóvenes lectores de todo el país. Del mismo modo, quiero agradecer fervientemente el increíble trabajo del equipo comercial, que ha proporcionado a lectores de todas las edades la oportunidad de descubrir El Gran Juego: a Shawn Foster, Danielle Cantarella, Claire Gamble, Katie Tucker, Leah Collins Lipsett, Cara Nesi y John Leary.

También quiero dar las gracias a mi publicista, Kelly Moran, por todo su empeño. Kelly, me fascinan tus ganas de pensar a lo grande y de divertirte, y también aprecio profundamente cómo has respetado mi tiempo y tu flexibilidad a la hora de trabajar conmigo en los momentos difíciles.

Gracias también al equipo de producción que hizo realidad el libro desde un documento de Word.

Gracias a la editora de producción Marisa Finkelstein, que siempre está dispuesta a hacer un esfuerzo e ir más allá; al director Andy Ball; a Kimberly Stella, coordinadora de producción; a la correctora Erin Slonaker; a las correctoras Kathleen Go y Su Wu, y a todos los que me ayudaron a que este libro sea el mejor posible. Lo agradezco de todo corazón y os aprecio muchísimo.

Para mí, una de las cosas más notables de todo el equipo de Little, Brown es que no solo son muy buenos en su trabajo, sino que resulta un placer trabajar con ellos y me asombra ver cómo disfrutan colaborando con los autores y entre ellos. Gracias, Megan Tingley y Jackie Engel, por dirigir a este equipo y por vuestro papel a la hora de mantener su alegría, así como por vuestro enorme apoyo a mis libros.

Gracias también a Janelle DeLuise y Hannah Koerner, por su empeño en llevar este libro a otras partes del mundo, así como a nuestros socios editoriales de Penguin Random House UK, en especial a Anthea Townsend, Chloe Parkinson y Michelle Nathan. Gracias también a mis increíbles editores en todo el mundo por permitir que lectores de más de treinta países y más de treinta idiomas conozcan la saga Una Herencia en Juego.

Y un agradecimiento especial a todos los traductores que han trabajado en *El Gran Juego*. Os doy las gracias por vuestro esfuerzo, ¡sobre todo, a la hora de traducir los acertijos!

Y, ya que hablamos de ediciones traducidas, también me gustaría dar las gracias a Sarah Perillo y Karin Schulze, de Curtis Brown, por su papel esencial en hacer que este libro llegue a los lectores de todo el mundo. Y gracias también a Jahlila Stamp y Eliza Johnson, que ayudaron con la firma de los contratos. Durante el último año, la vida ha sido más caótica y he estado menos organizada que nunca, y os agradezco de verdad vuestra persistencia, amabilidad y paciencia.

Soy una de las pocas autoras que conozco que ha trabajado con el mismo agente y agencia durante toda su carrera, desde que era adolescente. Y soy feliz de hacerlo en Curtis Brown. Elizabeth Harding, ¡gracias por tu trabajo, no solo en este libro, sino también en todos los anteriores! Ha sido un largo camino de casi dos décadas y estoy muy agradecida tanto por nuestra relación profesional como por todo el apoyo que me has brindado en tantos periodos de mi vida. Holly Frederick, gracias por defender mis libros, desde mi época universitaria. Estoy muy emocionada por todo lo que hemos logrado estos últimos dos años. Y gracias también a Eliza Leung, por asegurarse de que se firmen todos esos contratos y por su persistencia, amabilidad y paciencia, y a Manizeh Karim, por su ayuda entre bastidores.

Escribir *El Gran Juego* ha comportado una labor de investigación en todo tipo de cuestiones. Una de las cosas más fabulosas de haber sido profesora es que mi increíble grupo de amigos incluye expertos ¡en todo tipo de materias! Para este libro, me gustaría agradecer especialmente la colaboración de la doctora Jessica Ruyle, extraordinaria experta en radares, que me ha hecho sonreír hasta no poder más mientras hablábamos de la ciencia que rodea los dispositivos de escucha. Si hay algún error en el texto, es solo responsabilidad mía, ¡porque Jessica es brillante!

Por último, quiero dar las gracias a mi familia, que en el

último año ha hecho todo lo posible por apoyarme. Algunas épocas de la vida son más difíciles que otras y no podría haber escrito este libro sin el amor, el apoyo y el sacrificio de mis padres y mi marido. Gracias, gracias, gracias.

Un *thriller* muy adictivo
repleto de giros inesperados,
oscuros secretos familiares
y apuestas letales.

DESCUBRE LA HISTORIA QUE HA CAUTIVADO A MÁS DE CUATRO MILLONES DE LECTORES.

Este libro se terminó de imprimir
en el mes de septiembre de 2024.